粕谷一希随想集

I 忘れえぬ人びと

藤原書店

粕谷一希

松本清張氏（右端）、藤井康栄氏（現・松本清張記念館館長）と

後列左より中村紘子、苅部直、鈴木博之、猪口孝、庄司薫の各氏、
前列左より著者、猪口邦子、児玉幸治の各氏。著者の喜寿の祝いにて。
（庄司・中村夫妻宅にて。2007 年 8 月 18 日）

この随想集について

数年来、私は、いろいろとやっかいな病気を患って、入退院を繰り返している。

このため、この『粕谷一希随想集』全三巻には、前著『歴史をどう見るか——名編集者が語る日本近現代史』(藤原書店、二〇一二年)と同様、私自身は、編集作業に直接、関わっていない。

私がこれまで書いてきたものを編集部が丹念に拾い集めてくれ、そのなかから、藤原良雄君が全三巻の大要を、そして編集委員の新保祐司君と開米潤君が細部を、それぞれ決定してくれたものである。

もと哲学青年だった私は、政治学、政治思想、政治史を、大学での問題関心の対象としていたが、中央公論社に入社してからは、歴史の世界の面白さにも魅せられていった。

それは司馬遼太郎氏の歴史文学が新境地を開拓しているのと並行しており、雑誌編集という仕事と当時の編集部の雰囲気をそのまま反映したものだった。特に、一九七〇年、全共闘運動の季節ののちに、雑誌『歴史と人物』の編集を命ぜられて、三年間、歴史を考えることに専念したことが、歴史への興味を倍加させたのかもしれない。

私は一ジャーナリストとして生きてきた。専攻した学問を体系的に学んだ経験はない。ただ、幅広く、すぐれた同時代の文士と学者に接してきたことが、バランスのとれた判断力の必要性を教えてくれた。逆に、同時代人を眺めてみてきて、実のない文士と芸のない学者が多すぎることも痛感せざるを得なかった。人間への洞察力と歴史への先見性を発揮することほど、いつの時代であっても、日本人に要請されていることはあるまい。

もう数十年も前のことだが、若い編集者だったころ、社長の嶋中鵬二さんに「いまの日本で巻頭の書ける人物は誰だと思うか」と繰り返し尋ねたことがある。嶋中さんは、

「やはり、〝ものの見方について〟の笠《りゅう》さんだよ」

笠さんとは、朝日新聞の当時の論説主幹で、『ものの見方について——西欧になにを学ぶか』（初版は河出書房、一九五〇年）の著者である笠信太郎さんのことである。

「イギリス人は歩きながら考える。ドイツ人は考えてから歩き出す。そしてフランス人は感じてから歩き出す」

嶋中さんは、そんな笠さんに自信を持っていて、だから、『中央公論』記念号の巻頭に載せる随筆を、この笠さんにお願いし、担当に私がなった。そのときの巻頭随筆は「政治はなぜ、まずいか」という表題であった。

笠さんの文章は、漢字をとことん削り、笠さん流の〝ものの見方〟を、極限までわかりやすくして

いる。刷り上がった紙面の風合は、〝真っ白〟だった。対照的に政治学者の蠟山政道さんの文章は、漢字が多くて〝真っ黒〟だったことを鮮明に覚えている。

日本を代表する大家の文章でも、こうもちがうもので、感心させられたものだった。

私が大きな影響を受けたジャーナリストのもうひとりは、松本重治さんである。

松本さんは戦前、同盟通信の記者で、上海支局長時代に「西安事件」をスクープした。戦後は国際文化会館を創設した。

松本さんが米留学時代に教えを受けた歴史家のチャールズ・ビーアドが、

「日米関係の核心は、中国問題である」

こう述べたのは、一九二五年のことだが、これは日米中の三ヵ国関係を考えるうえでいまでも重要な視点である。

そんな松本さんの上海時代の活躍を聞き書きした『上海時代――ジャーナリストの回想』（上・中・下、中公新書、一九七四―七五年、のち単行本、一九七七年）も、もともとは、私が創刊編集長を務めた『歴史と人物』での連載だった。

毎週一回、時間を決めて、松本さんに話を聞いたのだが、松本さんは、メモも日記もなしに、すらすらと話をする。その記憶力に驚嘆したことがある。

この随想集の編集委員をしてくれた新保祐司君は鎌倉に住む文芸批評家で、わたくしのところへ著書『内村鑑三』（構想社、一九九〇年）を贈ってくれたのがきっかけで付き合うようになった。ちょうど宗教哲学者、波多野精一の『時と永遠』について論じる人間を探していた時で、彼にそれを勧めてみたら、後にすばらしい「波多野論」（「波多野精一論序説　上よりの垂直線」、『批評の測鉛』構想社、一九九二年所収）が出た。

開米潤君は、私が東京外国語大学で三年間、「国際政治と世論」の講義をしたときの学生のひとりである。彼は共同通信の記者を辞め、しばらくしてから、松本さんの伝記（『松本重治伝――最後のリベラリスト』藤原書店、二〇〇九年）を書いた。その後、阿部直哉君、丸茂恭子さんの三人で、ビーアドの名著『ルーズベルトの責任――日米戦争はなぜ始まったか』（上・下、藤原書店、二〇一一―一二年）を翻訳した。これもまた、不思議な縁である。

二〇一四年三月　東京・六本木の入院先にて

粕谷一希

粕谷一希随想集　1——目次

Ⅳ 教えられたこと

粕谷一希随想集

1

忘れえぬ人びと

編集協力　開米　潤
　　　　　新保祐司
編集担当　刈屋　琢
題　字　石川九楊

Ⅰ　吉田満の問いつづけたもの

『戦艦大和ノ最期』初版跋文について

『戦艦大和ノ最期』が陽の眼を見たのは、占領が終ってからである。そしてその初版に寄せられた諸氏の跋文ほど、当時の文壇、ジャーナリズム、そして日本人の精神状況を逆照射しているものはないであろう。

今日の若い人々には信じられないほど、敗戦と占領に直面した日本人は、打ちひしがれ、卑屈になり、自己崩壊を起こしていた。

戦時下に逼塞していた社会主義者たちは、反対に居丈高になり、時節到来を軽信した。戦時下に大勢に便乗した人々が、ふたたび戦後の時世に便乗して右往左往した。

そうしたなかで、ここに跋文を寄せられた人々は、戦後の風潮に同調しなかった人々であり、自らの生を生き抜いた人々である。そして吉田満（一九二三―七九）という存在、『戦艦大和ノ最期』という作品が、この人々と響き合っていることが、巧まぬ暗合であり、日本人がアイデンティティを貫いて生きることの意味を、豊かに語りかけているのである。

吉川英治は昭和期の代表的国民文学の形成者であると同時に、満洲事変を〝日本の曙〟と期待した素朴な庶民感情の持ち主でもあった。日本の大多数の庶民が素朴に〝日本の正義〟を信じたように、吉川英治も真面目に国を憂え、敗戦によって傷ついた。しかし吉川英治はその傷を糧として後半生を生きる器量をもっていた。

『新平家物語』を通じて、世の無常、敗者の美学を謳い上げることで吉川英治は戦後に復活したのであった。

その吉川英治は戦中・戦後、都下吉野村に疎開していた。偶々同じ吉野村に疎開していた吉田満の父は、面白い性格で、屡々吉川邸に押しかけており、帰還した息子をあるとき伴った。

――あなたの通ってきた生命への記録を書いておくべきだ。

自らの傷を癒していた大作家は、若者に語りかける真率な言葉を失っていなかった。そして奇蹟の生還を遂げた青年はその言葉に応えて『戦艦大和ノ最期』を一夜にして書き上げたのであった。

その原稿を絶讃し、『創元』創刊号に掲載しようと図ったのが小林秀雄であった。それは占領軍の忌諱に触れて実現しなかったが、そのとき、日銀に吉田満を訪ねてまで激賞した小林秀雄自身の賞めぶりのなかに、小林秀雄の万感の想いがあったであろう。戦争に対した自分と等質の姿をそこに見たのであり、戦後の風潮への憤懣が、この一文で解消する感もあったであろう。その小林秀雄自身は、『創元』に「モオツアルト」を掲載したのである。

――個人の生命が持続してゐる様に、文化といふ有機体の発展にも不連続といふものはない。自分の過去を正直に語るためには、昨日も今日も掛けがへなく自分といふ一つの命が生きてゐることに就いての深い内的感覚を要する。

跋文には、他に林房雄、河上徹太郎、三島由紀夫の文章がある。林房雄は大振りながら本音を吐きつづけた存在であり、河上徹太郎は「配給された自由」と喝破した人であり、三島由紀夫は終始、反戦後的であることを標榜して生きた鬼才であった。

野間宏の『真空地帯』、丸山真男の「超国家主義の論理と心理」などを典型とする戦後文学や戦後思想は、大日本帝国の暗部を衝いた告発の文章である。それらはひとつの真実であった。しかし、それにも拘らず、帝国日本の道行きには、そうした告発でも否定し切れない宿命と宿命に生きたもう一つの真実があった。

昭和に生きた人々、とくに差し迫った国難を所与として生きた戦中派の人々に、他にどのような生き方がありえたろう。『戦艦大和ノ最期』の記録が永遠に感動を呼びおこすのは、戦士の美徳を真摯に描いているからであり、それが民族敗亡の美学たりえているからである。

『平家物語』は平家一門の盛衰を描いた物語である。清盛の傲りは一族を滅ぼした。しかし、重盛や維盛の姿があって、ひとびとはその滅亡に涙する。「海の底にも都はあり申そうぞ」との一句に胸を衝かれる。

帝国日本もまた自らの傲りによって自滅した。しかし、その中にも美しく見事に生き、死んだ人々の存在を確認することなしに、悲劇の感覚は生れない。大日本帝国の暗部を告発することは、日本人の自省のために必要であった。しかし、その栄光と美学を確認することなしに、その時代の鎮魂は果たされない。

戦艦大和は、そうした栄光と美学のシンボルであり、「一個の偉大な道徳的規範の象徴」（三島由紀夫）である。だから、吉田満の作品は有無をいわせぬ迫力をもつのである。

その作品は、〝無謀な作戦〟のなかにあって、〝冷静な意志と明識〟によって〝敢闘精神に満ちた剛毅悲痛な報告〟（河上徹太郎）でありえた。極限状況にあって、戦士でありつづける姿は美しい。だから読者は感動するのである。

その作者吉田満は、〝死を通じて生に到った〟（林房雄）存在である、帝国日本が敗亡ののちに戦後日本として甦ったように。生き残った吉田満は、平凡な市民として生きた。愛も欲も、出世も奉仕も、人間的なすべてをさらけ出しながら、しかし、宗教的人間として自己抑制に生きた。

晩年、吉田満が改めて戦争の記憶に回帰し戦後日本に欠落したものを問いつづけたのも『戦艦大和ノ最期』の作者の十字架であった。飽食のなかで忘却している悲劇の感覚を、もう一度、日本人に喚起したかったからであろう。それに答えうるか否かは、残された者の課題である。

（『吉田満著作集　上巻　月報』文藝春秋、一九八六年）

吉田満の問いつづけたもの

その問いかけ

昭和五十二（一九七七）年十一月、『提督伊藤整一の生涯』（文藝春秋）が上梓された。それからほどなく、著者の吉田満氏を囲んで少人数のお祝いの会が開かれた。場所は芝の中華料理店「翠園」、参集者は山本七平氏、NHKの吉田直哉氏、それに文藝春秋社のN氏、A君、それに私であったろうか。そうしたこぢんまりとした集りは吉田さんの趣味だったという。

会は和やかに進み、途中でそれぞれが簡単なスピーチを行なった。山本七平氏が立って、「戦後日本の戦艦『大和』ともいうべき、日銀にお勤めになる吉田さんは、どうか経済大国日本の舵取りを誤らないで下さい」という言葉で結び、一同はどっと笑った。山本七平氏は比喩的な意味でいわれたのであって、それ以上のものではなかったろうが、私には妙に印象に残り、後々までこの言葉をめぐってトツオイツ考える習性がついた。

戦艦大和は帝国海軍、というよりも帝国日本の象徴であった。そして日本銀行という存在は戦後日本が経済復興から高度成長へ、そして高度成長から経済大国へという道筋にあって、金融の中枢にあった機関であった。

戦艦大和はのちになって、大艦巨砲主義のシンボルとして時代錯誤を笑われた。日本銀行もその古典的で荘重なスタイルは、時として批判の対象となり、その役割と機能について云々される場合がないわけではない。

しかし、戦艦大和も日本銀行も、それぞれ中枢機能をもち、シンボルであることはまちがいない。吉田満という存在は、偶々この二つの場所を生きてきたのであり、二つの生を生きてきた存在だったのだ。吉田満の生涯を考えることは、同時に一人の人間として経験し、生きた具体的な姿を通して、帝国日本と戦後日本という断絶と連続を含む時代を、考えることになるのではなかろうか。

こうした想念が私を捉えて離れなくなった。当時編集者であった私は、それまでなぜか気重い存在として距離を置いていた吉田満氏に積極的に近づいてみる気になった。

戦後三十年に近い時間が経過した後に、あえてこの二篇（「臼淵大尉の場合」「祖国と敵国の間」）を執筆したのは、戦後日本が重大な転機を迎えたその時期にこそ、われわれはあの戦争が自分にとって真実何であったかを問い直すべきであり、そのためには、戦争の実態と、戦争に命運を賭けなければならなかった人間の生涯を、戦後の時代を見通した展望のもとで見直すことが、緊急の課題だと考えたからである。戦後の出発にあたって、この課題を軽視し看過したことが、今日の混迷につながっているというのが、わたしの認識であった。

これは『提督伊藤整一の生涯』の〝あとがき〟の一節であるが、この〝今日の混迷〟と〝わたしの認識〟をより具体的に展開してもらいたい、と考えて、私は日本橋の日本銀行の監事室を訪れて、〝あとがき〟のその部分を指し示し、ここを敷衍して書いて頂きたいとお願いした。依頼はその一句ですんだ。吉田満氏は了解し、快諾したのである。

その結果、執筆されたのが「戦後日本に欠落したもの」（『戦中派の死生観』所収）であった。著者は次のように語りかける。

ポツダム宣言受諾によって長い戦争が終り、廃墟と困窮のなかで戦後生活の第一歩を踏み出そうとしたとき、復員兵士も銃後の庶民も、男も女も老いも若きも、戦争にかかわる一切のもの、自分自身を戦争協力にかり立てた根源にある一切のものを、抹殺したいと願った。そう願うのが当然と思われるほど、戦時下の経験は、いまわしい記憶に満ちていた。（中略）

しかし、戦争にかかわる一切のものを抹殺しようと焦るあまり、終戦の日を境に、抹殺されてはならないものまで、断ち切られることになったことも、事実である。断ち切られたのは、戦前から戦中、さらに戦後へと持続する、自分という人間の主体性、日本および日本人が、一貫して負うべき責任への自覚であった。要するに、日本人としてのアイデンティティーそのものが、抹殺されたのである。（中略）

日本人、あるいは日本という国の形骸を神聖視することを強要された、息苦しい生活への反動から、八月十五日以降はそういう一切のものに拘束されない、「私」の自由な追求が、なにものにも優先する目標となった。（中略）「私」の生活を豊かにし、その幸福を増進するためには、アイデンティティーは無用であるのみならず、障害でさえあるという錯覚から、およそ「公的なもの」のすべて、公的なものへの奉仕、協力、献身は、平和な民主的な生活とは相容れない罪業として、しりぞけられた。

日本人はごく一部の例外を除き、苦しみながらも自覚し納得して戦争に協力したことは事実であるのに、戦争協力の義務にしばられていた自分は、アイデンティティーの枠を外された戦後の自分とは、縁のない別の人間とされ、戦中から戦後に受けつがるべき責任は、不問にふされた。戦争責任は正しく究明されることなく、馴れ合いの寛容さのなかに埋没した。

〈今日の混迷は、戦後の出発において、戦争協力者であった自分を忘れて、「私」を追求したことから始まる、と著者はみている〉

敗戦の痛手を受けた日本が、汲々として復興作業にはげんでいる間は、たしかにアイデンティティーをほとんど意識することなく、「私」の幸福の追求が、そのまま国の発展につながるように思えた。（中略）

しかしこうした事情は、昭和三十年代の高度成長期をのぼりつめる頃から、変化の兆しをみせはじめた。日本の存在が、自由諸国のなかで無視できぬウェイトを占めるにつれて、外からの力は、当然のことながら、アイデンティティーの枠のなかで、日本を捉える方向に急速に変化した。

〈戦前・戦中・戦後を通じたひとつの存在を自覚させたのは、外からの圧力である、という判断である〉

戦後日本の安易な足どりになにか納得し難いものをおぼえながら、結論を急いだりあえて妥協を試みたりすることをせず、いつか「敗戦の意味」を解き明かすことに希望をつないで、日本社会の復興に、それぞれの持場で協力することを心がけてきたのが、われわれの実態である。たとえば戦後日本の一つの帰結である高度成長路線の推進にあたって、戦争経験世代は、実施面の主役としてはたらいてきた。したがって高度成長から派生した広範囲の影響についても、責任を負わなければならないと思っている。

数年来、公害の激化、資源の枯渇、物価の大幅上昇等を理由に、高度成長そのものを否定する議論があるが、これは現実を無視した短見というほかはない。日本の持つ潜在的可能性を解放し、さらに将来への発展の基礎作りをすること自体が、悪ではありえないし、逆に力がないのはいいことだというのは、見方が甘い。批判さるべきは、みずからのうちに成長率の節度を律するルールを持たない、日本社会の未熟さであり、こうして培われた国と民族の伸長力を、何の目的に用うべきかの指標を欠いた、視野の狭さ、思想の貧困さである。

〈著者はここで戦争責任と同時に、戦後責任をも持ち出していることに注目すべきだろう〉

そして、最後に著者は次のようにいう。

日本人としてのアイデンティティーの確立にあたって、太平洋戦争の原因、経過、結末を客観的に分析することが、有力な手がかりとなることはさきにふれたが、たとえば連合軍の勝利は、正義の側に立つものが勝つという原則の当然の帰結であるとする単純な史観は、戦後の情勢変化によって否定されている事実を、認めなければなるまい。アメリカにとってのベトナム戦争、ソ連にとってのハンガリー事件、チェコ事件、中ソ紛争、中近東をめぐる列強の利害の衝突は、国家がかかげる正義の理想のあり方が、太平洋戦争以前と同じように、なお明白でないことを示している。

戦後の世界は新しい国際協調時代を迎え、有力な国家間の連合を土台にして和平が推進されると期待する見方もあったが、ナショナリズムの自己主張は、戦後逆にますます強まりつつあるのが実情である。オイルの争奪、通貨戦争は、その一端に過ぎない。

ナショナリズムの高まりという注目すべき事実に、目をつぶって戦後の過渡期を空費してきた日本は、独自の国家観をもたないまま今日に至った。そして国家観のないところには、正しい外交も、安定した国民世論の形成もないことは、いうまでもない。

〈戦中派吉田満がアイデンティティーを問題にして、最後に提起したのは、国家観の確立であった〉

その生涯の特異性

こう問いかけた吉田満は、しかしそれから二年後に亡くなった。死の直前に「死者の身代りの世代」「戦中派の死生観」を病床で書き綴ったが、吉田満が主張したかった全体は未完に終った。

考えてみると、吉田満は拘わりつづけた人間であった。戦後三十四年間、彼は特攻体験をもった戦中派として、戦争で死んでいった者たちの意味を探し求めつづけた。そして戦中・戦後を貫くアイデンティティー（自己同一証明）に執着しつづけた。戦争に荷担した自分を葬って、戦後の平和な生活を享受するのではなく、戦争に荷担したことの意味を問い、その責任を自覚しながら、平和な時代をも生きる、自己としての一貫性を彼は欲したのであった。

それは戦後においてさえ、六〇年安保、七〇年学生反乱で闘士として活躍しながら、いつのまにか転向して違った生活を送っているといった人々の態度の対極にあるものである。

そして最近の若い世代が、むしろアイデンティティーからの脱出を願っているのとも、まったく逆の態度である。いわば当世風ではない。しかし、人間が人間らしく生きるために、自らの行為の軌跡を確認し、それぞれの意味を自ら納得することは不可欠なのではなかろうか。

今日の日本人が、豊かな社会のなかで、価値アナーキーになりがちなのは、今日の世界自体が困難な問題を抱えていることもさることながら、それぞれに自分の過去を検証し、納得して生きていないためではないだろうか。

そしてまた、個人を越えて、集団として、民族としての過去の記憶である歴史の意味をはっきりと把握していないことが、今日の不安と混迷の一因なのではなかろうか。

太平洋戦争とは何であったのか。またその戦争で死んでいった人々にはどのような意味があったのか。多くの記録が生まれ、多くの議論が積み重ねられている。しかもなお、吉田満が生涯を通して、死の直前まで問いつづけたことは、日本人が依然として十分な鎮魂をすませていないことを意味しないか。

後に残ったわれわれは、吉田満の問いかけを継承する義務があるように思われる。それがいかに当世風でないにしても。

戦後四十年の歳月は、敗戦直後発せられた「なぜ日本は失敗したか」という問いを、「なぜ日本は〝成功〟したか?・」(森嶋通夫氏の著書の題名)という問いに変えてしまった。たしかに経済大国日本はヨーロッパ人にとってだけでなく、日本人自ら首をひねるくらいの成功といえるかもしれない。

しかし、成功したと感じたその時点で、すでに失敗の原因が芽生えていることも、歴史の教えるところである。近代日本が日露戦争で勝利し、列強に伍して極東に安定した地位を確保したそのときに、太平洋戦争への道は始まっていた。

バルチック艦隊を完膚なきまでに潰滅させた日本が、それから四十年後、大和・武蔵を頂点とする連合艦隊をバルチック艦隊と等しいほど潰滅させられることを誰が予期しえたであろうか。

戦中派吉田満の問いは、まさにこの点に重なってくる。日本人は、明治維新によって近代国家を建設して以降、国際社会のなかで、成功と失敗を大きな波のように経験している。なぜ失敗したのかという問いでもなく、しかしまた、なぜ成功したのかという問いでもなく、成功も失敗も含め、均衡ある視野をもつことで、歴史の総体から学ぶべきではないか。そのとき、人間本来の自負と謙虚さとが共存できる態度を持してゆくことが可能となるのではなかろうか。

吉田満は著作を職業とした人間ではなかった。最後まで日本銀行という機関の一員として実務家として生きた。文士として生きなかったために、彼が実感として摑んだものを必ずしも徹底して掘り下げることはできなかった。また、学者としての道を歩かなかったために、論理的認識でも歴史的認識でも不十分なところがあり、思想の世界への眼配りも決して十分ではなかった。

しかし、実務家でありつづけることによって、戦後の日本人の多くがそうであるように、組織のなかで生きることの苦労、さまざまな社会問題に直面したときの実感を、市民として共有している。それだけではない。大和の特攻出撃の体験を、敗戦直後に記録に止めた彼は、死線を越えた自らの生の偶然、不可思議の情を問いつめ、「死・愛・信仰」(『新潮』昭和二十三年十二月号)への思索を深めて、昭和二十三年には、キリスト教に入信している。彼はなによりも敬虔なキリスト者として宗教的人間であった。文学もビジネスも、彼にあっては、信仰によって生かされた部分であったかもしれない。彼は宗教的人間たることによって全的に生きたのであった。

履歴としてみれば、吉田満は東京の山の手の中産階級に生れ、折り目正しい、やさしい秀才少年として育った。当時の都会秀才が等しくそうであったように、府立四中から四年修了で東京高校に進み、東大法学部に進んだ。大学卒業後、日本銀行に就職したことも、ある意味では典型的な選択であり、日本銀行監事として終った生涯は、非凡なる凡人の生涯ともいえるかもしれない。

けれどもまたその時代環境を考えると、彼が生れた年は関東大震災の年であり、小学校に入学した年は世界恐慌の年である。中学に入った翌年には二・二六事件があり、高校に入った年にはノモンハン事件が起っている。そして高校三年のときに、大東亜戦争勃発と、社会不安から非常時へ、非常時から戦争の拡大へ、と否応なく時代の嵐は押し寄せ、それは大学二年にして徴兵猶予がなくなって学徒出陣が決定したとき、吉田満の世代の学生たちは、ひとりひとり、具体的な形で国家に召集され、国家的危機に身を挺することとなった。

ちょうど二十一歳のときである。二十歳前後の若者の姿を考えるとき、戦後はもちろん徴兵制があった帝国日本の時代にあっても、平時であれば、国家と個人の運命をこれほど同一化して体験することはない。その意味でもこの世代は過重な重荷を背負わされた世代であった。しかも、なぜ戦争が起ったのか、なぜ戦わなければならないのか、といった問いを発する余裕のない世代であった。文字通り民族存亡の危機が眼前にあった。

その吉田満は選ばれて戦艦大和の乗組員となり、わずか四ヵ月後には特攻出撃を体験することになる――。

吉田満の生涯を余人と異ならしめたのは、「大和」の特攻出撃に参加して、何億分の一の僥倖によって生還したこと、その鮮烈な極限状況のなかの体験を、敗戦直後、記録として一気に書き上げたことにあった。

その『戦艦大和ノ最期』という作品については改めて考察する必要があるが、戦後産み出された戦争文学、記録文学のなかでも特異な地位を占めている。

しかし、『戦艦大和ノ最期』という作品が辿った運命そのものにも、戦後日本の特異な社会体質、精神風土が露呈している。それはまさに占領期日本の、あるいは進歩的知識人とジャーナリズムの体質を物語っている。

同時にそのことはこうした作品を産んでしまった作者の内部に奥深い傷痕と違和感を残さずにはお

かなかったろう。そのことが戦後日本に対する異議申し立てをする吉田満の姿勢の出発点になっている。

けれども、やがて陽の目をみたこの作品が日本人と日本社会に受容され、その盛名が高まっていったとき、『戦艦大和ノ最期』を背負った作者には、一市民として、あるいは一職業人として、意識的・無意識的に大きな負担にもなったろうことが想像される。

作品に対する圧倒的な感動と共感は拡大していきながらも、生身の個人として生きる作者にとっては、組織の一員としても、あるいはもと海軍関係の仲間うちでも、かならずしも＋《プラス》にだけは働かなかった。

それは戦艦大和という存在が巨大すぎるシンボルだったからであり、特攻体験という体験がなまじの批判を許さぬ極限体験だったからであり、さらに吉田満はそのなかでも生還し、かつその「最期」を記録した唯一の証人だったからである。周囲にとってまぶしすぎる存在だったのである。

吉田満はその重圧に耐えた。そして、職業人として、あるいは一個人としての人生の先行きが、ほぼ見通しがついたとき、彼は改めて抱きつづけてきた思念を綴りはじめた。文士でも学者でもない吉田満は、一戦中派として発言した。それはやがてこの世界から退場してゆくであろう戦中派世代の、日暮れなんとする夕陽の輝きに似た、物静かであったが、千鈞の重みのある言葉として、後の世代に遺す言葉となった。

戦後の逆風

戦争で死んでいった仲間たちの死の意味を考えつづけようとした吉田満の態度は、敗戦直後の混乱のなかで次のような試練に直面し、それに触発されたものであった。

第一は、『戦艦大和ノ最期』を発禁処分とした際の、戦争肯定、軍国主義鼓吹の文学であるという、占領軍及びその周辺の判断、また当時の進歩的知識人、ジャーナリズムの評価である。これは吉田満自身が具体的に経験した事実である。

しかし、こうした雰囲気と価値判断は吉田満の経験だけでなく、当時の社会を包んだ全体の雰囲気であった。たとえば戦後まもなく出版された戦没学生の手記『きけわだつみの声』の編集態度である。同書では「戦争目的を信じて死んでいった学生の手記はあまりに無残であるから」という理由で除外され、懐疑的あるいは批判的な手記だけが収録されている。やがてそれは反戦平和の運動体、日本戦没学生記念会(わだつみ会、昭和二十五年結成)へと発展してゆく。そこには当然、一定の戦争観が前提とされていたのである。

あるいはまた、昭和二十四年に再発足した岩波新書の一冊として公刊された高木惣吉の『太平洋海戦史』がある。高木惣吉氏は明治二十六(一八九三)年生れの海軍軍人として、海軍省調査部長、同教育局長、内閣副書記官長などを歴任した人で、戦時中から日本の知識人とも深い接触をもったリベラルな人物であった。こうした軍人に敗戦直後、客観的な戦史を依頼したことは、一つの見識ではあった。しかし、同書の内容ではなくその取扱い方に当時のジャーナリズムの考え方が典型的に表れているのである。本書には〝まえがき〟として編集者（おそらく吉野源三郎氏であろう）の言葉が巻頭に書かれている。

編集者は終戦後、太平洋戦争への外在的批判、超越的批判が多く現れたのに対し、内在的批判が皆無であることを指摘し、そのあとにこういう文章をつづける。

「もちろん、既にポツダム宣言によって刻印を打たれたように、この戦争が『思慮なき打算によって日本帝国を滅亡の淵に陥れた軍国主義的助言者』によって起こされたものであり、『世界の自由な人民の力に対する無益且つ無意義な抵抗』であったことを、われわれは徹底的に知る必要がある。そして、同じく同宣言にいわれているとおり、『日本国民の間における民主主義的傾向の復活強化に対する一切の障礙を除去する』こと、『言論、宗教及び思想の自由並びに基本的人権の尊重を確立する』ことが、この戦争の痛苦に満ちた体験から国民の引き出すべき結論であり、戦争並びに戦争の原因となった諸制度に対する批判が、この観点から行われねばならないことも、われわれは常に明確に心得ていなければならないであろう」

まことに当時の思考のパターンを典型的に語っている文章である。ポツダム宣言に盛られた勝者のイデオロギーをそのまま、無条件に真実としており、やがてこの姿勢は東京裁判という勝者の裁きを文明の裁きとして受け入れる態度につながってゆく。

これでは戦争で死んでいった者たちは浮かばれまい。あの克己心と自己抑制に満ちた吉田満がときとして間歇的に激情的ともいえる口振りで、

一部の評論家や歴史家がいうように、あの戦争で死んでいった者は犬死にだったのだろうか？

と書いたのは、敗戦直後の風潮のなかでは、占領政策に歩調を合わせて、愚劣な戦争→犬死にという罵声や風刺で満ちていたためである。徴兵忌避が美徳や勲章のように語られた。戦争の惨禍があまりに徹底していたために、飢餓と混乱のなかで、怨嗟と悔恨のなかで、日本人は我を忘れ、自信を喪失し、敗者の矜持を工夫する余裕がなかった。

本来、太平洋戦争の終結は明らかに日本の敗北であり、敗戦であったのである。しかし、敗戦という事態を直視することを怖れ、当時の支配層自体、終戦という言葉を慣用した。この敗戦と終戦という微妙なニュアンスの使いわけによって日本人は敗けたという事実認識の心理的負担を回避しようとしていたのである。勝っても敗けても、戦争が終ったという単純な安堵感はある。そして安堵感は解放感につながる。総動員された国民は動員から解除されたのであるから、そこからくる安堵感も解放感も、それ自体は当然であったろう。

また、日本人のなかである層の人々にとっては、明白な解放であったことも事実である。それは牢獄につながれていた政治犯・思想犯であった人々であり、また本来、この戦争に批判的でなんらかの

抑圧を蒙っていた自由主義・社会主義的傾向をもっていた人々、あるいは世代であった。

第一次戦後派の文人たち、あるいは『近代文学』の同人たちなどはその典型であったかもしれない。『近代文学』のある同人は、はるか後年になって、八月十五日を回想し、腹の底から笑いがこみあげてきたという。また当時の少壮学者のなかでも、押えようとしても今後の自由な社会を予想して、口辺に浮かぶ笑いを押え切れなかったという。これもたしかに事実であったろう。

しかし、多くの死傷者を抱え、家や財産を失った大多数の日本人あるいは厖大な職業軍人とその家族を中心に、戦争に参加した人々の立場を考えると、そうした解放感や笑いは違和感を拡大させるものであった。それぞれの解放感は抑制して、死者への鎮魂を共同して儀式として営むべきであった。おそらくこの敗戦への対応の態度のなかに、日本の進歩勢力は早くも日本人の多数派を獲得する可能性を閉ざしてしまったのである。

逆に、戦争中、批判的であったリベラルな思想家たち、津田左右吉、柳田国男、石橋湛山といった人々が、戦後は進歩派に同調せず、むしろ保守派として伝統の尊重・護持に廻ったのは、年上世代としてバランス感覚に富んでいたためである。

敗戦国民として当初、占領軍を迎えるに当って日本人は緊張感、悲壮感に満ちていた。

「朕惟《ちんおも》フニ今後帝国ノ受クヘキ苦難ハ固《もと》ヨリ尋常ニアラス爾臣《なんじ》民ノ衷情モ朕善《よ》ク之ヲ知ル然レトモ朕ハ時運ノ趨《おもむ》ク所堪ヘ難キヲ堪ヘ忍ヒ難キヲ忍ヒ以テ万世ノ為ニ太平ヲ開カムト欲ス」

終戦の詔勅は多くの日本人の心情を捉えたものといえる。ひとびとは「堪へ難キヲ堪へ忍ヒ難キヲ忍」ぶのが、敗戦国民の運命であり、予想される占領の現実であろうと考えた。

しかし問題はやってきた占領軍が建前として、〝日本人民の解放者〟としてのポーズを取ったことであった。占領軍の狙いは当初、明白に帝国日本の解体であり、軍事能力の除去にあったが、他面で日本社会の民主化にあった。マッカーサーを頂点とする占領軍は、勝者としての絶対権力を背景に、〝抑圧と解放〟という二重の作業を遂行しようとしたのである。

敗戦と終戦という微妙なニュアンスの二重性、占領軍による抑圧と解放という二重性、おそらく、この二つの二重性こそ、戦後日本の歴史解釈をめぐっての根源的矛盾であり、困難さなのである。

吉田満に代表される問いかけと鎮魂への祈りは、敗戦と占領の一九五〇年代を通して、ほとんど掻き消されるようなかぼそい声にすぎなかった。またその背後にある太平洋戦争の歴史的性格についての本格的検証は、一九六〇年代、七〇年代をまたなければならなかったのである。

（『鎮魂　吉田満とその時代』文春新書、二〇〇五年）

Ⅱ　先人たち

小林秀雄と丸山真男——青春について

もう大分昔の話である。ある読書新聞が大学生協での本の売れ行き状況をレポートしながら、大学生の読書傾向が、

——小林秀雄時代から丸山真男時代に移行しつつあるのだろうか。

といった短い感想を附していた。ナルホドそうした捉え方もあるものかと、その一行が印象に残り、ながく私の脳中で反芻する癖がつき、ひとつの問題として発酵していった。もちろん、その後の成行きを観察すると、〝移行〟といった現象ではなく、青年学徒にとって、あるいは知識人全体の問題として、小林秀雄（一九〇二—八三）の著作は繰り返し読まれ、全集が今日でも何年置きかに刊行されており、また丸山真男（一九一四—九六）の著作も、全集という形こそ採っていないが、近年刊行された『戦中と戦後の間』（みすず書房、一九七六年）を含めて、寡作な全著作が目まぐるしい書店の店頭から消えたことはない。いわば平行現象として今日に至るまで、〝二つの巨大な精神〟は日本の読書人の念頭

から離れていない。

〝小林秀雄論〟は小林秀雄のデビュー以来、無数に山積し、〝丸山真男論〟もまた、そのあとを追うように続出している。そうした本格的な議論に追随してここで両者の全体像を追究しようとすることはこの小論の目的ではない。小林秀雄と丸山真男という、およそ志向も領域も異なる二つの精神が、知識人を、とくに青年学徒を捉え、問題意識と憧憬の対象であることは、両者に共通した何ものかが存在するためではないか。とくに青春期の思想形成に不可欠なXを両者が蔵しているためではないのか。そのXとは何であろうか。私の焦点はさしあたりこの一点に絞られる――。

一九〇二（明治三十五）年生れの小林秀雄の文壇へのデビューは、一九二九（昭和四）年、『改造』の懸賞論文への応募「様々なる意匠」に始まり、その青壮年期の華々しい活躍は、主として一九三〇年代にある。それに対して、一九一四（大正三）年生れの丸山真男の論壇へのデビューは、敗戦直後の一九四六（昭和二十一）年の「超国家主義の論理と心理」（『世界』）に始まり、精力的な活躍は六〇年安保に至る一九五〇年代にあるといえよう。いわば両者は戦争を挟んで、小林秀雄は敗戦に至る三〇年代という精神とイデオロギーの錯乱期に、一個の自我と見事な批評精神を貫徹したのであり、丸山真男は敗戦に始まる混乱期に、一個の自我とラディカルな批判精神を、貫徹したことになる。

もちろん、小林秀雄は一個の文士であり文壇とジャーナリズムのなかで生涯を生きてきた批評家であり、丸山真男は政治学・政治思想史学者として、生涯をアカデミズムのなかで生きてきた学者である。小林秀雄が文壇へのデビュー以前、文学青年仲間と同人雑誌を試み、仏文科の学生としてボードレールからランボオへの遍歴を始め、中原中也を識り、やがて中原と同棲していた長谷川泰子と恋愛関係に入る、といったいわば深刻な青春のドラマを経験して以来、小林秀雄とその交友関係は、やがて小林秀雄神話ともいうべき世界を形成してゆく逸話に事欠かない。それに比べると丸山真男の場合は、同世代作家との交友もあり、江藤淳によって〝ホモ・セクシュアルな〟と形容された〝丸山スクール〟と称された年少の政治学徒との密度の濃い関係も存在するが、しかし東大法学部というアカデミズムのなかで、リゴリスティックな禁欲主義を貫いてきたことは対照的である。

本来、文芸評論を通して、批評を文学に高め近代批評を確立したといわれる小林秀雄と、科学としての政治学の確立を志し、政治思想史の専門学徒として自らを限定しつづけてきた丸山真男との両者の距離はきわめて遠い。やがて徂徠、宣長といった日本思想史上の人物に、共通の関心・対象の接点を見出すとはいえ、その志向と姿勢と世界が、きわめて遠いものであることに変りはない。

それにも拘らず、共通して青年学徒を魅惑する同質性はどこにあるのか、あるいはその秘密は何なのか。

およそ人間は青年期に形成された価値観を核として生涯を生きる。その意味で、どのように年をとってもその人間はその青春を生きているともいえる。同世代の人間とは、青春期に共通の時代体験を共有している人々をいう。青年期を終えて、ひとびとはさまざまな社会的試錬に遭遇し、ある人々はその試錬を越えて飛躍し、ある人々はその試錬に耐えかねて挫折する。ひとりの人間はそうした飛躍や挫折を経て成熟してゆくのである。けれども、生涯を通して、青年期の基礎体験や価値観の核は案外変らない。ひとは生涯を通してひとつのメロディを奏でてゆくもののようにみえる。

今日、青年たちは、エリック・H・エリクソンに〝アイデンティティ・クライシス〟(自己同一性の危機)を指摘されて以来、土居健郎の「甘えの構造」のなかに生き、小此木啓吾の「モラトリアム人間」(心理的社会的猶予人間)という精神病理のなかを生きているという。それは大衆社会と巨大組織、情報化社会の生んだ産物であるかもしれない。

それぞれの時代はそれぞれの病いをもつ。病いの特徴にそれぞれの色調があるとはいえ、青年期固有の問題は、古来それほど変っているとは思えない。それは幼少年期の両親・家族から自立し、個人として社会に直面する。かつて貧困階級の子弟は、そのまま徒弟として、一人前になる修業期間となった。けれども教育制度の普及は、自我に目覚めかけた青年たちを、学校という枠組のなかで、社会人への猶予期間を与え、自我と世界、人間と歴史への、自覚的イメージの形成を促す。青年たちはやがて変愛し結婚し新しい家族を形成しなければならず、それぞれの関心と専攻と技術の習得を通して、社会人としてのいずれかの道を選択しなければならない。そこでは政治的価値、経済的価値、学問的価値、芸術的価値、恋愛的価値といったさまざまに多様な価値の相克があり、選択の前に錯乱や惑乱を生じがちである。一切の事物が自己との関わりにおいて〝何を、いかに〟あるべきかが問われる。

そうした猶予期間のなかで、彼らは社会の実質、実態に触れられず、一切は予感と予見のなかにある。異常なまでの鋭い感受性と思索性が彼らの基本的特徴となる。実際には、学校社会という、模擬的な社会があり、その多様な個性のなかで、自らの個性と役割を発見してゆくのであるが、孤独や疎外感を味わう青年も少なくない。その根本は、未知数としての将来への不安と可能性からくるのであろう。ともかく、自我と世界との統一的・全体的イメージの形成の可否が、問題の核心である。

明治以降の近代日本の青春を振り返るとき、大雑把にいって三つの時代区分が可能なように思われる。中村正直が翻案した『西国立志編』に始まり、『福翁自伝』や内村鑑三の活躍に、あるいは、クラークの「少年よ大志を抱け」に象徴される明治国家の建設期に、青年の野心と近代国家の建設が照応した幸福な第一期がある。それは日露戦争の勝利と共に終り、漱石・鷗外の文学がその境界に立つ。近代国家建設の緊張と危機が去って日本が列強に伍したとき、大正デモクラシーの大きな社会的風潮を背景とした白樺派や大正教養主義の青春は、なんといっても明るい。明治の元勲たちの死によって、国家の基本的統合性は破れ始めるが、教育制度・官僚制度・産業組織は整備され、芸術や学問は成熟してゆく。この第二期の明るさは、昭和二年の〝芥川の自殺〟によって象徴的には終る。

小林秀雄たちの青春と活躍はまさに、そこから始まる。横光利一・川端康成の新感覚派を含めて、その青春はペシミスティックであり、悲劇的相貌は蔽いがたい。マルクス主義・プロレタリア文学との亀裂も深く、圧倒的趨勢としてのマルクス主義・社会主義も、十年を経ないうちに、敗戦に至る国家主義・軍国主義の揺り返しによって壊滅してゆく。一九三〇年代という世界的イデオロギーの混乱期に小林秀雄たちは青壮年期を生きたのである。

新しい世代の登場は、それまでの支配的観念に対する挑戦によって始まる。小林秀雄がこの作業を自覚的に遂行したのは、昭和四年の『改造』の懸賞論文への応募という形で書かれた「様々なる意匠」であろう。それまでに小林秀雄自身は、ボードレール、ランボオとの邂逅を体験し、「一ッの脳髄」「女とポンキン」といった習作的小説を発表し、ヴァレリイ、ジイド、ドストエフスキイといった文学を読み込み、志賀直哉への傾倒を表明しており、商業誌『文藝春秋』にも登場しているが、そこには模索と遍歴の姿勢が濃厚であり、「様々なる意匠」には、一種、決然たる態度表明と整然たる形式が確立している。

そこには小林秀雄一流の晦渋な文体が、独特の自意識と共に、全篇を流れているが、丹念に読み返してみると、そのモチーフとテーゼは、明晰であり説得的である。そして小林秀雄の生涯を貫く主調音の萌芽のすべてはここに出尽しているとも看られる。

〈マルクス主義文学、——恐らく今日の批評壇に最も活躍するこの意匠の構造は、それが政策論的意匠であるが為に、他の様々な芸術論的意匠に較べて、一番単純明瞭なものに見えるのであるが、あらゆる人間精神の意匠は、人間たる刻印を捺されているが為に、様々な論議を巻き起し得るのである〉

筆者は第3章の冒頭で、こう明言することで、当時、文壇、論壇でもっとも有力であり、猖獗を極めたであろうマルクス主義を正面の敵として据える。ところで、優れた筆者がつねにそうであるように、猖獗を極めるマルクス主義を敵としながら、小林秀雄もまたマルクス主義とマルクス自体を区別し、マルクスのモチーフと仕事に関して直観と洞察に豊んだ理解と解釈を独自の発想で展開してゆく。

〈ギリシアの昔、詩人はプラトンの「共和国」から追放された。今日、マルクスは詩人を、その「資本論」から追放した。これは決して今日マルクスの弟子達の文芸批評中で、政治という偶像と芸術という偶像とが、価値の対立に就いて鼬鼠ごっこをする態の問題ではない。一つの情熱が一つの情熱を追放した問題なのだ〉

あるいはまた、

〈凡そあらゆる観念学は人間の意識に決してその基礎を置くものではない。マルクスが言った様に、「意識とは意識された存在以外の何物でもあり得ない」のである。或る人の観念学は常にその人の全存在にかかっている〉

こうした基本的洞察の上に、小林秀雄独特のレトリックが切り込んでゆく。〈卓れた芸術は、常に或る人の眸《まなざし》が心を貫くが如き現実性をもっているものだ。……人は便覧《マニュエル》によって動きはしない、事件によって動かされるのだ。強力な観念学は事件である、強力な芸術も亦事件である。かかる時、「プロレタリヤ運動の為に芸術を利用せよ」と、社会運動家達が、その運動の為に芸術という事件を利用せんとするのは悧口である。彼等は芸術家に「プロレタリヤ社会実現の目的意識を持て」と命令する。何等かの意味で宗教を持たぬ人間がない様に、芸術家で目的意識を持たぬものはないのである。目的がなければ生活の展開を規定するものがない。然し、目的を目指して進んでも目的は生活の把握であるから、目的は生活に帰って来る。芸術家にとって目的意識とは、彼の創造の理論に外ならない。創造の理論とは彼の宿命の理論以外の何物でもない〉

ここで筆者は返す刀で「芸術の為の芸術」という古風な意匠をも否定し、

〈「芸術の為の芸術」とは、自然は芸術を模倣するというが如き積極的陶酔の形式を示すものではなく、寧ろ、自然が、或は社会が、芸術を捨てたという衰弱の形式を示す〉

かくして当時の状況を診断する筆者の結論は痛烈である。

〈現代は建設の神話を持っているのか、それとも頽廃の神話を持っているのか知らないが、私は日本の若いプロレタリヤ文学者達が、彼等が宿命の人間学をもって其作品を血塗らんとしているという事実をあんまり信用していない。又、若い知的エピキュリアン達が自ら眩惑する程の神速な懐疑の夢を抱いているという事もあんまり信用してはいない〉

このように当時の「様々なる意匠」を截断したあと、第4章で筆者は芸術という摩訶不思議な存在の根本性格を把えようとする。そこには後年の小林秀雄の命題と主調音が明白な形ですでに語られているのである。

〈芸術は常に最も人間的な遊戯であり、人間臭の最も逆説的な表現である。例えば天平の彫刻は、人の言うが如く非個性的だが、非個性的という事は非人間的という事にはならない。天平人等は、己れの作品をこの世から決定的に独立したものと仕様と企図したのではない、唯、個性というが如き観念的な近代人の有する怪物を、彼等は知らなかったに過ぎない。吾々が彼等の造型に動かされる所以は、彼等の造型を彼等の心として感ずるからである〉

また、

〈人は芸術というものを対象にして眺める時、或る表象の喚起するある感動として考えるか、或る感動を喚起する或る表象として考えるか二途しかない〉

ここで世の美学者たちの説明や図式を非難しながら、

〈芸術家にとって芸術とは感動の対象でもなければ思索の対象でもない、実践である。作品とは、彼にとって、己れのたてた里程標に過ぎない、彼に重要なのは歩く事である〉

〈人々は、その各自の内面論理を捨てて、言葉本来のすばらしい社会的実践性の海に投身して了った。人々はこの報酬として生き生きとした社会関係を獲得したが、又、罰として、言葉はさまざまなる意匠として、彼等の法則をもって、彼等の魔術をもって人々を支配するに至ったのである。そこで言葉の魔術を行わんとする詩人は、先ず言葉の魔術の構造を自覚する事から始めるのである〉

〈子供にとって言葉は概念を指すのでもなく対象を指すのでもない。言葉がこの中間を彷徨する事は、子供がこの世に成長する為の必須な条件である。そして人間は生涯を通じて半分は子供である。では子供を大人とするあとの半分は何か？　人はこれを論理と称するのである。つまり言葉の実践的公共性に、論理の公共性を附加する事によって子供は大人となる。この言葉の二重の公共性を拒絶する事が詩人の実践の前提となるのである。中天にかかった満月は五寸に見える、理論はこの外観の虚偽を明かすが、五寸に見えるという現象自身は何等の錯誤も含んではいない。人は目覚めて夢の愚を笑う、だが、夢は夢独特の影像をもって真実だ〉

芸術創造の秘密をこのように捉えた筆者は「写実主義《リアリスム》」に対する「象徴主義《サンボリスム》」の真骨頂を語り、マルクスとバルザックという二人の天才を対比しながら、

〈この二人は各自が生きた時代の根本性格を写さんとして、己れの仕事の前提として、眼前に生きとした現実以外には何物も欲しなかったという点で、何等異る処はない。二人はただ異った各自の宿命を持っていただけである〉

こう結語する小林秀雄の判断は、第2章で展開した文芸批評、もしくは文芸批評家の存在を、〈常に生き生きとした嗜好を有し、常に溌剌たる尺度を持つという事だけが容易ではないのである〉〈批評とは竟に己れの夢を懐疑的に語る事ではないのか！〉

と喝破した態度と照応する。そしてまた、小林秀雄がその後歩むながい道程について、〈若し私が所謂文学界の独身者文芸批評家たる事を希い、而も最も素晴しい独身者となる事を生涯の希いとするならば、今私が長々と語った処の結論として、次の様な英雄的であると同程度に馬鹿々々しい格言を信じなければなるまい。

「私は、バルザックが『人間喜劇』を書いた様に、あらゆる天才等の喜劇を書かねばならない」と〉

まさしくこの言葉は、小林秀雄の宣言であり自らへの予見である。

二十歳、一高入学の年に父親を失い、二十二歳で関東大震災に遭い、詩人富永太郎を介してボードレールを識り、ランボオに衝撃を受けながら、『青銅時代』『山繭』といった同人雑誌に参加し、志賀直哉を尋ねるといった文学的遍歴と、中原中也、長谷川泰子との三角関係という深刻な青春ドラマと、下訳と家庭教師と売文で生活を立てるといった実生活の中で、小林秀雄の脳髄は、詩と恋愛と生活の交錯の中に、すでに地獄を観ていたはずであり、地獄を通して詩という夢を確信しようとしていたはずだ。彼の文章は徹底的に甘さを排除した苦さが基調であり、ある意味では捨て鉢な江戸前のやくざ性がひとつの文体に昇華している。独断的とも見える断定的口調は、そうした地獄的風景を前にしての彼の決意表明ではなかったか。

〈批評とは竟に己れの夢を懐疑的に語る事ではないのか！〉

という台詞《せりふ》は、同時に彼自身ののっぴきならない生活実感でもあったにちがいない。

彼の文章は限りなく苦くまた晦渋であるともいえる。けれどもその苦さと晦渋さがなぜ青年たちを引きつけるのだろうか。

〈要するに、明晰といい、晦渋といい、世の定評の指す処は同じ性質のものだ。何故かというと、定評というのは、物を理解する難易を物を模倣する難易で計る他はないからだ。定評というものの一番簡明な定義は、自分の方法を持たぬという性質である〉（「「テスト氏」の方法」）

まさに明晰と晦渋とは同義の場合がある。今日、大衆社会の啓蒙家たちは、やさしい事柄を難しく表現する文章を非難する。けれども、この世の中には本来、難しい事柄が存在するのだ。鋭敏で繊細な青年たちは、自らの可能性の不安に怯えながら、晦渋さのなかの明晰さを本能的に嗅ぎあてる。〈僕は繰返す。何処にも不思議なものはない。誰も自分のテスト氏を持っているのだ。だが、疑う力が、唯一の疑えないものという処まで、精神の力を行使する人が稀れなだけだ。又、そこに、自由を見、信念を摑むという処まで、自分の裡に深く降りてみる人が稀れなだけである。欠けているものは、いつも意志だ〉(「「テスト氏」の方法」)

青年期は難しい事柄の存在を直観する。生と死、自我と世界、人間と歴史の、己れとの関わりにおいて統一的イメージを求める。〝自分の裡に深く降りてみる〟青年は稀ではあっても、決してなくなることはないだろう。それがひとつの飛躍ともなりまた挫折ともなろうが、それはそれぞれの宿命であろう。晦渋という名の明晰、明晰という名の晦渋は、古来、青年の関門なのである。

小林秀雄にとっての正面の敵がマルクス主義文学であったとすれば、丸山真男にとっての正面の敵は超《ウルトラ》国家主義であり日本ファシズムであった。それは時代の変貌であり世代の宿命であったろう。ただ問題は、丸山真男の論壇へのデビューは敗戦の翌年、一九四六(昭和二十一)年であり、超国家主義もしくは日本ファシズムは自壊したあとであった。けれども帝国日本が崩壊したあとでも、その崩壊の意味を理解することは、茫然自失した日本人、とくに青年たちにとっては別の問題であった。実態が崩壊した後も、イメージは残像として残る。もしそうでなければ、丸山真男の「超国家主義の論理と心理」(『世界』)によって、多くの青年が「眼からウロコが落ちる」ような実感を抱いたことは説明がつかない。

そしてまた、日本ファシズムを正面から批判することは、次第に言論、表現、学問の自由が狭められていった昭和十年代には不可能なことであった。一九五二(昭和二十七)年、公刊された『日本政治思想史研究』(東京大学出版会)によれば、昭和十五年から十九年にかけて、丸山真男は、ひたすら、日本近世から近代にかけての政治思想の実証的研究に禁欲的に沈潜していたのであり、その基本的モチーフは、日本における近代的市民意識の成熟の過程を追究するというテーマに秘められていた。近年(一九七六年)、やっと公刊された『戦中と戦後の間』(みすず書房)で、われわれ一般読書人が公衆として読めることができるようになった、戦時中の文章も、主として短い書評の形式を採っているが、前者の武装された装いとちがって筆者のより素顔に近い肌合いを感じ取ることができる。

戦争という非常事態のなかで抑圧された青春を送った丸山真男の世代に共通した事柄だが、それだけに、敗戦後の解放期には、おくれてやってきた青春、〝第二の青春〟といった色彩があり、敗戦後の活躍には爆発的エネルギーを感じさせる。けれども、その爆発力は戦時中の短文のなかにすでに発想と論理の萌芽を読み取ることができるし、また禁欲的な実証的研究に沈潜した者のみが獲得できる厳密な方法論が、丸山の論壇での活躍に際しても際立った特色と優越性を示している。

丸山真男が一九四六年、論壇にデビューしたのは、三十二歳のときであるが、その後、短時日のうちに遂行した業績は集中的であり、多面的である。厳密でありつつ情熱的である。絢爛たるレトリックを駆使しつつ思索的である。筆者が正面の敵として挑戦したのは、十年間、雌伏して耐えてきた超国家主義の論理と心理——ファシストの精神態度であり、その精神病理の核心であったが、同時に、そうしたファシズムの横行を許した在来の個人主義・自由主義への反省であり、さらには、その根柢にある政治学——日本国家の批判の学であるべきであった政治学への批判であった。

〈まさしく他の社会科学の華々しい復活に対して、我国の政治学は極言すれば、「復活」すべきほどの伝統を持っていない〉

〈今日の政治的現実に対しては、我国のこれまでの政治学の体系や問題設定は、ほとんどまったく方向指示の能力を持っていないのである〉

〈もともと政治学の非力性は今日にはじまった事ではなかった。……少くも我国に関する限り、そもそも「政治学」と現実の政治とが相交渉しつつ発展したというようなためしがないのである〉

（「科学としての政治学——その回顧と展望」）

この挑戦的な問題提起に対しては、先行世代である温厚な蠟山政道が、それに触発されて『日本における近代政治学の発達』という自省をこめた良識的・客観的著述で応えたが、丸山真男の問題提起は、いずれの主題においても、挑戦的であり主題の核心を衝いたのである。ただ当然のことながら、自壊し、追放されてしまった国家主義者からの応戦は当時、皆無であったし、あり得ようはずもなかった。したがって「超国家主義の論理と心理」以下の日本ファシズム、軍国支配者の分析、あるいは政治学自体の反省に関した論文よりも、戦後史の行程のなかでポレミックであり話題を呼んだものは、「ある自由主義者への手紙」(『世界』昭和二十五年)と「肉体文学から肉体政治まで」(『展望』昭和二十四年)の二篇であろう。

そしてまた、この二篇のなかには、丸山真男のチャレンジングな姿勢とともに、氏の豊かな人文的素養と巧みなレトリック、ダイナミックなリズムと日本知識人への根源的批判、そして氏の独自の戦略論が、明確かつ平明に説かれているからである。青年学徒、知識人を捉えて離さなかった青春の思想の秘密もこの二篇にもっとももよく看て取ることができる。

K君、という呼びかけで始まる「ある自由主義者への手紙」は表題の通り、手紙形式で書かれた仮名の友人との対話である。

〈K君、先日は長いお手紙をいただき、非常にうれしく拝見した。ひさしぶりに君の諤々の論に接して、読んでいくうちに、昔高等学校の寮で蠟燭の火を前にして南京豆をかじりながら夜を徹して議論をたたかわした日のことが、こみ上げるような懐しさで思い出されて来た〉

まさに青春の思い出に始まり、旧友に対して青春時代そのままに語りかける口調には、すぐれて文学的表現と説得性が渾然として、直接、読者への語りかけとなっている。

そして、

〈知識人同士がインテリジェンスの次元での共通のルールを守りながら率直に口をききあうことができないようで、どうして思想の自由を守れるか〉

〈僕は"Let's go whistling under any circumstance"というアメリカの誰だかの言葉が大好きだ。戦争中に出征する後輩や学生から例の日の丸の旗への署名をもとめられたとき、よく僕はこの文句を——むろん日本語でだが——書き贈ったが、それは多分にあの時代状況のなかで自分自身にいいきかせる気持からだった。この手紙でもそういった悲壮感や感傷主義の露呈を抑制して、M・ウェーバーのいわゆる「醒めた《ニュヒテルン》」魂を見失なわないように心掛けるつもりだ。しかしこれは僕の経験でも実に難しいことだ。困難な状況になるほど、本人は口笛を吹いているつもりの顔がすぐさま醜くゆがんでくる。もしこの手紙にそういったチグハグが窺われたら、どうか僕を責めると同時に、敗戦後、数年ならずして再び僕に、いや僕だけでなく決して数少なくない僕の信頼し尊敬する人々にあの時代の気持と表情を甦えらせようとしているものは果して何か、ということも考えてくれ給え〉

という前提条件を附しながら、去年（一九四九年）の秋あたりから感じ取ってきた胸中のモヤモヤ〝現在の日本と世界の政治的状況を判断する〟態度なり考えなりを書きつづる決意を表明する。

一九四九（昭和二十四）年といえば、東西対立が明白になり、戦争犯罪人の公職追放が曖昧に緩和されもしくは停止し、レッド・パージが吹き荒れてくるころである。

Kという匿名の、もしくは仮構の旧友の主張は〝なぜ丸山氏のような自由主義者、個人主義者が、ファッショに対してと同様、左の全体主義たる共産主義に対しても画然たる一線をひ〟かないのか、という疑問の提出にあった。

これに対して筆者は、政治家や新聞ジャーナリズム、自由主義や民主主義は共産主義の温床であり一つ穴のむじなだと叫んでいた御当人たち、反共の旗幟が唯一の民主主義者の証しであるかのような風潮、学生に媚びている「進歩的」教師といった世間の喧騒と区別し〝君のような善意で真面目な自由主義者〞に対して応える義務を感ずる、のである。

同時に、当時の状況下で、

〈自由人をもって任ずる無党派的な知識人もその主体性を失わないためには無党派的知識人の立場からの現実政治に対する根本態度の決定とそれに基く戦略戦術を自覚しなければならない段階が来ている――〉

という状況判断を語り、

政治的現実に対する戦略戦術の必要、抽象的なイデオロギーや図式からの天下り的考察の危険、主観的イデオロギーと客観的行動原理のギャップ、「非自覚」的政治無関心層、日常生活領域と政治的舞台との複雑な上昇と下降関係、共産主義と同様、アメリカ的民主主義、イギリス的民主主義にも現われる公式主義、図式主義、左翼勢力の脅威以上の旧社会関係の上に蟠踞《ばんきょ》する反動勢力、あるいは西欧的民主主義の根本原則たる自由討議と説得の日本における困難、「法の支配」解釈の日本的歪曲、モラリストと称せられる人間、とくに支配層の現状維持的役割、日本社会における独裁者型よりもボス型指導者の危険、日本における被抑圧者の忍従と支配層の「和」の強調、等、われわれが日常身近

に観察できる日本社会の人間関係と行動様式を、皮膚感覚に訴えて描出し、

〈日本社会のどこに「防衛」するに足るほど生長した民主主義が存在するのか。知識人の自由にとっても、広く国民大衆の政治的・経済的権利の拡充にとっても、当面の問題は既存の民主主義の防衛ではなく、漸く根の付いたばかりの民主主義をこれから発展伸長させてゆくことなのだ〉

また、

〈こうして、我国の権力構造や人間関係における、およそ「英米的」民主主義の原理と相反する前近代的諸要素がまさに、「英米的」民主主義の防衛の名において復活強化されて行く。君はこのいたましいパラドックスの進行に対して晏如たりうるか〉

と対者に迫ってゆく。

丸山真男の基本態度と戦略論はかくして次のような結論に導かれる。

〈日本社会の近代化という課題は近代的学理を暗記することによってではなく、歴史的具体的な状況において近代化を実質的に押しすすめて行く力は諸階級、諸勢力、諸社会集団のなかのどこに相対的に最も多く見出されるかという事をリアルに認識し、その力を少しでも弱めるような方向に反対し、強めるような方向に賛成するということによってのみ果されるというのが僕の根本的な考え方なのだ〉

〈僕は少くとも政治的判断の世界においては高度のプラグマティストでありたい〉

〈僕はいかなるイデオロギーにせよそのドグマ化の傾向に対しては、ほとんど体質的にプロテストする。僕が左右いかなる狂熱主義にも本能的に反撥するのは君もよく知っている通りだ〉

〈僕は日本のような社会の、現在の情況において共産党が社会党と並んで、民主化——しかり西欧的意味での民主化に果す役割を認めるから、これを権力で弾圧し、弱化する方向こそ実質的に全体主義化の危険を包蔵することを強く指摘したいのだ〉

〈下からの集団的暴力の危険性と、他方支配層が偽善乃至自己偽瞞から似而非民主主義による実質的抑圧機構を強化する危険性とを比べ、また、一方大衆の民主的解放が「過剰になつて氾濫する」危険性と、他方それが月足らずで流産する危険性とを比べ、前者よりも後者を重しとする判断を下すわけだ〉

最後に、筆者はT・ローズベルトと社会学者メリアムとの対話を引用し、秩序《オーダー》と正義《ジャスティス》のどちらを選ぶかという設問を提出し、メリアムの「私は〝アメリカ革命の息子たち〟に属しています」という選択に共鳴し、

〈人類がその歴史において一度ならずこの二者択一の前に立たされたということはいたましい悲劇だ。われわれはあらゆる努力をしてこうした状況の到来を防がねばならない。しかしもし万一不幸にしてこの選択の前に否応なく立たされる時があつたならば、その時は——僕はやはりメリアムに与する。しかしそれは僕の祖国がメリアムとちがつて、革命の伝統を持たず、却つて集会条例・新聞紙条例からはじまつて治安維持法・戦時言論集会結社取締法等々の警察国家の伝統を持つているからなのだ〉

という、きわめて象徴的な態度宣明に終るのである。

ここには日本の政治的文化の風土の洞察に始まり、西欧的民主主義を確立するための、自覚的選択と戦略論の展開が、男性的態度決定にいたる過程が、きわめて明晰に語られ、告白されている。そしてこの基本態度は、六〇年安保の、最後の状況への発言に至るまで基本的に微塵も変っていない。まさに知識人の政治的態度決定は、あるいは一般にあらゆる主題への態度決定には、結論への賛否は別として、こうした思考の過程を具備しなければならないであろう。戦後知識人のなかで、これだけ見事な文体と厳密な思考をもって、説得した文章は、ついに他には現われなかった。知識人、とくに青年学徒は、ひとしくこうした情熱と認識、洞察と決断を所有したいと願ったはずだ。

「肉体文学から肉体政治まで」は、AとBの対話という形式――よりリラックスした形で、東京を離れた閑静な宿屋で仕事をしている学者のところへ、実務家となった友人が尋ねてくるという状況設定で書かれたものである。しかし現在の政治状況への態度決定という主題の緊迫性こそないが、扱われた主題は、文学から政治までを貫く日本人の発想様式、行動様式の基本的欠陥を衝いたもので、日本文化、日本人の精神態度を論じて主題はより基本的で深く広い。

敗戦直後、氾濫した肉体文学から始まって、なぜ日本では普通の市民生活を素材とした小説が生れにくいか、という問題設定が、〈生活のなかから「詩」を作り出して行くための精神の主体的な働きかけがなければ、何時までたつても同じこと〉であろうという歎きとなり、日本における社交の欠如、

西欧の社交的精神における会話の普遍性と豊饒性、が指摘され、

〈結局やはり残念ながら彼等とわれわれの間の精神生活の落差に帰着するとしか思えない。極端にいえばあそこでは日常的な市民生活そのものが既にある程度「作品」なので、素材自体が既に形象化されているのじゃないか。それがないからこそ、日本の作家はいきおい普通の市民生活とかけはなれた特殊な環境や異常な事件のなかに素材を漁るということにもなるだろう〉

という状況判断になる。

その点では伝統的な私小説も、肉体文学や戦争文学も、素材の「場」がちがうだけで、感光板としての作家の精神構造自体は似たりよったりであり、ヨーロッパ文学やロシア文学のようなデモーニッシュなものがない。

〈日本では為永春水の昔から荷風先生に至るまでその辺の境界（文学とポルノグラフィー）が神韻縹渺としているじゃないか。そこで逆にいえばポルノグラフィーに関する限り、日本の方がずっと「芸術的」だということにもなる〉

というシニカルな批評となり、

〈私小説のこれまで到達した芸術性の程度を無視して、今日の「肉体文学」と一しよくたに論ずるのは一見乱暴のようだが感性的＝自然的所与に作家の精神がかきのようにへばりついてイマジネーションの真に自由な飛翔が欠けている点で、ある意味じゃみんな「肉体」文学だよ〉

という判断がでてくる。

この〝精神の自然からの分離〟、〝機能的独立性〟というテーマは、丸山真男の思想史研究の基本的モチーフだが、近代精神とは「フィクション」の価値と効用を信じ、これを不断に再生産する精神として現われる、ということになる。その典型としての〝社会契約説〟こそ、高度のフィクション（擬制）であり、文学におけるフィクションの欠如は、社会、政治の世界にまで一貫し、共通した日本人の精神態度の特色欠陥として指摘される。天皇制も議会制も機能としてでなく実体化され、労働組合を含めてあらゆる組織が、社会的分業として機能しないで、すぐ実体化してしまう。そうなると分業は割拠になり専門は縄張りになる。社会的統合機能が十分行われず、政治的統一が失われる。

こうした傾向は日本だけでなく近代社会の行き詰りとしてのナチズムの勃興の過程も巧みに分析説明されているが、日本社会の問題としての「顔」や「腹」の効用、ボス型政治家とテキヤ型政治家の支配が、私小説派と肉体文学派との比喩で語られ、代議士が個別的私的利害の代表として行動する点は、政党としての統一とリーダーシップが欠けている点、私小説が個々の感覚的経験をたばにしただけで、フィクションとしての内面的統一性がないのと対照される。

丸山真男の説くところは、一貫して精神と観念の自立であり、西欧的近代市民意識の成熟という悲願なのである。「肉体文学から肉体政治まで」はそうした氏の実感をイメージ豊かに語りかけてくる――。

小林秀雄はフランス象徴派の詩人から出立し、ポオル・ヴァレリイの厳密な批評精神を範として、徹底した自意識の解析と明晰な思考を追究した詩人批評家である。丸山真男はヘーゲルから出立し、マックス・ウェーバーの厳密な方法意識を学び、カール・マンハイムの発想をも読み込んだラディカルな政治思想家である。前者はフランス語とフランス文化を土壌とし、後者はドイツ語とドイツ文化を土壌としている。

丸山真男の文体は、あるドイツ語に強い先輩の言によると、一読してカール・シュミットの文体を想起した、と評したことがあるが、戦後の活躍に際して、氏の念頭に西欧の規範があったとすれば、それは英国労働党の理論家でもあったハロルド・ラスキの急進的態度ではなかったか、と推測する。

前にも述べたように、小林秀雄が正面の敵としたのがマルクス主義であったのに対し、丸山真男の正面の敵はファシズムであった。それは一九〇〇年代生れと、一九一〇年代生れの世代の差であり、小林秀雄にとって登場に際して、正面の敵とするほど有力であったマルクス主義とその攻撃的姿勢は、いわば加害者的姿勢として映じたことであろう。しかし十年後にはマルクス主義は国家権力による被害者的立場に逆転し、加害者は日本型ファシストに百八十度転回していた。丸山真男の世代にとってマルクス主義は未発と未完のまま消えていった魅力的な運動であり世界観であった。その友人のなかには運動にコミットすることでさまざまに傷つき挫折した優秀な青年学徒がいたはずであり、十年間の国家主義の支配と戦争の拡大のなかで、共感をもって逆風に耐えた同世代には、マルクス主義者もしくはそれに近い人々が大勢いたはずであった。戦後の〝解放期〟に、丸山真男と交友関係にあった文士や学者には、そうした共通の連帯感があったはずであり、十年の雌伏の後に獲得した自由は、そうした連帯感の擁護という世代的使命ともつながっていたはずである。

より根本的にいえば、小林秀雄の世界は〝近代〟を越えた美意識と歴史への関心であり、丸山真男の世界は、この精神的後進国に近代意識を根づかせることにあった。

また両者の風貌姿勢を比較すれば、小林秀雄は無頼に近い文士風であり、丸山真男はあくまで禁欲的なアカデミズムの政治学徒であった。

それにも拘らず、両者が等しく青年学徒を魅了して離さない秘密はなんであろうか。あるいはきわめて対照的な姿勢や風貌にも拘らず、どこかに等質な資質があるのではなかろうか。

それは第一に、ギリギリまで思考を押しつめてゆく思索力であろう。小林秀雄風にいえば、酷使ともいえる脳髄の運動の魅力である。小林秀雄は、文士、批評家を自称しつつ、身近な哲学者を罵倒したこともある。丸山真男は科学の領域に自らを限定し、哲学もしくは形而上学的傾向を避けようとする。けれども両者はともに哲学の素養は深く、根本命題に迫る思索と批評的批判的全体把握は、きわめて哲学的なのである。

第二に、思考と姿勢が共に挑戦的であり論争的である。あるいは自らのうちに反問を自覚し、自らの思考の過程にダイアローグを遂行していることである。両者はそれぞれ独自の口調で、小林秀雄は苦い否定的口調で、丸山真男は、戦闘的かつ快活に、そのダイアローグの過程をきわめて卓抜なレトリックとして展開してみせる。したがって多様な価値を前にして戸惑っている読者は、筆者の選択の過程と判断を明白に読み取ることができる。

第三に、こうした選択は、男性的決意もしくは決断として、人生への態度決定につながる。自我と世界、人間と歴史への自立の関わりを統一的イメージとして形成し、変転する状況と環境のなかで貫徹した自我意識を成立、成熟させる。

第四に、こうした全体像を成立させるものとして、人間学（Humanities）の、歴史、文学、哲学へのあくなき好奇心と営々たる読書量の蓄積が、身についた血肉となって、自由自在に駆使されていることである。

もちろん、両者の立場と志向はむしろ、逆の方向を指し示すかもしれない。その色調や音色は別世界として映ずるかもしれない。けれども、古来、青年期に訪れる自我分裂の危機＝アイデンティティ・クライシスの関門に、二つの巨大な精神が屹立していることはまちがいない。それは明晰と晦渋という関門であり、それを通して、自我と世界を統一的に形成する全体像を確立することであり、人生における選択と決断の姿であり、規範なのである。その等質性、――等質的な卓越性に比べれば、立場や志向の相違は問題ではない。小林秀雄と丸山真男を同時代人として、先行世代として所有する青年、知識人にとって、それはこよなき幸福であり、挑戦に価する巨峰であることはまちがいない。ひとびとはその関門をくぐり挑戦した後に、それぞれ自らの道を自由に多様に生きてゆけばよいのである。

（『諸君！』一九七九年七月号）

河上徹太郎の姿勢

「私の詩と真実」が、雑誌『新潮』に連載されたのは、この著作集（『河上徹太郎著作集』）で確めてみると、昭和二十八年のことである。その連載を私は愛読していて、浸み透るような河上徹太郎さん（一九〇二―八〇）の文体と世界は、いまでもかなり鮮明な画像として残っている。

当時の私は、法学部の学生であったが、大学の講義はもうまったく放棄しており、学生の分際で酒を覚え始めて、夜な夜な悪友と安酒場に通っていた。そうなると、妙に神経だけが研ぎすまされて、多くの雑誌や書物の文章も受けつけなくなってくる。それまで定期的に購読していた『展望』は昭和二十六年、新人、三浦朱門氏の「冥府山水図」を送り出した十月号で休刊となり、そのあとは、『新潮』だけを定期購読していた。その時期の記憶として、「私の詩と真実」が、もっとも強い印象だったわけである。他の文章を受けつけない高ぶった神経が、河上さんの文章だけを受けつけて、「詩によって築き上げられた自分」を語る、その繊細な情感、巧みな表現、明晰な論理が、なんの抵抗もなく静かに浸透したのである。

＊

この著作集の解説者となった高橋英夫は、中学以来の旧友であるが、小林秀雄や河上徹太郎の存在は、主として高橋君との交友のなかで意識されていったように思う。この病弱な秀才は、そのころから物静かで口数が少なかったが、その繊細な理解力と確乎たる判断力で、私を圧倒し導いてくれた。

小林秀雄の語り口や文章は、強烈なエゴの存在を実感させ、その独特の発想や論理は読者に一種の苦行を強いる。苦行に耐えることで、閃光のようなヴィジョンを共有する。小林秀雄の歩行とつきあうことは、この軽業師のような綱渡りのスリルを味わうことであろう。通念や常識が否定され罵倒され、意表を衝く論理が、ぎりぎりの脳髄の働きとして絞り出されてくる。

こうした異才が、芥川龍之介の自殺と入れ替って昭和文壇史に登場したことは、きわめて興味深い歴史的事実であるが、それと同時に、以後の日本の文壇が、小林秀雄を中心としたグループをひとつの極として、五十余年を経た今日まで持続したことも驚くべき事実である。

「他人をダシにして己れを語る」小林秀雄の批評のスタイルは、小林秀雄の天才をもってして初めて可能なのであって、その模倣者からは、倨傲と独善だけが残る。多くの文学青年が死屍累々たる惨状を呈したのは、この天才の毒もまたいかに強烈であったかを物語る。

ただ、もっとも面白い事実は、この小林秀雄のもっとも身近なところに、河上徹太郎が座っていたことであろう。この穏かで芯の強い個性が、小林秀雄と共に歩み、その圧力のなかで、自らを開花させ熟させていったことは改めて再考する価値のある主題である。おそらくそこに展開された心理劇は、両者が言葉に表現している以上のものがあったにちがいない。

その河上さんの批評の方法が、「己れをダシにして他人を語る」見事な対象への即自性をもっていることである。読者は、小林秀雄の文章に接して、語る対象よりも小林秀雄の姿の方に意識がいきがちである。ところが、河上さんの文章に接するとき、読者は後景に退った筆者の淡い姿を意識しながらも、あるいは筆者の存在を忘れて、対象に見入ることができる。それは河上徹太郎の対象への愛、他者への愛を無言のうちに語っていないだろうか。おそらく、批評とは何かという問題は、この小林対河上の、無限にデリケートな対話のなかに潜んでいるように思われる。

＊

ところで、その河上徹太郎は、小林秀雄とちがった形で、戦中、戦後のアイデンティティを貫いた存在である。文芸批評を越えて昭和十年代、「シェストフ的不安」から「近代の超克」までの発言は、戦後派の人々から非難される側面を含んでいた。けれども、ながく深い沈黙の後に、河上徹太郎の洞察は、今日の時代にも生きていることを証明している。それは戦後において啓蒙主義を説いた人々よりも射程距離の遠い真実を含んでいる。

それよりも、敗戦直後、河上徹太郎が敗戦という未曾有の事態に直面して書いた文章、「配給された自由」（『東京新聞』昭和二十年十月二十六・二十七日）や「終戦の思想」（『人間』昭和二十一年二月）などは、当時の一世代若い近代文学の人々などの文章と比べて、いかに成熟したまなざしをもっていたことか。私自身、後年になって敗戦直後の文筆家の文章を読み比べてみたときに、深い感動とともに発見した事実であった。

編集者としては、遠くから敬愛の念を持ちつづけつつ、遂に接触する機会を得ないまま過ごしてしまったが、「私の詩と真実」以来、河上さんの批評家としての姿勢は、私のなかで、不動の位置を占めて根づいている。

（『河上徹太郎著作集　第4巻　月報』新潮社、一九八一年）

保田與重郎と竹内好――ロマン主義について

最近、保田與重郎（一九一〇―八一）に傾倒している青年に紹介される機会があった。その青年は氏の著作目録全体が、完全に整理された形で頭のなかに収っているようであった。

――なぜ保田與重郎に引きつけられたのか？

私は執拗にその質問を繰り返した。しばらく沈黙していたその青年は、言葉少なに、端正な態度で答えた。

――私たちは、ちょうど全共闘世代に当るわけですけれども……。戦後の民主主義教育は、人間の均質化ということしか教えてこなかったような気がします。保田與重郎の世界に触れて、人間の高貴さに眼を開かれたように思います。

この言葉は、私にとってやはりひとつの衝撃であり、さまざまな感慨を呼びおこすきっかけとなった。一九七〇年前後の全共闘運動が、青年の価値観に深刻な亀裂を生じさせたこと、そして〝戦後民主主義〟の終焉が叫ばれたことは多くの人々の記憶に生々しい。その亀裂を通してどのようにアイデンティティを回復していったかは、それぞれ様々であろう。けれどもその青年にとっては、自らを培った戦後日本の知的風土を越えて、保田與重郎が、あるいはロマン主義的心性が、精神の飢渇を癒したことは厳たる事実である。年譜によれば、『保田與重郎選集』六巻が講談社から刊行されたのは一九七一年から二年にかけてである。

橋川文三が、戦後の時代風潮に抗して「日本浪曼派批判序説」を同人雑誌『同時代』に連載したのは一九五七年であり、未来社から単行本として刊行されたのは、一九六〇年である。それは一面では自らの内なる日本浪曼派の批判的清算を志向したものであったが、戦後の知識人が罵倒と憎悪のうちに葬ろうとした姿勢に対する明白なＮＯ！であり、戦時下に保田與重郎に〝イカレタ〟経験のある世代として、なぜその魅力に引きつけられたかを自問する誠実なモチーフに貫かれていた。戦後三十四年の行程は、改めて保田與重郎にイカレル新世代を生み出したのである。

――ひとつのサイクルを終えたのだ。

という認識が私の感慨の基調をなしている。

保田與重郎の甦りと共に、最近の論壇・文壇の底流に、「近代の超克」論議の再検討、再評価の気運がある。これまた戦後知識人のあいだで悪名高かった『文學界』の大シンポジウム（昭和十七年）であるが、哲学者の中村雄二郎氏も最近某紙で触れておられたが、「近代の超克」という主題自体は、当時の戦争協力という政治的イデオロギーを超えて、今日にも持続する問いかけが含まれているのではないか、ということである。

この問題提起を最初に行なったのは、竹内好（一九一〇―七七）である（昭和三十四年）。この場合も橋川文三と同様、一面で批判的清算を志向しながら、他面、戦後の時代風潮としてのトータル否定に対して、NO！であり、第二次大戦における対中国戦争（侵略戦争）と対英米戦争を区別し、対英米戦争を帝国主義同士の戦争としながらも、ヨーロッパ的近代への挑戦として、勝敗を別として一定の意義を認めようという、屈折した論理がそこにある。そしてこれまた橋川文三と同様、竹内好自身、大東亜戦争の開始に際して、「大東亜戦争と吾等の決意（宣言）」という感動と賛意の文章を『中国文学』八〇号の巻頭に無署名で雑誌編集者として書いていることである。この体験と行為の自省と持続の上に、竹内好の戦後がある。敗戦を解放として受取った同世代もしくは、第一次戦後派のなかで、竹内好の主調音がどこか異なっているのはそのためであった。

けれども今日の「近代の超克」論議は竹内好の問題提起とは、その意識においてかなり異なるだろう。橋川文三も竹内好も、一九六〇年前後の雰囲気のなかで、過去の批判的清算と戦後民主主義の補強が目標としてあったはずである。しかしそれから二十年の歳月は日本社会自体の近代化の行き詰りとして自覚されはじめている。あるいは世界的規模での〝方向感覚喪失〟の不安のなかで生じてきている。

戦後日本の出発と復興と成長と経済大国の実現の過程は、合理主義の貫徹を基調としている。それは社会的次元では、産業化・都市化にみる効率第一主義であり、思考と表現の次元ではリアリズム——科学と散文の時代であった。戦後知識人の主流をなした観念的理想主義も、その基調となる認識は社会科学という名の唯物論であり、その目標となった社会主義もまた唯物的世界であった。その意味では方向こそ異なれ、実務社会も知的社会も唯物的志向において双生児を成している。

そうした道行きのなかで、ロマン主義的心情は抑圧され圧殺されていったことはまちがいない。そして今日の日本は、二重の意味で未来を失っている。〝高度成長〟という進歩の幻想は〝成長の限界〟を思い知らされることで破れ、社会主義理念は中ソ対立から中越戦争の過程で完全に崩壊した。折りしも『中央公論』八月号が〝発展史観を超えて〟という特集を行い、経済学、文学、史学の三領域から、戦後日本が前提としていた史観の根本的再検討を行なっていることもきわめて暗示的である。

ロマン主義的心情の復活は、どこに憧憬の眼を向けるのか。「近代の超克」論議はどこへの超克なのか。われわれの前途に横たわる不安は、崩壊感覚の現われなのか、衰亡の予兆なのか。危険な悪魔の再来なのか。新しい再生の徴候なのか——。

保田與重郎と竹内好というきわめてポレミックな存在を問い直してみることは、今日の問題への迂回的接近として、不可欠な作業の一環となりうるはずである。

保田與重郎も竹内好も、今日ではその全貌と足跡をかなり正確に辿ることができる。保田與重郎に関しては、橋川文三の『日本浪曼派批判序説』に始まり、講談社の選集を経て、最近文藝春秋から出た『天降言《あもりごと》』(人と思想シリーズ)によって、その足跡と著作目録と視点への手掛りを摑める。竹内好に関しては戦後思想史のなかの指導的な存在として、多くの人々はその風貌と言動を眼前に浮かべることができる。その処女作ともいえる『魯迅』は、さまざまに発行元を変えながら、今日も未来社版のものが店頭から消えることはないし、一九六五年刊の『竹内好評論集』全三巻が筑摩書房から刊行され、文藝春秋の〝人と思想シリーズ〟にも『日本と中国のあいだ』として一巻が編集されている。そして一九四六年生れの批評家松本健一による『竹内好論――革命と沈黙』(第三文明社)は、戦後生れの新世代として、竹内好に私淑した者のみが書ける、情理を尽くした評伝として優れた力作である。そこに竹内好論へのさまざまな手掛りがある。

保田與重郎と竹内好が共に一九一〇年生れであり、旧制大阪高校で同期であったことは、きわめて興味ある履歴であるが、相互に相手を気にかけながらも、深い交渉があった形跡はない。むしろ奈良県桜井という古代大和の面影を湛えた郷里に育った保田與重郎と、長野に生れ、東京に育った竹内好に気質の相違の萌芽を認めることとの方が重要であろう。

昭和九年、東大文学部美学美術史科を卒業した保田が、同人雑誌『コギト』を発刊するのは、昭和七年、大学在学中のことであり、『日本浪曼派』を発刊するのは、大学卒業の翌年昭和十年のことである。処女作『日本の橋』が昭和十一年、『戴冠詩人の御一人者』が昭和十三年、『後鳥羽院――日本文学の源流と伝統』が昭和十四年である。保田は早熟な秀才であり、豊潤な感受性の表現者であった。

これに対して、竹内好の場合は、同じく昭和九年、東大文学部の支那文学科を卒業し、武田泰淳等と中国文学研究会を組織し、同人雑誌『中国文学』を創刊するが、その屈折した問題意識と状況への批判意識は、ながく表現への糸口を発見し得ず、むしろ放蕩とデカダンスの日々に沈湎《ちんめん》する。在学中の中国旅行、その後の北京留学と、中国の現実に触れることで徐々に問題意識の焦点を摑み、岡本かの子、太宰治、中野重治の文章で、発想と表現への手掛りを摑みかけるものの、竹内の半ば失語症状態は依然として続き、最後に、僚友武田泰淳の『司馬遷』が出現することで、初めて、彼は遺書に等しい『魯迅』に、自らの立脚点と表現への活路を見出す（この辺の竹内の模索と苦渋と遍歴に関しては松本健一の同書の記述が微妙なニュアンスを伝えて見事である）。

『魯迅』の擱筆は昭和十八年、その出版は彼の応召後の昭和十九年である。

保田の早熟と竹内の彷徨こそは両者の運命の岐路を決定した。二十六歳にして処女作を出版した保田は、三十五歳にして敗戦によって追放され、三十四歳にして『魯迅』を書くことで自らを確立し得た竹内は、敗戦以後に全面的に自己を開花させる活動期に入る。

私は一九三〇（昭和五）年生れである。われわれの世代は、戦争の拡大と太平洋戦争の破局への過程で育ち、おぼろげながら戦争の足音が身近に迫ってくる様を実感できた。敗戦の年は十五歳である。したがって自意識の成長は敗戦を境とし、戦後の出発と共にある。それは空襲がもたらした廃墟のなかでの窮乏と解放感である。世上に満ち溢れた戦争責任追及の声はいまだに耳底に残っており、占領下での労働運動の高まり、社会主義革命の高唱は昨日のことのように鮮かな風景である。私などは敗戦を境とした昨日と今日の間で、茫然、佇むほかなかったが、その百八十度の価値転換は世上の支配的価値に対するアンビバレンツな不信感を内部に植えつけた。

したがって、大東亜戦争の代表的イデオローグとしての日本浪曼派や京都学派が、敗戦直後、どのような罵声のなかで退場していったかは実感として了解可能な出来事である。

保田與重郎の場合、『満洲国』の建国をフランス革命、ソヴェト革命以降の、新しい果敢な文明理想とその世界観の表現〃として捉えて以来、日本民族の優越性を力説し、中国大陸への侵攻はそれ自体、〃成敗を問わない〃史興と詩趣を感ずる大遠征であり、大東亜戦争はヨーロッパ的近代の終焉として〃攘夷の完遂〃であり、〃竹槍の精神〃で戦われるべきものであった。保田與重郎の戦争責任は明白である。彼は知識人として、十五年戦争の全期間を通して、戦争遂行の積極的根拠を説き、若い世代にきわめて深い影響力を与えたのであった。

けれども同時に、その保田與重郎が、本来非政治的人間であり、日本型ファシストの典型としてあげられる右翼ゴロツキ的性情とも洗練された革新官僚の面貌とも異なることは、橋川文三が早く指摘したとおりであろう。

マルクス主義・ドイツロマン主義・国学を三つの構成要素とする保田與重郎の世界は、たしかに独特の発想と文体をもっており、一種の〃悪文〃でもある。そこには折口信夫、あるいは柳田国男を含めた屈折した発想があり、なじまぬ者にはなかなか入り難い世界である。けれども悪文の魅力というものはさまざまな形態で存在する。ひとたび、その魅力に取り憑かれると、それは平明な文章以上にひとを捉えて放さない。

それは終極的には、橋川の定義した〝耽美的パトリオティズム〟として結晶するが、出発の時点では芸術的デカダンスであり、マルクス主義を含めた近代主義へのイロニイであった。

ここで保田が登場してくる以前、昭和初期の精神状況の支配的観念を想起してみる必要がある。それは大正デモクラシーに始まる近代合理主義の強調であり、その延長としてのマルクス主義、プロレタリア文学のリアリズムであった。戦後のデモクラシーと近代化が新しいロマン主義を呼び醒ましているように、日本浪曼派が体現したロマン主義は、それ以前の支配的観念への反抗と否定――それは反動というよりも、社会の心理と生理におけるバランスの回復衝動と解すべきであろう――である。ただ今日の方向感覚喪失が、イデオロギーの終焉から来ているのとは逆に、一九三〇年代の方向感覚喪失は、イデオロギーの過剰と相剋からくる不安と錯乱にあった。

保田與重郎が、もしくは日本浪曼派が果した積極的役割は、〝病的な憧憬と美的狂熱〟を伴いながらも、新しい日本古典の発見にあった。近代化の進展に伴う都市化・産業化は、必然的に故郷喪失を招来する。日本古典の発見とそれへの回帰は、民族の故郷への回帰である。

こうした保田與重郎の精神やロマン主義の美意識は、社会的位置を測定した場合、政治の実態とは程遠いところに存在する。満洲事変・支那事変を企てた軍人、政党政治を解消して新体制になだれこんでいった政治家たち、それと裏で合作し誘導していった新官僚や新興コンツェルンと呼ばれた企業家たち、そうした新権力の周辺でそれに唱和した新聞ジャーナリズムの生態とは、無縁といってもいいほど程遠い。程遠い位置からそれを歴史的な流れとして捉え、意味付けをした。けれども国際関係の枠組のなかで、日本の政治的・外交的・軍事的能力を冷静に科学的に解析できる能力や意志は本来なかったのであり、それを求めること自体、無理というものであろう。

この事情は日本浪曼派と共に戦争協力の代表的イデオローグとしてあげられる京都学派の場合も、左程、距離のあるものとは思われない。哲学者として理念形成能力はあったとしても、実態の分析において十分な情報と能力をもってはいなかった。

にも拘らず、日本浪曼派も京都学派も、その影響力、思想的感化からいって、戦争責任を免れることはできない。その影響と感化の下に多くの青年は死んでいったからである。

けれども、問題は、戦後三十数年を経た今日から考えて、戦争責任を問うた戦後知識人は、果して何らかの政治責任を有しないであろうか、という点にある。あるいは、戦争の惨禍への反省から出発した戦後知識人の政治的予見と政治参加に錯誤はなかったろうかという問題である。

たしかに戦争による惨禍と大量の死者は、責任を問う場合、明白な相貌をもっている。それに反して戦後三十数年の平和のなかでの政治的発言、政治参加は、戦争の場合ほど結果は明白でない。けれども革命を志向し、あるいはもう少し漠然とした反体制運動を志向した場合、そこでの影響力、思想的感化は政治責任を伴わないのであろうか。明白な肉体的な死は明らかに少ない。けれども挫折に伴う精神的死という場合もある。知識人の政治的発言と政治参加は、戦争であれ、革命であれ、その政治責任は形式的には等価であるはずである。

運命の悪戯は、同世代の友人であった保田と竹内を戦中の存在と戦後の存在として截然と区別した。けれども保田與重郎の存在が戦時下においてユニークであったように、竹内好の存在も戦後にあってユニークである。

竹内好の存在を戦後の出立者の一人たらしめた資格は、戦時下に遺書として書かれた『魯迅』にある。けれども彼は同時に、太平洋戦争の開始に際して「大東亜戦争と吾等の決意」という感動と賛意の文章を書いた人間として、その自省の上に立っていた。そのことが敗戦を解放として、あるいは〝第二の青春〟として感じ取った人々と基本的情感を異にさせていたはずである。そしてその自省と問題意識の持続が、彼に固有の視点を与え、とくに「近代主義と民族の問題」「近代の超克」といった論文を書かせたモチーフであったろう。

保田がある意味で奔放なまでの美意識の体現者であったとすれば、竹内は志を持続したモラリストであった。粘着力のある思考と文体、ドスの利いた論争的姿勢、豊かな想像力を伴った哲学的思索力によって、生涯、自己を含めたラディカルな変革志向を貫いた。

――竹内好はじぶんの生き方を、作っては毀し、毀しては作る。（松本健一、前掲書）

と評されるが、それは魯迅に学んだ姿勢であったろうか。というよりも、学生時代、すでに既存の支配的学問であった東大の漢学を否定し、京大の支那学（内藤湖南を含めて）をも否定して、新たに「中国文学」研究という立場を対峙させ、その組織者でもあった彼は、本来、気質的にそうした激しい変革者を潜在させていたのであろう。そうした竹内が〝魯迅〟という対象を見出したとき、その変革者は思想的立脚点を確立したといってよい。敗戦による自由と戦後の変革期は、その彼に絶好の舞台であった。

一九五〇年代、「指導者意識について」「日本共産党論」で大胆に日本共産党を批判し、「国民文学論」で在来の文壇文学・プロレタリア文学を批判し、「中国の近代と日本の近代」「近代主義と民族の問題」で、日本と中国との対比において、日本近代化の批判的視点を提出する――。

その竹内好にとって、革命中国、毛沢東中国の成立は、深刻な影響と明るい展望を与えたことはまちがいない。一九五一年に書かれた「評伝・毛沢東」は、その時点での毛沢東論として卓越した思想的重量感のあるものであった。延安にこもった毛沢東が、そこを根拠地として、抗日戦と国民党軍との戦いを戦い抜く過程で示した自由自在、融通無碍の戦略・戦術を〝根拠地の理論〟として、一種のメタフィジックにまで高めた解釈である。それは魯迅の抵抗の精神を継承し、それを現実の政治的理論として具体化したものとして竹内は解釈した。この解釈と発想はその後の竹内好の言論と行動を陰に陽に規定していったように思われる。

こうした竹内好にとって、六〇年安保闘争は、戦後知識人にとって多くそうであったように、最大の試錬であると同時に、最高の政治的機会であったろう。

有名な「民主か独裁か」というテーゼを提出することで、竹内は日本人に選択を迫ったが、彼の本音はよりラディカルなものであったろう。

〈いまや国会はその機能を喪失した。われわれはいまこそ、新しい人民議会の創設を！〉

当時の『読書新聞』にそう提唱した彼は、その翌号でその文章を全文取消す。おそらく情勢論としてそうした情勢にないこと、あるいはそうした提唱が政治的に逆効果であることを、周囲から説得されたためであろう。

六〇年安保以後、一、二年、変革者竹内好の昂揚はつづいたようである。第二、第三の日本人の、市民としての、あるいは国民としての抵抗が継続することを予測したためである。けれども六〇年安保を分岐点として日本の社会はまったく別の様相を呈し始め、前衛政党としての日本共産党への失望と分裂が始まり、中ソ対立が顕在化し、イデオロギー闘争は国家対立に転化してゆく。やがて中国が核実験を行い、毛沢東が文化大革命を発動し、米中接近、田中内閣による日中国交回復が成立する。

――ソ連という脅威があるかぎり、日米安保条約も日本にとって必要でしょう。

あの周恩来首相がこう言明した瞬間、戦後日本の革新陣営の思想的・政治的枠組は完全に崩壊したといってよい。

こうした状況のなかでの変革志向と〝志〟の崩壊は、竹内好の心境と表情を鬱々たるものとさせていった。同人誌『中国』を発刊することで〝志〟を墨守しようとした彼は、日中国交回復と同時にそれを廃刊する。かつて戦時下に創刊した『中国文学』を自ら廃刊したように。その竹内が晩年想いをこらしたのは、人間の老い方、死に方にあったように思われる。そして旧友武田泰淳のあとを追うかのように、死んでいった。彼は最初から最後まで、自らを含めた変革を志向するモラリストであり、自らの言動に責任を取り続けようとする節義の人であった。

六〇年代半ば、『中国共産主義と毛沢東の台頭』(一九五一年)、『富強を求めて——厳復と西洋』(一九六四年)を書いたハーバード大学のベンジャミン・シュウォルツ教授が来日した。日本語もよくし、日本の知識人とも接触の深い教授は、竹内好氏と会見したあと、

——もし魯迅が生きていたら、毛沢東体制の最大の抵抗者となったのではないだろうか。

という感想を控え目に述べられたという。それは謙虚な教授の意に反して竹内好の急所を衝いた言葉であったように思う。

保田與重郎の社会的音痴ともいうべき無邪気さに比して、醒めた社会的認識と強靱な思索力・批判力を有しているようにみえた竹内好の場合にも、決定的錯誤があった。それは中国への加害者としての自責の念であり、革命中国の成立への虚心な共感と喜びであり、その延長として、魯迅の抵抗→毛沢東の根拠地の理論と発展させた、彼の内なる革命的ロマンチシズムそのものであった。

さらにポレミックな論点を提出すれば、中国の核実験に際して書かれた「周作人から核実験まで」のなかで、核実験を非としながら、

〈けれども、理性をはなれて、感情の点では、言いにくいことですが、内心ひそかに、よくやった、よくぞアングロ・サクソンとその手下ども(日本人をふくむ)の鼻をあかしてくれた、という一種の

感動の念のあることを隠すことができません〉

という文章である。

それは、「近代の超克」論以来、一貫した論理であり、竹内好の基礎感情であろう。けれども、そのことは、中国と日中関係について学んだ彼は、ついにヨーロッパ・アメリカについて、あるいは日米関係について何事も学ばなかったことを意味しないか。こうしたアジア主義的発想は政治外交的にはきわめて危険である。

日中戦争は、というよりも朝鮮併合、対支二十一ヵ条要求以後の、近代日本の全過程は、明白に欧米の列強に伍した帝国主義的行動であり、その日本が大東亜戦争、大東亜共栄圏を称えたことは、実態としては虚妄に等しい。けれども、今次大戦の教訓は、

――日本はアングロ・サクソンを敵に廻してはならない。

という単純・明快な政治・外交的命題でもあったのではないか。戦後日本にとっても、日米関係は日本の存立にとって第一義的に致命的である。

一九三〇年代、米国と中国に友人をもち、和平への努力を重ねた国際ジャーナリスト・松本重治氏の至上命題は、

――日米関係とは中国問題である。

というC・ビーアド教授の言葉であった（『上海時代』）。

レーニンの古典的公式的『帝国主義論』をそのまま世界の構図として受け取るなら別だが、社会帝

国主義や社会主義の覇権行動が問題とされる今日、戦後知識人の世界像は、竹内好を含めてあまりに、一面的ではなかったか。

かつて知識人の戦争責任への自省から始まった戦後知識人の政治参加もまた、今日から省みるとき、同様の幻想と錯誤と挫折に終ったように思われる。戦中・戦後を省みて、知識人と政治はきわめて遠い距離にある、という教訓が浮かびあがる。どのような形であれ、知識人にとって政治の世界は鬼門であり、政治は知識人を利用しつくして放り出す悪魔の存在であるかのようである。


けれども半面、三十年の歳月は、保田與重郎の戦争イデオローグとしての役割を離れて保田の業績を客観的に再評価しようという気運を生んだ。それは日本古典への水先案内人としての保田であり、奔放な空想力を備えたロマン主義的美意識の体現者としての保田である。おそらく戦争イデオローグとしての保田をもっとも許さない世代の一人であろう丸谷才一氏の『後鳥羽院』も、保田與重郎の『後鳥羽院』を、その政治的音痴を揶揄しながらも、谷崎潤一郎と共に引用しながら、一定の評価を下している。保田の再評価は、戦後日本の近代化——合理化・普遍化の反措定としての日本古典・日本の詩歌の再評価という大きな流れのなかで行われているものである。

近代化の帰結としての現代の生活が、砂を嚙むような散文的なものになればなるほど、〝現実からの逃避〟でもあり〝現実からの飛翔〟でもある浪曼的心性は、飢渇のように求められることは必然である。日本の国際化が進行すればするほど——そしてこの国際化は反可逆的である——その遠心力に抗して、求心力が働くことも当然である。喪失した故郷を求めて、民族のルーツを求める行為は、それ自体、正当な根拠をもっている。その場合、古代大和をその故里とした保田與重郎の感性と想像力は、原日本人への招待として、独自の影響力を発揮しつづけることだろう。

保田與重郎の戦時下の〝竹槍の精神〟も、戦後の〝絶対平和主義〟も、それ自体、政治の論理からみれば、リアリティをもたないし、実際的ではない。けれども、それは実際的でないことによって、非政治的であることによって、〝政治の論理〟そのものを批判する視点たりうる。それは両刃の剣なのである。

その保田與重郎の、日本浪曼派の〝もっとも正統的継承者〟と橋川文三に指摘された竹内好は、奔放な美意識を強靭なモラルに変形した。その持続した志と変革志向は、あらゆる権威と権力に鋭い匕首をつきつけ、妥協のない論争的態度で一貫した。けれども、その変革と抵抗の姿勢は、まさにロマン主義の継承者たることによって、その予見は錯誤を免れなかった。保田與重郎は早く挫折することで潔く身を引き、自らの世界を固守することで甦り、その変転の世間を自ら確めることができた。竹内好は戦時下にきびしい倫理感と違和感の故に自らの立場を確立しえなかったことが、戦後の代表的論客たらしめた。けれどもそのことが、その責任感が、錯誤と挫折を呼び、鬱々たる心情のなかで死なねばならなかった。けれども、その変革志向は、つねに自らを含めた変革志向であったが故に、錯誤と挫折の後に、自らの老い方・死に方を凝視し、重い沈黙のうちに死んでいった姿は美しい。その出処進退は、倫理的であると共に美的である。ロマン主義者として、保田と竹内の美意識は、自らを処する美意識において共通した基盤の上にあった。

ロマン主義は、政治と結びつくとき、その様相は複雑であり危険である。竹内好はその危険な革命的ロマン主義者として生き、死んだ。その生涯は政治的には挫折したが、保田與重郎が甦ったように、竹内好の革命的ロマン主義もまた、いつか、というよりもつねに甦り、危険な匕首を権威と権力に対して突きつけることであろう。平和と安逸に慣れた政治的リアリズムが支配するとき、思想家や学者がテクノクラートと化するとき、竹内の存在と姿勢は、強力な敵として、保守・革新を問わずその眼前に現われるであろう。

ロマン主義はその必然性において今日に復活し、〝近代の超克〟は、かつてのイデオロギー性を離れて、今日の課題として甦った。

それは世界的規模において、進歩と発展の限界が自覚され出したためであり、東西を問わず、その政治体制・経済体制の欠陥が明白になったためであり、今日の豊かな社会が豊かさ故の新しい問題を発生させ、人間の幸福を保証しないことを実感してきたからである。それは新しいカタストローフを惹き起すのか。そのカタストローフを越えて新しい甦りがあるのか。超克の彼方に、〝新しい中世〟

があるのか。均衡と成熟の古典主義的時代への回帰があるのか。あるいは、第三世界・第四世界を含めた国際的混乱と衰亡がくるのか、それは誰しも予見できる事柄ではない。

けれども、かつて民族的惨禍を経験した日本人として、それに立ち向う前提条件があるはずである。第一に、日本人はふたたび外交的・軍事的に冒険に乗り出すべきではないし、その余地もないということである。

第二に、平和は戦争との対極概念であるが、同時に革命とも対立する対極概念であり、平和の維持は、偽善的秩序の容認を伴うということである。

したがって、第三に、〝近代の超克〟は、生活様式の変革として、文化と文明の問題として、日本が個性的社会と文化を構築する課題として発想されるべきである。

問題は第二点にある。丸山真男が〝正義か秩序か〟の選択を迫り、自らは正義を選ぶと決断したように、竹内好の革命的ロマン主義もまた、腐った秩序を許さぬ眼を光らせることであろう。それは古来、人間に課されたアポリアである。けれども本来、受容型文化、母性型文化を基盤とする日本社会にあって、平和の維持が至上命題とするなら、女性の手を取って導く騎士の役割に耐えることしか男の仕事はあるまいということである。あえて地下の竹内好氏に、敬意と共に異論を唱える所以がそこにある。

(『諸君!』一九七九年九月号)

花田清輝と福田恆存——レトリックについて

この十年、ということは、全共闘の反乱と高度成長の終焉以降、挫折感としらけた表情の後に、徐々に日常生活の作法がさまざまな局面で見直され始めた。それは言語生活での表現とコミュニケーションの意味を再考することであり、日本語を、文章を再考することであった。あるいはそれまでの生真面目な態度を一転させて、道化が、パロディが、ノンセンスが求められ、笑いとゆとりで生活を満たすことが求められた。

高度成長の挫折は、それまでの〝無限成長〟への期待——それは本来ありえないことだったのだが——が破れ、時間の進行が止まったことである。豊かな社会が実現されてみて、改めて〝何のための豊かさ〟が問われ、豊かな社会が実現されても満たされぬ何ものかがあることを実感した。〝全共闘の反乱〟は、今日になって振り返ってみるとき、二重の意味を担っていたように思われる。それは高度成長と豊かな社会が実現されたにも拘らず起ったのではなく、の故に起ったのだ。急激な大学社会と教育人口の膨脹、それに伴う学生の大衆化と管理体制の強化。かつてアカデミズムを実社会から自立させると同時に隔離もしていた知のヒエラルキーが、両者を通して浸透する情報化社会の進展で攪乱され、突き崩されていった。

同時に、敗戦以来、青年の尖鋭で敏感な感受性を魅惑した社会主義イデオロギーが、一九六〇年代を通して混迷と解体の度を強めていったことである。基本的には一枚岩だった中ソ体制のイデオロギー的対立が、国家対立に転化していったことであり、西欧コミュニズムのなかで構造改革路線が台頭し、日本の革新陣営も、そうした国際的影響下に、自主路線の模索期に入った。その端的な現われは、インドネシアの九・三〇クーデタ（一九六五年）前後、日本にも武装蜂起を要請した毛沢東の指示を、日本共産党が拒否したことにあるだろう。

このことは日本革新陣営の穏健路線として、高度成長期のパイの分配闘争として現実的な歩みを意味したが、反面、社会党・共産党・労組の体制化＝現状維持的性格をもたらしたことは否めない。六〇年安保を契機として成長していった反代々木系新左翼は、次々に分裂を重ねながらも、既成の革新陣営、もしくは現実の中ソを中心とした共産国家を否定することで、マルクス・レーニズムの〝純粋培養〟的鬼子となっていった。七〇年前後の全共闘運動は、一面では、純粋培養的ラディカリズムであり、組織の歯止めを失ってアナーキズムの色彩を強め、日本赤軍派に見られるように、半ば自己解体してしまった。

かくして、戦後の社会主義理念は、魂なき革新勢力の現実路線と歯止めのないラディカリズムへの分解のなかで、理念として解体し、未来を失った。ここでも時間は止まってしまったのである。

高度成長の挫折と社会主義の挫折、二重の意味で、戦後日本は未来を失い、止まってしまった時間は、行きつ戻りつ、たゆたっている。日常的には、細やかなもの、些細なものへの見直しが始まり、思想的には、時間の歴史学に代って空間の人類学が登場し、芸術的には演劇的空間が再評価され、資本主義的経済分析を越えて、都市空間、地域共同体空間が、改めて認識の対象として浮かび上り、さらに、発展段階史観の枠組を離れて、伝統的フォークロアが、中世的秩序が問題関心となり、ヨーロッパ的近代との対照において、アフリカや、イスラム世界としての中東や、ラテン・アメリカが新しい視圏を構成する。

こうした思考と認識の枠組の解体と再構成の模索のなかで、言語表現、文章表現への関心は、これまでの手法では視界の利かなくなってしまった人間主体をどう再建するかという、求心的方向への模索といえるだろう。多くの言語論・日本語論が専門家の範囲を越えて関心を呼び、丸谷才一の『文章読本』が爆発的売れ行きを示し、さらに、佐藤信夫の『レトリック感覚——ことばは新しい視点をひらく』が版を重ね、特異なフランスの批評家兼言語学者ロラン・バルトの『旧修辞学』（沢崎浩平訳、みすず書房、一九七九年）が翻訳されている現象は注目に価する。

なぜ文章とレトリックなのか。戦後思想の行程は、合理主義に基く社会科学・社会工学的思考の支配であった。そこで求められたものは、論理的思考であり、技術的思考であった。そこでは文章表現を越えた論理・法則・理論が主題であり、焦点であった。いかなる社会科学も文章表現を抜きにして成立しないが、関心の焦点はそこから以後にあった。けれども、論理が行き詰り破綻したとき、言語表現・文章表現自体に省察の焦点が移行し、論理《ロジック》に対立するものとしての修辞《レトリック》が、改めて関心の焦点となってきたことは、きわめて興味ある現象である。古代から十九世紀まで続いた修辞学が、科学文明・産業文明の勃興と共に死滅し、即物的世界に生きた現代人が、改めて修辞学への関心を復活させてきているのである。

こうした社会心理的底流の上に立って、戦後日本の思想界を、これまでの枠組を離れて、レトリックという軸で截断してみることは、レトリック自体の意味を具体的に再考する意味で役立つはずである。

戦後の思想と文学を通して、卓越したレトリシアンとして、花田清輝（一九〇九—七四）と福田恆存（一九一二—九四）を想い浮かべることは、大方に異存はあるまい。もちろん二人は資質も志向も異なる。けれども、戦後の混乱と解放感のなかで、花田清輝自身その編集に参与し『復興期の精神』（一九四六年）、『錯乱の論理』（一九四七年）を出版した真善美社が、おそらく花田自身の示唆によっていると思われるが、福田恆存の『平衡感覚』（一九四七年）を出版していることは、きわめて興味深い。花田清輝は、終生、まったく対極線を描いていった形の福田恆存という存在と生き方に、ある種の敬意と親近感を抱いていたフシがある。

戦中・戦後（占領期）、巧みなレトリックで韜晦《とうかい》し、言論統制のなかを無傷で生き抜いた花田は、同様に、自分自身の生涯自体についても、巧妙に私的部分を極力消去し、そのことによって花田伝説の発生を逆に醸成させようとする戦略家であったが、今日、小川徹の傑作『花田清輝の生涯』(思想の科学社、一九七八年)が出たことで、かなり素顔の花田清輝の映像が浮かび上ってくる。裏目読みの大家を自称し、自ら卓越したレトリシアンである快男子小川徹は、花田清輝自身が自ら削った年譜を復元しながら、作品の中に現われた断片的記述と、多くの身近な証言者の言葉を駆使しながら、推理小説風に、花田の生涯を再構成することに成功している。そのことは講談社版の全集(一九七七—七八年)の完結と共に、特異な前衛作家の全貌を摑む上でのこよなき水先案内人となっている。

明治四十二年、福岡に生れた花田の家系は、黒田藩の家老格の家系であったらしい。鹿児島の七高に入学するが、途中、何らかの事情で退学、京都大学英文学科の選科を卒業、京大在学中、『サンデー毎日』の懸賞小説に「七」が当選。昭和七年、二十三歳で上京、東方会の発行する『東大陸』の編集者として数年を過ごし、この間、『世代』(片山敏彦・竹山道雄・長谷川四郎編集)に「旗」を寄稿(昭和十三年)、昭和十四年、中野正剛の弟、中野秀人と「文化再出発の会」を組織し、機関誌『文化組織』を編集、戦後『復興期の精神』に収められる短篇エッセイを連載——。

以後の花田清輝の軌跡は、著作家として公的記録をもっており明確である。ただ青春の思想形成期がどういう相貌をもっていたか、小川徹の追跡調査に拠りながら重要と思われる、いくつかの点を指摘しておこう。

第一は父親が色好みの道楽者で、それに耐えかねて、母親共々、家出をするという経験をもったこと。上京した彼は、ながい生活苦のなかで、偶然、奥さんとなる女性と知り合い、その女性は、コミュニストであり、かつその夫が思想犯として下獄中であった有夫の女性であったこと。才色兼備の酒場のインテリ女性であった彼女は、その後、速記者ともなり、ながく生活力のなかった花田を助け、昭和三十二年まで仕事をもって家計を支えた。ということは、あの卓抜なレトリシアンが四十八歳近くまで、実生活の上では、女房の助けを必要とする生活状態のなかで生きていたことになる。このことは、花田清輝のなかの女性信仰《フェミニズム》、あるいは、花田清輝のうちのコミュニズムを理解する上で、欠かせない要素であろう。『復興期の精神』の最初のエッセイが、「女の論理」であることは暗示的である。

第二は、小川徹が推測しているように、「ものぐさ太郎」(昭和三十年)に描かれている七高時代に、彼はすでに、鬼面ひとを驚かす挙動によって、寮生仲間に注目されていた存在であった。講義をさぼりつづけ、寮のなかでゴロゴロしながら難解な書物を読みふけり、孤独な夢想家であったかと思えば、一転してボート部の応援団長となり、寮生を「教室へはいかずに練習の応援を皆にさせ」、負けた試合を審判にクレームをつけることで、タイにもちこむといった組織者としての政治能力を発揮していることである。

そこには、花田清輝が生涯繰り返していった行動様式とドラマの原型がある。

ひとの意表を衝くレトリックと、屈折した自己顕示とアジテーション、女性的ともいえる羞恥の孤独癖と。

同郷のよしみとはいえ、中野正剛を頼って、国家主義的団体、東方会に関係深い『東大陸』の編集者となり、その真只中で、マルクス主義的経済分析を生かした経済記事を巧妙に作成したり、「虚実いりみだれて」（昭和十八年）で、三浦義一、尾崎士郎をからかって、大東塾の青年に袋叩きに遭い、詫び証文を書きながらも、翌月には「——首が飛んでも動いてみせるわ、——」に始まる傑作な戯文（「太刀先の見切り」）を書いて舌を出すといったしたたかさ——。

『錯乱の論理』『復興期の精神』に始まり、岡本太郎と「夜の会」を主宰することで『アヴァンギャルド芸術』を産み、安部公房と「記録芸術の会」を興して、文学・映画・演劇を含めた前衛的な総合芸術運動を志し、やがて、〝東洋的回帰〟ともいえる日本史・中国史への関心を深め、最後に『日本のルネサンス人』を書いた著作家としての花田清輝は、終始、転形期に生きる人間、〝乱世をいかに生きるか〟というモチーフに貫かれており、そうした乱世のなかでの、したたかなもの、強靭な精神の探求こそその主題であったといえよう。あるいは、探求というよりもそれは憧憬であり、憧憬に生きつづけることで、花田清輝自身、一個のしたたかな精神を形成していった過程であったともいえる。

ただ、それほど巧妙で韜晦を好んだ花田清輝にとって、コミュニズムとは何であったのか。これは一種不可解なサンクチュアリとして残る。古今東西に素材を採り、めくるめくほどの絢爛たるレトリックと人間洞察力を発揮した花田が、転形期としての現代を、〝資本主義から社会主義への移行期〟と規定し、その点に、まったく懐疑を抱かなかった単純さは、むしろ異様な感じさえ与える。それは昭和初頭に青春期を過ごし、戦時下の逆風に耐えた世代の共通項であるかもしれず、あるいは、恋愛経験を通して摑んだ原点として、自由に想像力を飛翔させるための、他方の安定軸であったかもしれない。

けれども、共産党内紛時に『新日本文学』の編集長を勤め、独裁者スターリンを擁護し、全学連のスターリニスト武井昭夫をもって政治的後継者と見做したという花田の閲歴は、単なる諧謔性を越えた、ドス黒い権力志向をみないでもない。それは良心的かつひよわなインテリとちがって「政治の論理」に習熟した自分に対する錯覚に近い自負である。それはかつて学生時代、応援団長として優れた組織者、アジテーターであった閲歴の甦りでもあったろう。この点は、すぐれて鋭利な詩人批評家であった中野重治もまた、戦後の党幹部として、きわめて公式的な権力者として振舞ったことと軌を一にする、解釈困難な主題でもある。ともかく花田の場合、コミュニズム信仰という一点に関し、花田自身、思考停止のサンクチュアリを形成している感がある。

花田清輝という卓抜な前衛芸術家の生涯にとっては、むしろ思考停止のコミュニズムは消去してしまった方が、その前衛性が、それ自体として輝いてくるように思える。その証拠に、花田―武井ラインは政治的にまったく不毛であったのに反し、花田―安部公房という芸術ラインは、戦後史のなかで豊饒な土壌を形成していったのである。

花田清輝より三歳年少の福田恆存は、大正元年、東京に生れ、浦和高校を経て東大英文科を昭和十一年に卒業している。現在も第一線で活躍中の氏についての伝記的研究は、現われていない。けれども江戸前のさっぱりした気性を基底として、端正な姿勢と几帳面な市民生活の体現者である氏の閲歴に関しては、さしあたり、公刊されている著作集自体に表現されているもので十分であろう。花田清輝のようにミスティリアスな影は氏にないからである。

福田恆存の類い稀な独自性は、おそらく近代という観念について、同時代の知識人とまったく異なったイメージを確固としてもっていたことにある。

たとえば、敗戦直後、昭和二十二年四月号の『近代文学』で行われた座談会「平和革命とインテリゲンチャ」は、当時の知識人の雰囲気を伝えてシムボリックなものだが、出席者は、

福田恆存　加藤周一　日高六郎　花田清輝　佐々木基一　埴谷雄高　荒正人

の七名である。

福田恆存は司会者の荒正人に促されて開口一番、

——平和革命を口にするひとびとの大部分は無考へなオプティミストか、さもなければ警戒すべき政治家か、そのいづれかであるとぼくは考へてゐます。

ズバリ本質を衝いた発言をしたきり、ほとんど発言をしていない。他の六名が武装革命か平和革命か、革命とインテリゲンチャをめぐって、甲論乙駁、あるいは懐疑的にあるいは楽観的に、戦略・戦術論を含めて議論を展開しているのだが、当時、新進気鋭の批評家たちの言葉は、今日から振り返って色褪せて空虚であり、大同小異にみえる。それは〝社会主義革命の必然性〟について、なんの疑い

ももっていないからである。その点は花田清輝も同工異曲である。

座談会は福田恆存の最初の一言で勝負がついてしまった感がある。

こうした福田恆存の発想の根には、戦時下の十年間、そこに沈潜したD・H・ロレンスを通して養った、旧約の世界から二千年にわたるヨーロッパ精神史への独自の視角がある。

『現代人は愛しうるか――アポカリプス論』、今日、筑摩叢書に収められているD・H・ロレンスのこの翻訳は、もと昭和十六年、白水社から上梓されたものである。

アポカリプスとは「覆ひをとりのぞく」ことであり、奥義・秘密をあきらかに展べ示すこと、一般に天啓・黙示を意味するという。福田恆存自体、この書物に一種の啓示を得ているらしい。D・H・ロレンス最晩年の、苦渋にみちたこの書物は、生涯の決算書でもあろう。

〈ぼくたちは――純粋なる個人といふものがありえぬ以上、たんなる断片にすぎぬ集団的自我といふものは――直接たがひに愛しえない。なぜなら愛はそのまへに自律性を前提とする。が、断片に自律性はない。ぼくたちは愛するためにはなんらかの方法によつて自律性を獲得せねばならぬ。近代は個人それ自体のうちにそれを求め、そして失敗した。自律性はうちに求めるべきではない。個人の外部に――宇宙の有機性そのもののうちに求められねばならぬ。ぼくたちは有機体としての宇宙の自律性に参与することによつて、みづからの自律性を獲得し他我を愛することができるであらう。愛は迂路をとらねばならぬ。それは直接に相手にむけられてはならぬ、クリスト教もそれを自覚してゐた。が、ロレンスはその迂路をば、宇宙の根源を通じることによつて発見した。それはあきらかに神を喪失し

た現代にひとつの指標を示すものであらう〉（訳者まへがき）

ここで訳者福田恆存は、完全にロレンスに同一化し、ロレンスを語りながら、自らの言葉を語っている。

古代ユダヤ民族の絶望の彷徨のなかに生れた黙示文学は、抑圧されたものの復讐的な夢を正当化する。過失はすでにイエスのうちにあり、レーニンもウィルソンもリンカーンも聖者と見做すロレンスは、孤独のなかで聖者であるものも、集団的自我に手をふれたが最後、聖者にとどまれない、という。

この人間関係への根源的ペシミズムとクリスト教文化と近代への懐疑の眼を、ロレンスと共有する福田恆存にとって、〝近代の宿命〟を社会主義によって克服するといった、戦後知識人のステレオタイプとオプティミズムが我慢ならなかったのは当然であろう。

昭和二十二年刊行された評論集のひとつが『平衡感覚』と名付けられたのは、いまになると象徴的にみえる。福田恆存の澄んだ古典主義的姿勢が、戦後の異常な世相に遭遇したとき、バランスを取ろうとすることで、アイロニーに転化してゆくことを巧まずして語っているからである。

そこに含まれた「文学と戦争責任」（昭和二十一年十一月執筆）で、戦争責任を追及する〝民主主義文学者たち〟に不信を表明した福田恆存は、同じ月に有名な「一匹と九十九匹と」を執筆している（『近代の宿命』東西文庫、昭和二十二年刊所収）。

新約聖書ルカ伝第十五章にヒントを得て書かれたこのエッセイは、百匹のうちの九十九匹に関わるものとしての政治と、さ迷える一匹に関わるものとしての文学を、截然と区別することで、イメージ豊かに、文学の役割を自覚し、逆に政治の役割とその限界を明示し、文学への政治の浸透を断乎拒否する古典的文章である。

昭和二十年代、動乱と混乱のなかで、一点を凝視して揺がなかった福田恆存が、いわば戦後知識人の自己欺瞞への総決算として書かれたものが、「平和論の進め方についての疑問」(『中央公論』昭和二十九年十二月号)であったろう。この文章の爆発的影響力は、当時の日本の知識人・ジャーナリズムが、平和という観念に、いかに呪縛され支配されていたか、という状態に比例している。

福田恆存の古典主義的姿勢が、平衡感覚を維持しようとしてそれがアイロニーに転化していったように、平和論批判は、戦後知識人が巧みに構築していった〝平和の論理〟を、心理の次元に引き戻すことで、足許を掬った巧妙な芸であったといえよう。

やがてこの昂揚と充実した精神のもとに、「人間・この劇的なるもの」(『新潮』昭和三十年七月〜三十一年五月号)が書かれ、シェークスピアの翻訳の進行と共に、福田恆存の世界が基本的に確立することとなる――。

福田恆存の卓抜なレトリックが発揮された象徴的作品として、「一匹と九十九匹と」を挙げるとすれば、花田清輝の場合、それに拮抗するものとして何が挙げられるのであろうか。ひとそれぞれの好みもあり、初期の「赤ずきん」なども、手法として抜群であるが、この際はやはり、『復興期の精神』

の巻頭を飾っている「女の論理」を挙げておこう。この文章自体がひとつのレトリック論でもあるからだ。

花田清輝は『復興期の精神』初版跋（一九四六年七月）に次のように書いている。

〈戦時中、私は少々しゃれた仕事をしてみたいと思った。そこで率直な良心派のなかにまじって、たくみにレトリックを使いながら、この一連のエッセイを書いた。良心派は捕縛されたが、私は完全に無視された。いまとなっては、殉教者面ができないのが残念でたまらない。思うに、いささかたくみにレトリックを使いすぎたのである〉

花田のアイロニーは明白である。そしてこの文脈から類推するとき、レトリックとは、しゃれたものであり、生真面目な良心的態度と対極にあるものであり、あるたくみさを備えていることが肝要なようである。

「女の論理」は、

〈三十歳になるまで女のほんとうの顔を描きだすことはできない、といったのは、たしかバルザックであり……〉

という冒頭の句に始まり、しかし「人間喜劇」の時代はおわり、新しく「神曲」の時代がはじまろうとしている（すなわち近代は終り新しい転形期がやって来た）ことを暗示し、ダンテが具体的に女に精通していた上で、ベアトリーチェに観たものは、神学の化身としてであったことを俗説を駁しながら力説し、一転して、女の論理とはじつは修辞と同義語であることを、修辞の意味を解析しながら明快に語る。そこで女の非論理をからかっていると思わせた途端、ふたたび一転して、イエスの論理は、まさに女の論理と等しく、論理に対する修辞の優越性にあったことを巧妙に論証する。

〈それはイエスも女も、ともに抑圧されたものに属するからであった〉

〈イエスはレトリックの達人であった。かれは学者のごとくならず召されたものの如く語った、と聖書はいう〉

〈もしも修辞的であることが、イエスの美点であるとするなら、それはイエスが、あくまで修辞をもって武器と見做し、これをふるって、現実の変革のために果敢な闘争を試みたからであった〉

かくして花田清輝の意図は、〝現実の変革〟へのレトリックの有効性を強調することにあったことを最後に読者は悟るのである。

花田清輝の場合、レトリカルな発想は、まず敵（その場合、戦時下の国家主義的抑圧）に対する自己韜晦の術として出発している。けれどもそれだけではあるまい。周囲が日本精神と国威発揚に蔽われているとき、ダンテ、レオナルド、マキャヴェリと、ヨーロッパ・ルネサンスの人物を遍歴しつつ、その人物と精神の核心を自由に截断し料理してゆくことのダンディズムが、花田清輝を誘惑したであろう。

そして東京という都市は、戦時下の昭和十年代、その片隅の書斎に蟄居《ちっきょ》していても、手の届くところに素材となる原書・翻訳書・研究書は山積していて、彼に必要なのは、料理の腕前を振うだけでよかったということも銘記しておく必要がある。レオナルドを論ずるに際して、ヴァレリーの「方法序説」を引用しながら、その方法の労多く功少ないことを冷やかしながら、もっとも下らない挿話から、レオナルドの「核心」に迫るとうそぶき、レオナルド研究の多様な構図を次々と紹介してゆく、といった語り口は、もっとも花田好みといえるだろう。

それは動乱期を生きるための、したたかな精神であり、相手の意表を衝くことで度胆を抜く手法である。それは、

——あっちだ、あっちだ、

と天空の一角を指差してひとの注目を集めておきながら、

——じつはこっちだ。

という変幻自在の心理的詐術に似ている。

これに対して、福田恆存の「一匹と九十九匹と」は、ひとつの反時代的考察という副題からも察せられるように、戦後の時代的趨勢に対する反撥として書かれている。そこには福田恆存自身の、澄んだ知的ヒエラルキーが前提されており、趨勢への反撥は、このうちなる秩序感覚とそとなる状況との平衡感覚としてアイロニーに転化してゆくのである。彼にとって、政治と文学、政治的秩序と文学的秩序が本来、異なったものであることは、自明の理であった。それを無秩序に破壊してゆく徒輩の無神経さが、都会人福田恆存の洗練された秩序感覚を逆撫でした、ということだろう。

花田清輝の「女の論理」が、イエスをレトリックの達人と規定し、福田恆存の「一匹と九十九匹と」

が、新約聖書ルカ伝にヒントを得ていることは、面白い符合である。

ロジックが抽象への意志だとすれば、レトリックは、具象的イメージを、さまざまな比喩を通して表情豊かに、相手に彷彿させる術でもあるだろう。「一匹と九十九匹と」に表現された羊のイメージは、きわめて具体的であり、説得的である。〝女の論理〟で描かれた女の風姿とイエスの風姿も具象的かつ象徴的である。

「女の論理」のなかで、花田清輝自身が語っているレトリックの定義を引用してみよう。

〈アリストテレスの「アルス・レトリカ」にしたがえば、修辞とは本来、単なる雄弁術、または言語文章の装飾術を意味するものではなく、性格《エートス》にしたがって、それぞれ異るところの性格的な思考の学を指すものであった。(中略)

まず修辞の目的とするところは、説得ということであった。我々は修辞を用いることによって、我々の相手に信頼《ピスティス》の念をおこさせようとする。修辞的な証明、すなわち、エンテュメーマは、論理的な証明、すなわち、シュロギスモスとは異り、話される事物によって規定されることなく、もっぱら話す相手の気分や感情によって規定されるところの証明だ。それ故に修辞は、話す相手がないと存在しないであろう。それは絶えず人と人との関係を予想するものであった。しかもその人と人との関係は、ピスティスが問題である以上、相互の感情の交流の上に成立していなければならず、したがってその対話は、本質的な意味において、一人称と二人称とをもって発展してゆくであろう。そうして、そこ

では、たくさんの暗喩《メタフォア》や直喩《シミリィ》がつかわれるであろう〉
福田恆存の古典的秩序感覚と花田清輝の前衛的変革志向は、まさに対極にある。けれども、まさに、相手を説得する手法として、相手の気分や感情を洞察しながら、さまざまな比喩を駆使することで、具象的イメージを喚起し、巧妙に、アイロニカルに、ゆとりある洒落《しゃれ》た手つきで、語りかけてゆく態度は共通しているのである。
福田恆存も花田清輝も、お噺を、童話を、寓話を好み、やがて戯曲を書き、人間関係の具体的・遊戯的展開としての演劇を志向してゆくことは、レトリックあるいはレトリシアンの嗜好と本質をどこかで物語っていないであろうか。

ロラン・バルトの『旧修辞学』は、修辞学の歴史と問題への軽妙な道案内として洒落た書物であるが、そこで筆者が修辞学の発生を、紀元前四世紀、シラクサにおける土地所有権の訴訟から生れた、と冒頭に述べていることは、きわめて暗示的・象徴的である。それはたしかに、雄弁によって相手を打負かす目的をもって生れた。したがってレトリックの過剰は、打負かすための詭弁に転落する危険をつねに孕んでいる。けれども、イエスがレトリックの達人であったように、東洋の古典である『論語』の世界も、孔子が対者を正確に洞察した上で語りかける最高のレトリシアンであったことを示しているように思われる。

今日の世相が、道化と笑いを、パロディとノンセンスを求めていることは、かつての正統的な言語表現や論理が、それまで果してきた機能と役割を喪失し、死語となり意味を失ったことを物語る。かつては愛情を語りかけた花がその意味を失い、団結を語りかけた旗がその意味を失ったのである。言語表現と論理は、新しく人間関係のなかで甦ることを求めている。

それは単に戦後日本の状況だけではあるまい。西側の先進諸国も東側の共産諸国も、歴史の方向感覚を喪失し、思考と認識の枠組が解体したのである。それは科学文明・産業文明の黄昏を物語る。その科学文明・産業文明の即物的リアリズムによって死滅させられた修辞学が甦ろうとしていることはそれ自体、新しい人間関係の模索を意味しているのではあるまいか。

そうした視野に立つとき、イデオロギー的座標軸はあまり有効ではありえない。むしろ文化における古典と前衛が、それ自体、拮抗することで、それぞれに生産的・創造的になることが期待される。

近代日本において、あるいは戦後日本において、前衛的であることも、古典主義的であることも、それ自体、二重の困難を伴っていた。規範はつねに西欧にあり、日本のなかで古典的であること、あるいは伝統的であること、あるいは保守的であること自体、きわめて曖昧な基盤しかなかった。古典的であることが曖昧である以上、前衛的であることも曖昧たらざるを得ない。

その上に過剰な政治の介入があった。『アヴァンギャルド芸術』家・花田清輝の、したたかな表情の内側にも、多くの苦悩が秘められていたはずである。

同様に、保守主義者福田恆存の歩みも、ながい孤独な道程であったように思われる。

けれども、戦後三十年の歳月は、多くの試行錯誤と挫折を含みながら、日本と日本人について、成熟した自己認識を醸成してきた。とくにこの十年、人類学的思考や生態学的思考、あるいは比較文化論的試みを通して、均衡ある自画像を徐々に獲得しつつあるように思える。

日本人が経済大国の傲りを抑制し、自らの脆弱性を正確に認識し、ファナティシズムの再来を回避できれば、日本は世界に対して、個性的な何ものかでありうるし、八〇年代に予測される危機を克服しつつ、魅力ある文明の一拠点として存在を主張しうるだろう。

成金日本人の行動は、世界で顰蹙《ひんしゅく》を買いながらも、一方では、ファッション・音楽・絵画・映画・建築といった視聴覚芸術の分野で、多少とも世界への輸出国となりつつあるし、日本語という障壁を越えて、たとえば、安部公房の前衛文学も、川端康成の伝統的美意識の文学も、世界の文学としての市民権を獲得してきている。

かつて西欧を規範としたとき、日本の後進性・伝統の貧困と考えられていた日本の社会や文化は、汎神論的基盤の上に、個性的社会構造と精神構造をもち、外来文化や科学、産業文明の受容と消化をかなり巧みに実現してきた歴史であったことが、ぼんやりとしたイメージであれ、浮かび上ってきている。

ヨーロッパのルネサンス人が、ギリシア・ローマ世界を自らの古典的規範として意識したことは、ルネサンス人の自由な選択的行為であった。とすれば日本人は自らの伝統の貧困を歎くには当らない。

かつて仏教・儒教・西欧の近代文化を摂取した日本人は、自らの古典的規範として、自由な選択的行為と構想力をもてばよいのである。

より深く古典的に、より鋭く前衛的に、拮抗した精神のドラマをつくり上げてゆくことが可能な季節が到来したように思われる。

かつては、卓越したレトリック自体が、正確な論理の欠如として受け取られた。けれども政治の季節が過ぎ、イデオロギーの終焉が告げられ、さまざまな論理と科学の枠組が解体してゆくとき、レトリックの効用が、人間関係の劇的活性化がそれ自体として、見直され、求められ出したのである。

新しい季節を迎えて、卓越したレトリシアンたちの闊達な表情の甦りを期待したい。

(『諸君!』一九七九年十一月号)

東畑精一と今西錦司——学風について

一九六二、三年ごろ、私は編集者として、東京で東畑精一氏、京都で今西錦司氏という両碩学に、同時並行的に接触する機会をもっていた。円熟した学者だけがもつ雰囲気とその印象は終生忘れがたいほど強烈なものがあった。

東畑精一氏は、一九六〇年、自らその創設に関与したアジア経済研究所の所長として、研究体制を整備し軌道に乗せようとする初期のころであった。また今西錦司氏は五〇年代、ネパール、カラコルム登頂を成し遂げ、五八年には『生物社会の論理』を公刊され、六〇年代の数次にわたるアフリカ探険を試みられているころだった。両氏がまだ面識がないことを知って、私は意外に思い、今西氏が上京された際、一度、研究所までお連れしてご紹介申し上げたことがあった。

対面の席上、どのような会話が交わされたか忘れてしまったが、同世代でありながら、まったく異なった学風と、異なった行動の軌跡を歩まれたお二人が、どこか共通した雰囲気と骨相をもたれていることが、新しい発見として脳裏から離れなくなった。
——そういえば東畑精一と今西錦司という名前自身、どこか東西の対称の妙を語っているかもしれない。

などと、姓名判断じみた想念までが去来した。お二人は共に東京大学と京都大学の農学部で学問のスタートを切られているが、その後歩まれた学問上の軌跡は、まったくといってよいほど異なる。したがってその学問に即して考えるなら、対比列伝としては、中山伊知郎対東畑精一、今西錦司対石田英一郎といった主題の方が順当であろうし、それもまた興味つきない主題である。

けれども、より広く学問的思惟の形式、あるいは学者としての生活様式、その発想と行動の基礎的様式を考えるとき、東畑精一と今西錦司という巨大な存在は、東京と京都という古くからの東西文化のコントラストの、ひとつの典型ではないだろうか、というのが私の仮説である。

——東京の学者と京都の学者では、生活や発想がまったく異なっている。そのことが学問の性格自体をも変えているのではないだろうか。

じつは、こうした感想と疑問は、東京育ちの私が、編集者として初めて京都の学者の方々に接したときの、強烈な文化衝撃《カルチュア・ショック》以来、東京と京都を往復しながら編集者生活を送っている間、終始、念頭を離れない宿題であった。したがって、その比較文化論は、人文科学、社会科学のさまざまな分野で可能なのである。あるいは学問を離れて、文芸や芸能、さらに企業活動の分野まで拡げることもできる。

ただこの際、戦後日本の思想と学問にとって逸することのできない二つの巨峰を通してこの問題を考えることで、割合、ひとびとが看過しがちな図柄がみえてくるのではなかろうか、という予感をもっているにすぎない。

東畑精一は一八九九(明治三十二)年、三重県嬉野の豪農の家に生れ、今西錦司は一九〇二(明治三十五)年、京都西陣の織元の家に生れている。環境としてはかなりの距りがあるが、ともに近畿文化圏、大和朝廷以来の、日本のなかの先進圏であり、生活水準・文化水準は高い。

東畑精一が名古屋の八高を経て東大の農学部に入ったのに対し、今西錦司は三高から京大の農学部に入り、地元を離れていない。農学部を選んだ動機に関して、今西の場合は、新設の学部であって、拘束の少ないこと、北大のロマンティシズムと等質の夢を感じたこと、熱中していた山登りに便利なこと、などが語られているが、東畑の場合は、韜晦していてストレートには語っていない。けれどもその育った環境から考えても自然なことであり、八高時代(大正七年)、日本アルプスに登ったあと、佐渡、郡山、仙台、松島、盛岡と旅行し、当時、全国に拡がった各地の米騒動をつぶさに見聞している。農村問題・農業問題、とくに農業経済の問題が、若き日の多感な想いを揺さぶったことは想像に難くない。

ところで同じ農学部志望といっても、その時点で二人の関心は歴然と異なった方向を志向する。東畑精一の関心が、広い農学に関心を示しながら、その的は農業経済、農業政策に絞られていったのはかなり早い段階のころからであったにちがいない。ところが今西錦司の場合は、幼いころ熱中していた昆虫採集の延長として、農林生物学科を選び、自らの自由な選択でカゲロウの研究に没頭する。

この辺からすでに両者の個性が感じられるが、同時に東京と京都の学界の雰囲気の相違が感じられないでもない。

東京の学問は、東京が首都として政治の府であるためか、どこかで〝経世済民〟風の発想が根元に忍び込む。これに対して、京都の学問は、京都が古都として歴史と文化の集積の上に成り立っているため、発想の時間的単位が大きい。京都という歴史的風土自体が、自由な想念を育む。

東畑精一は、自らの学問の先達として早くから、農政学者としての柳田国男を発見し、その『時代ト農政』を高く評価していることは興味あることである。また当時の日本に新思潮として入ってきた、新カント派のヴィンデルバント、リッケルトの影響を受け、学問には方法論がなければならないこと、〝方法なくして学問なし〟ということを痛感し、また周囲にも称えていたらしい。哲学的思惟が、厳密さの強調になってゆくところも、当時の風潮であると同時に、どこか東京の学問の通有性として、今日に生きているように思われる。

これに対して、今西錦司の若き日は、京大山岳部と共に存在した感があり、登山と探険と自然観察は三位一体となっており、どうも農学部のなかの制度としての学問は、半ば、今西錦司の旺盛な未知な世界への探険を持続するためのダシであった感がないでもない。川喜田二郎氏も指摘しているように、今西錦司の生涯を貫く性癖、行動様式として、自然への根深い愛好、未知への探究的漂泊、それにもかかわらず明確な達成目標への執着は早くから、どっかりと今西錦司という存在のなかに根を下ろしており、大学という制度のなかでよりも、西堀栄三郎というこよなき相棒と共に、山岳会のボスとして行動している部分の方が、はるかに大きいように思われる。

そうした生活のなかで、実験室のなかにある自然、標本箱にある昆虫ではなく、あるがままの自然、生物の生態を、観察を通した直観と類推で捉えようとする基本的方法論を自得し確立してゆく。それは学者というよりも哲人、思索者の風貌を思わせる。

あるとき、私は、京都大学で農業原論を担当しておられる坂本慶一教授と話しこんでいて、次の言葉にハッとさせられたことがある。

——京都大学には、もともと農政学という講座がないんですよ。農業を政府の政策として捉える発想がない。農民と共にいかに農村を富まし農業生産を高めるか、という発想なのです。

東京と京都の学風の相違は、こうした事実のなかに端的に現われているのかもしれない。

東畑精一は、一九三六（昭和十一）年、『日本農業の展開過程』（東洋出版社）を公刊することで、今西錦司は、一九四一（昭和十六）年、『生物の世界』（弘文堂）を公刊することで、それぞれ、自らの学問の骨格を完成する。それは当時の日本の学問と思想にとって画期的な事件であった。

しばらくそこに到達するまでの過程とその書物の意味を追ってみよう。

東畑精一は一九二二（大正十一）年、東大農学部を卒業し、引きつづき大学院に残り、二四年には助教授の地位に就く。閑かな時代であったとはいえ、その抜群の能力は衆目の一致するところだったのであろう。二六（大正十五）年八月、国際教育財団のフェローシップを与えられ、アメリカのウィスコンシン大学に留学、第一次大戦後の活力に満ちた空気に触れ、試験場と普及機関と講義・研究の三部構成の農科大学のシステムに接し、ヒバート教授の土地政策史、コモンズ教授の制度論的経済学を学ぶ。翌年六月末、ワシントンに移り農林省の農業経済局で学び、またドライブ旅行を通してアメリカの農民社会を肌で感ずるようになる。さらに期間を延長、各地の大学巡りをした後、一年半ぶりに帰国。引きつづき文部省留学生として、ドイツに赴き、ボン大学で生涯の師J・シュムペーターと、生涯の友中山伊知郎に出会う。

シュムペーターの『理論経済学の本質』（一九〇八年）、『経済発展の理論』（一九一二年）は、それまで東畑が経済学として学んだ諸観念を粉砕し、決定的革命を引き起すことになる。

東畑はシュムペーターの面会時間をほとんど独占し、執拗に鋭く質問の矢を放ち、シュムペーターもまた、この日本からやってきた若き俊才をこよなく愛したらしい。ボン留学の一年は、アメリカでの多方面の行動とは逆に、シュムペーターを通して近代経済学のエッセンスを習熟することに集中された。

一九三〇（昭和五）年三月末、大学に戻った東畑は、改めて自らの学問の研究課題について沈思する。そして欧米で学んだ学問の祖述や抽象的理論の構築ではなく、現実の日本農業、農業経済を、近代経済学的思惟を通して分析し、農業経済の動態と農業発展を招来する主体を把握することを志す。おそらくここに東畑精一の独創性が存在する。

以後、六年の研究生活を通して完成された『日本農業の展開過程』（一九三六年）はその精華たるにふさわしい。そこで東畑精一が遂行した作業は、それまでの農学の現状を打破するために、次のような狙いをもっていた。

一、それまでの農業研究の孤立的方式を脱して国民経済のなかに農業を置くこと。
二、農本主義的イデオロギーを脱して貨幣経済の一環として取扱うこと。
三、経済分析たるために、価格機構、商品生産の構造分析でなければならないが、日本農業は純資本主義以前であり、その窮迫的商品生産の実態把握が必要である。
四、日本農業における景気循環と農業固有の豊凶作の分析。
五、農業を営む主体、農業発展を招来する主体は誰かを確定する。

ことなどである。

いずれも、農業生産、農業経済を社会科学として扱い、その認識対象たらしめようという野心に満ちており、とくに第五の、経済主体の確定は、J・シュムペーター理論の核心を、日本農業のなかで検証しようとしたユニークな発想である。

人間は通常、日常生活を自動的反覆的に暮している。そこにはルーティン化され惰性化した単純再生産の世界、時計の進行のような時間しかない。けれどもそうした静態的状態は内外の与件の変動により変動過程に入る。その変動に、最も創造的に巧みに適応してゆく数少ない先駆者が現われ、やがて多数の後続者が現われる。その非反覆的、動態的、展開的過程が成り立つのは、新しい道に踏み込む先駆者としての創造的革新者の存在である——。

こうした認識は、本来、歴史哲学における歴史創造の基本テーゼに属するが、シュムペーターが、そして東畑精一が、経済活動の領域にそのテーゼを持ち込んだことは、きわめて独創的で興味つきない視点である。

『日本農業の展開過程』は、まさにこうした創造的革新者としての経済主体、農業展開の担当者を確定し（第一章）、その手段を論じ（第二章）、その諸過程を展望する（第三章）。第三章は、具体的には、農業における商品生産の問題であり、生産方法の発展として、農業技術と農業経営の問題を扱い、最後に、農産物商品化の展開を扱っている。

こうした見事な構成の本書は、同時に明治以降における劣勢産業としての農業、経済主体たりえない小農民と不在地主、国家資本と補助金制度の大幅な介入、他産業に比べて発展のおくれ、兼業農家の増大、増加人口は農村に収容できず、農村問題の解決は、国民経済の基礎の上にしかありえないこと——など、その現状認識と展望はきびしくかつ正確である。

おそらくこうした認識は、戦後の大変革と高度成長を経た今日からみれば、問題は残るであろう。

本来、農業という世界自体、完全に資本主義体制に組み込まれるべきものなのかどうか、かつて封建遺制として退けられたもののなかに、古来の英知の結晶がなかったかどうか、基本的反問が成立しうる。けれども、一九三六年の時点、昭和初期には、マルクシズムの影響による性急な労農提携の農民運動、それへの反動としての、日本軍国主義によるクーデターと農本主義、国家主義への回帰という嵐のなかで、近代的理性による科学的認識をここまで貫徹した書物が出現していたことは驚異という他はあるまい。

これに対して今西錦司の歩みは、農学部の制度としての学問という角度からみれば、まったくドロップ・アウトしたかのような軌跡を辿る。東畑精一があくまで、正統的な秀才コース、学問の進め方であったのに比較すれば、まさに漂泊と彷徨の模索者であった。したがって農学部にあっては彼は万年講師のまま、戦後に至っている。もちろん、一九三〇年から三八年にかけて『日本動物学年報』にカゲロウ幼虫の生態に関する研究報告を英文で連載。また同時期、「剣沢の万年雪に就いて」(一九二九年)、「雪崩の見方に就いて」(一九三一年)、「日本アルプスの雪線について」(一九三三年)、「風成雪とその雪崩に関する考察」(一九三三年)と、山岳研究の論文を発表し、また、「ケッペンの気候型と本邦森林植物帯との垂直分布に於ける関係について」(一九三三年)、「日本アルプスの森林限界線について」(一九三五年)、「垂直分布の別ち方に就いて」(一九三七年)、「日本アルプスの垂直分布帯」(一九三七年)など、植物分布の研究を進めており、一九四〇年には、カゲロウ幼虫の研究で理学博士の学位を受けている。

けれども、こうした自然観察を進めながらも、今西錦司の野心と情熱は、この時期、もっぱら登山と探険にあったようで、

一九三二年　　　南カラフト東北山脈の踏破
一九三六年　　　白頭山の冬季遠征
一九三七年　　　南カラフトの調査
一九三八～九年　内蒙古草原の調査

さらに挫折したものの、同時期にすでにヒマラヤ遠征を企画している。

今西錦司の頭脳は、壮大な自然への関わりと行動のなかで活潑に作動し、ヴィジョンと理論が形成されてゆくらしい。それはあるがままの自然を観察する生態学の方法論に昇華してゆくのであるが、同時に今西個人を越えて、野外学派《フィールド・スクール》ともいうべき、今西学派の多くの学者の、行動と発想の方法として成長してゆく。

今西錦司は自らの学問の確立のために、ヨーロッパ留学を通して自らを鍛えるという、明治以降の日本の学問の、正常の道を採らなかった。これは今西錦司という強烈な個性によるものだが、同時に京都という古都の風土がどこかでそうした発想を醸成してゆく雰囲気をもっているように思われる。もちろん、制度としての学界は、それを歓迎はしなかったであろう。けれどもこれだけ自由な行動様式を取り、周囲がそれを許容していたことのなかに、京都の奥行きの深さがあるのではあるまいか。

万年講師の座にありながら、これまでの枠にはまらない自らの探究心を十二分に発揮し、山岳会のボスとして、今西錦司は端然たる、あるいは傲然たる姿勢を維持していたかのようである。

一九四一年、戦争の拡大のなかで応召を覚悟し、遺書のつもりで書かれたという『生物の世界』は、きわめて不思議な性格の書物である。全篇が引用文献皆無であり、生物の世界という命題そのものへの、自らの思念と思索のエッセンスを引き出し、簡明な命題の下に書き下した文章である。

全篇は次の五章から成る。

一　相似と相異
二　構造について
三　環境について
四　社会について
五　歴史について

全体の文章が一歩、一歩、山に登る感じの構成で、なめらかではないが、平明、明晰である。もちろん、内容が内容だけに論旨を辿るために、かなりの忍耐がいるが、読了後、生物の世界の生成、発展について、地球上の生物社会の進化について、斬新なヴィジョンと奥行きある認識を読者は獲得する。

筆者はこの中で、模索に模索を重ねながら、今西理論として有名な〝棲みわけ理論〟を展開しており、ダーウィンの進化論、生存競争、適者生存、自然淘汰といった基本概念に異議を称えている。今西生態学の骨格はすでにこの一書の中に圧縮されているといえるであろう。

この書物が展開している文章は、たとえば次のような行文の連続である。

〈世界を成り立たせているいろいろなものが、もと一つのものから生成発展したものであるゆえに、われわれにこの世界を認識し得る可能性があるのであり、世界を成り立たせているいろいろなものがもと一つのものから生成発展したものであるゆえに、われわれの認識がただちに類縁の認識であり得る可能性がある――。そしてかかる類縁の認識が成立するところに、われわれの類推の可能なる根拠がある――〉(「相似と相異」文庫版)

これは上山春平氏も解説しているように、西欧の近代科学が「演繹と帰納」という方法論を確立したのに対して、〝直観と類推〟という独自の認識方法の主張となっている。

あるいは、

〈生物がこの世界に生れ、この世界とともに生成発展してきたものであるかぎり、それが空間的即時間的なこの世界の構成原理を反映して、構造的即機能的であり、身体的即生命的であるというのが、この世界における生物の唯一の存在様式でなければならぬと考える〉(「構造について」文庫版)

こうした今西錦司の文体や認識に、西田哲学の影響を指摘する人もいるが、私にはその辺のことはわからない。ただ、一九三〇年代、京都を中心とした哲学の黄金時代の雰囲気を共有していることはいえるだろう。

そして、われわれアマチュアとしては、ダーウィンの進化論――生存競争、適者生存、自然淘汰といった観念が、当時の俗流解釈を通して、十九世紀の帝国主義のイデオロギーの役割を担ったこと、またそれの否定としてのマルクシズム、レーニズムも、階級闘争、反帝闘争といった闘争史観に結びついていったこと、それに対して、今西錦司の棲みわけ理論と進化論、あるいは広くいって世界像は、生物の共存と共生を核心に据えたものであることを確認しておけばよいであろう。

最後に、東畑精一の書物も、今西錦司の書物も、戦争拡大のなかで次第にファナティックになってゆく時代思潮と、いかに無縁なところで自らの思索と学問を構築していたか、また、一九三〇年代の思想的営為が、今日に引き継がれるべき宝庫として存在していることに注意を喚起しておきたい。

東畑精一が『日本農業の展開過程』を書くことによって、日本農業と農政の核心を衝いたことは、敗戦と戦後の大変動期を迎えて、東畑精一という存在自身を変えてしまった。

第一次吉田内閣に農相として入閣を乞われたことは、あまりにも有名なエピソードであるが、それには吉田茂の学者好きという性癖があったとしても、政界・官界からみても、当時、戦争協力に対して無傷であり、かつ最高の見識の所有者は、東畑精一を除いて他に存在しない、というのが衆目の一致するところであったのであろう。東畑精一は頑強に入閣を拒否し、賢明にも学者でありつづける道を選んだ。その結果、使者に立った農林官僚和田博雄が、四十二歳の若さで農相の椅子に就くというハップニングを生んだ。けれども、そのあと、吉田茂と親しくなり朝食会のメンバーとなった東畑精一は、純粋に書斎の人、象牙の人であることはできなかった。

戦後の農地改革は、その後の日本人のエネルギーを解放した画期的事件である。それは占領軍という絶対的権力がなければ遂行できなかったであろう。けれどもまた、日本の学界、官僚に、日本農業と農村の現状と問題について、正確な認識がなかったならば軌道には乗らなかったろう。今日、高度成長以後に、新しい土地問題が発生し、また戦後農政が多くの試行錯誤を生んだことは、厳たる事実である。けれども、戦前の日本の農村社会にみられた、絶対的窮乏化ともいうべき現象は存在しない。そうした大変革の過程で、自ら農業総合研究所所長(一九四六〜五六年)として、卓抜な農林官僚であった実弟・東畑四郎と共に、農業政策の方向に、直接・間接の示唆を与えたことはまちがいない。

農総研所長の末期のころ、東畑は自らを省みて、〝学者廃業・学問奨励〟の決意をかためたという。戦後の復興期が終り、高度成長への胎動が開始されるころ、東畑精一は移動大使として発展途上国を歴訪し、海外援助問題に取り組み、一九六〇年、アジア経済研究所創設に関与し、発展途上国のエキスパート養成に乗り出す。今日から省みてきわめて先見性のある行動である。財界の帝王、小林中を会長として引き込んだことも、財政基盤を確立する上で後顧の憂いなく、研究体制の整備に専心できるための、周到な配慮であったろう。

ともかく、東畑精一という存在は、あらゆる対者を引きつける魅力、韜晦《とうかい》のなかに緊張をそらす話芸、人物としての感化力、政治における交渉能力と、独自の風格のなかに抜群の能力を秘めている。

学者廃業を称えながら、J・シュムペーターの『経済分析の歴史』(全七巻)を完訳し、つねに春風駘蕩《たいとう》、余裕をもって事に対し、若い世代に対してはきびしくまた暖かい。夭折した経済学の俊才・古谷弘氏や、かつての教え子であったマルクス経済学の井上晴丸氏に対する愛情は感動的ですらある。『一巻の人』『農書に歴史あり』といった随筆集は氏の交友と人柄を伝え、愛書家、読書家、蔵書家としての側面を語って、氏独自の風格を描き出している。

これに対して、今西錦司の戦後はまったく戦時中と変らない。戦時中、北都興安嶺（一九四二年）、内蒙古（一九四四〜四六年）の調査に従事していた今西は、戦後改めて、念願のヒマラヤ遠征に乗り出す。

五二年　ネパール・ヒマラヤの踏査

五五年　カラコルム・ヒンズークシ探険

五八年　ベルギー領コンゴでゴリラ・チンパンジーの生態調査

六一年　アフリカのタンガニイカでチンパンジーと狩猟民族の調査

といった具合である。

『生物の世界』で、基礎理論を構築した今西は、植物生態、動物生態から、次第に遊牧民族、狩猟民族の調査を通して、人類に肉薄してゆく。

『遊牧論そのほか』（一九四八年）、『生物社会の論理』（一九四九年）、『日本動物記』（共同執筆、全四巻、一九四九年）、『人間——人類学的研究』（共同研究、一九六六年）と、今西錦司の歩みは、たゆみない。けれども、こうした天衣無縫の行動様式のために大学という制度のなかで、ふさわしいポストを得たのは晩年のことである。一九五〇年、見かねた友人たち貝塚茂樹、桑原武夫といった人々が、人文科学研究所に今西を迎え入れ、一九五九年、五十七歳にして、新設された社会人類学部門の教授となる。自由な京都とはいえ、この独創的な思想家・学者を大学が認知するまでに、それだけの歳月がかかったということであろうか。

ただ、この際注目しなければならないことは、今西錦司と探険を共にした、若い世代の学者たちが、続々と新しい学問を開拓していったことである。それは発想の根元を今西に学び、その延長上でありながら、それぞれの領域で独創的な展開を見せたことである。

梅棹忠夫の『文明の生態史観』は、生態学を基礎としながら、世界史における日本の位置にそれまでの学界のイメージを逆転させるヴィジョンを展開した。川喜田二郎は『パーティ学の提唱』『発想法』によって、探険におけるチームワークを、広くあらゆるプロジェクトにおける協同作業の原型として方法化し、日本人社会では広範に採用されている。また吉良竜夫、中尾佐助、伊谷純一郎、河合雅雄といった人々が、植物生態学、動物生態学で目ざましい活躍を展開していることは周知の事実である。

今西理論とその学風は、巨大な山脈として、真に学派の名に値いする人脈を形成していったことである。それは今西錦司という人格と学問が発散した強烈な精気といえようか。

東畑精一の場合には、その影響力と感化はきわめて広範であり、制度として確立された農業総合研究所、アジア経済研究所から、優れた人材が輩出したが、東畑精一の学問と学風を受け継ぎ、それを展開していくという形では、一個の学派を形成していない。

これは東畑、今西両氏の性格や学風からくるものではない。東京と京都という街の規模からくるものではないか、というのが、私の仮説である。学問と学風と学派の形成には、一定の密度の濃い小規模の空間のなかで、発想と交流が持続し、時熟してゆくことが必要である。そのためには東京という街は規模が大きすぎ、政治や行政や経済が、学問の世界に介入して、学問がそれ自体として成熟することを妨げるのではないだろうか。

それに比して、京都は寺社と大学の街である。静謐な環境と穏かな時間の流れ、お互いの交流を妨げる距離の悩みはない。京都の学者の方々は編集者とも半日がかりの会話を楽しみ、東京の学者はビジネスのごとく用件を捌く。それは勤務場所と家庭の生活半径からくるもので個人の趣味とはいいがたい。

けれども、逆に京都の学問は往々にして、思いつきと着想の面白さに流れて厳密さを欠く。東京では宮庁、ビジネス、ジャーナリズムによって不断に試されるために、隙がなく論理は厳密である。ともかくこうした学風の相違は、学問の生態学としてもう少し議論されると面白いかもしれない。

東畑精一と今西錦司という、学者としても学問としても、いささかかけはなれた存在を比較してきた。

そこには、東京と京都という学問と学風が典型的に表現され、戦後日本の思想と学問にとって逸することのできない高峰があると思われたからである。けれども同時に、経済大国日本が、世界の先進国の仲間入りをし、豊かな社会を実現した今日、工業化と都市化が行きつくところまでいった今、改めて農業社会の見直しが必要ではないか、ということ、その農業社会の見直しは、単に農村や農民を考えるということではなく、人間にとって不可欠のものとしての農の世界であり、生物としての人間が、成長し成熟し豊かに老いてゆくためには、加速度のついた工業化、都市化社会の無機質の時間のなかではなく、農耕社会の穏かな時間の推移のなかに、不可欠の養分を蔵しているのではなかろうか、という予感である。

この問題を展開するために、今西生物学・生態学の示唆するところは大きいように思われる。けれども、日本農業が、戦後の農地解放を通して、近代農業として成立し、貧困を追放するために、東畑精一をシンボルとする農業経済、農業政策は戦後日本の根幹を成している。戦後の時点で、農業を近代化するためには、経済合理性と農産物の商品化が必要であった。豊かな社会の実現は、この戦後農政の批判的検証の上に築かれなくてはならない。東畑精一と今西錦司という人格を思いうかべることは、この問題の源に還ることになるはずである。

(『諸君!』一九八〇年五月号)

中山伊知郎と東畑精一

編集者として、とくに中央公論社のような伝統と格式のある出版社で半生を送ったことの幸福は、なんといっても、すぐれた文人や学者を間近に眺めることができたこと、その方々のある人々と、ささやかな会話を交わして直接、接することができたことであった。

それは、学生時代に書物を通してだけ識っていた存在を、改めて肉眼で確認することであり、日常的会話のうちに無意識に感得されるその人々の発想や表現が、文章に表現されたときに、どのような形式に結晶してゆくか、その通路、道筋がおのずから了解されてくることであった。

とくに中央公論社の場合には、巻頭論文を執筆されるような政治学者、経済学者、あるいは哲学者のようなグループの人々、それから巻末に創作や批評を書かれる小説家や批評家の人々を、毎月、あるバランス感覚の上で眺める習性がつくことであった。

それと共に、もし新しい出版社の場合には考えられないような、戦前からエスタブリッシュした寄稿家の方々が、中央公論社の周辺に厚い層として存在していたことである。したがって、戦後に登場した気鋭の方々だけでなく、すでに円熟した人々の横顔や後姿がどのようなものか、戦前・戦中・戦後を生き抜いた、その経験の厚みが、その表情のなかにどのように年輪として刻み込まれているかが、いつしか見るこちら側にも伝わってくるのであった。

＊

蠟山政道、中山伊知郎、東畑精一、松本重治、笠信太郎といった当代一流の人物に、かなりの期間にわたって接触できたことは、なかでも、私の生涯の幸福であったように思う。

蠟山、中山、松本のお三人は、軽井沢での古くからのゴルフ仲間であった。そのため、こちらは編集上の仕事を抱えて、蠟山、松本両家のある南原の別荘地に足を運んだことも屢々で、ときとして、ゴルフ場までお伴して旧軽ゴルフ場のクラブでの、くつろいだ会話を拝聴する機会もあった。

蠟山さんの別荘は、昭和八年からのもので、松本さんの別荘は、そのすぐ裏手にある傾斜地に、当時としては、もっともモダーンなデザインであったろう洋風の造りであった。昭和十年代、あるときは近衛文麿公も尋ねてこられたという、由緒ある場所でもある。その一画には、民法の大家、我妻栄氏の別荘もあり、よき時代の、いわば学者村として知識階級の生活と交友の面影を湛えている。

中山伊知郎氏は、経済学者としての判断からか、別荘をもたない主義で、その代り長期間、万平ホテルを借りて夏を過ごされるのが常であった。

また、松本重治氏と笠信太郎氏は、知的ジャーナリズムの旗手として、ながい間、お互いに相許した間柄であったらしく、最初の吉野作造賞の選考委員は、蠟山、松本、笠の三氏であったし、笠さんが亡くなられてからは中山さんが後を継がれた。笠さんも中山さんも一橋大学出身で、吉野作造と相提携して活躍した福田徳三の学統に連なるためである。私は、笠さんが『中央公論』に執筆されるときの担当者として、また吉野作造賞の選考委員としての笠さんに接することができた。

*

ところで、そうしたなかでも、中山伊知郎氏(一八九八―一九八〇)と東畑精一氏(一八九九―一九八三)とは、同じJ・シュムペーターに学び、生涯、形影、相添うようにして生きてこられた間柄であった。そのお二人はまたよき碁仇であり、ほとんど、毎週のように会われては、烏鷺を闘わせる時期があった。一九六〇年代、『中央公論』のデスクを拝命した私は、よく両先生の許に通った。

中山先生の場合は、基本的にビジネスライクな態度があって、編集者に対しても寛容で闊達な振舞い方であった。一橋大学学長、中央労働委員会会長、日本労働協会会長などを歴任され、その他多くの学界、審議会に関係して、全体をリードされていた。おそらくそうした戦後の閲歴が、戦前の集中的な学究生活の上に加わることで、独特の深さと広さが身についておられた。雑誌や新聞に対してもその役割と機能をよく認識しておられ、こちらがお目にかかりにゆくと、きわめて正確な判断と洞察を語られ、機が熟すると、『中央公論』にも、見事な巻頭論文を書いて下さった。それはつねに、日本の社会状況の核心を衝いて、新しい問題提起があり、かならず話題を呼び、論争を呼び起す性格をもっていた。

けれども、中山先生の魅力はそうした表向きの顔だけではなく、裏にきわめて人間的な素顔をもっていたことであった。私は主として芝公園の裏手にある労働協会の会長室に伺うことが多かったが、広々とした会長室に伺うと、いつもゆったりと椅子に腰を下ろされて忙しい素振りはまったくなかった。ながい間、労使関係の修羅場にあって、深刻な案件を裁いてこられただけあって、問題を処理するためには、つねに妄念を去って平静心を維持することが肝要であることを悟っておられたのか、六〇年代に入って政治的無風時代に入ったために余裕ができたのか、ともかくあれだけの社会的責任、多くの組織に関係されながら、つねに身辺にはゆとりある典雅な風情が感じられた。

——いや、中労委の仕事をしていたころは、しみじみと学者の非力を感じさせられたよ。経営者も労働組合も、それぞれ背景に強力な力をもっているわけだろう。それに対して、われわれにあるのは知識しかないわけだから……。

先生は〝学者の非力〟と表現されたが、私はそのとき〝知識は力なり〟という命題を、まさに労使交渉の土壇場で、中山先生は、実践的に体得されたのだ、と直観した。その自信が、その後の社会的活動や学問的探究心に生きているのである。私は先生の『徹夜の記録』という随筆集があることを思い出していた。

またあるとき、中央公論社で大ストライキが起っているときだった。私はそれに関してなにも申し

上げなかったが、それに就いての情報にも通じておられるようであった。そして問わず語りに、

——朝鮮戦争が勃発して北朝鮮が釜山まで押し寄せてきて、もっとも意気盛んだったころ、日本の国内でも労働攻勢が盛んでね、中労委の建物の周囲も赤旗が林立するさまだった。そんなとき、あちら側の男がひそかに私のところにもやってきてね、「もうそろそろ先生もわれわれの陣営にこられたらどうですか」と脅迫まがいの勧誘をしたもんだよ。

といって笑った。いささか背筋の寒くなる話だが、正念場で圧力に屈してはならない、という言外の意味をこめておられたのであろう。私はその励ましをしみじみとありがたいと思った。

そうした中山さんだけに、あれだけ労働組合や労働運動に理解のある方であったにも拘らず、共産体制を社会主義社会として捉え、多少とも幻想を抱かせるような言論に対しては、まったく同情を寄せなかった。戦後日本では、近経とマル経が並存し、そこに日本の経済学界の固有の難しさが存在するわけだが、そのなかで曖昧な二重性に生きる某々教授などとはまったく質を異にした。ただ、そうかといって、つねに反動的発想や立場を採らず独自の態度で事に臨んだ。六〇年安保の最中、保守政権にも、反体制運動にも与せず、「自主態勢の確立」を称えたことは、その典型である。

＊

そうした中山さんは、軽薄な風潮をもっとも嫌っているようであった。六〇年安保が去り、『中央公論』の「風流夢譚」事件も少しずつ癒え出したころ、『中央公論』編集部で、『経営問題』特集号を

出す計画が始まった。世は高度成長が顕在化し、「経営学ブーム」の時代に入っていた。私は、まっ先に中山先生のところに相談にいった。先生はこちら側の説明を聞き終ると、いささか揶揄的な表情を浮かべながら、

――お前たち、そんなつまらないことにアクセクせんで、編集者も海外に勉強に出たらどうや。

私は一言もなかった。そのとき、先生の忠告は生かされず、『経営問題』は発刊されたが、ときとして先生の忠告が思い出されてくることがあった。その『経営問題』の巻頭言を、性懲りもなくお願いにあがると、

――経営者も経営学などといわず、シェークスピアでも読んではどうか。

という一文を寄稿された。当時は、最高のアイロニーとしてしか受け取らなかったが、いま思い直してみると、それはアイロニーではなく正論ではなかったろうか。

そんな中山さんが、某日、面会を申し込むと、今日は帝国ホテルで、某審議会が開かれているので、そちらの方に来い、という。出かけていって会議場の外でしばらくお待ちしていると、

――やあ、

と闊達ないつもの表情で、こちらの方に手をふり、傍にやってきて腰を下すと、

――いや、もう、こういう会議はかなわんわ。退屈な議論が延々とつづいて、実質的なことはなにも決まらん。

そこで急に声をひそめて、

――君、そこのみゆき座でやっている『悪名』という映画をみたか、あんな面白いのは久しぶりや、みていなかったら、ぜひ観てこい。おれは昨日、会議をこっそり抜け出してみてきたんだ。

といたずらっぽく囁いた。

中山さんが映画好きなことは、かなり有名なことであったが、勝新太郎、田宮二郎主演の『悪名』をご推奨とは、こちらは度胆を抜かれてしまった。私が先生の命令にしたがって、その帰り道、まっすぐみゆき座に入ったことはいうまでもない。それはながい間「悪名」シリーズとして、映画会社のドル箱となった第一回の作品で、作品としても、ずば抜けた巧さ、面白さを備えていた。

私は、画面で勝新に接するたびに、中山先生のご推奨で見始めた、帝国ホテルのロビーでの会話を思い出すのである。

*

こうした中山さんと東畑さんは、よく碁盤を挟んで相対した。東畑さんがゴルフをやらないために、囲碁がよきメディアであったのだろう。多くは対談、座談会、講座の企画などのあと、話が終ると待ちかねたような素振りである。場所は紀尾井町の福田家が常であった。

ときとして、田中耕太郎、有沢広巳、大内兵衛といった方々を交えての碁会も催されたが、そうしたときにも、中山さんの闊達な言動と東畑さんの一見、ひとを喰った諧謔を通しての人間味が、他を圧倒して、他の方々は苦笑しながら追随するといった場面が多かった。中山・東畑の対戦は多く壮烈な喧嘩碁となりながら、対戦成績はあまり変わらない、よき好敵手であった。棋院から三段、四段の免状を貰われていたが、ザル碁の私でも拝見していると傍目八目で様子がわかる程度であったから、二段格の碁ではなかったろうか。中山さんは車のなかなどで、『囲碁クラブ』の附録である『次の一手』という小冊子を忍ばせていて、それを開いては、

——君い、これが一番いいぞ。

などと得意がっていたから、一時は余程、囲碁熱が昂じていたことがわかる。

その中山さんと東畑さんは三重県生まれの同郷である。けれども、中山さんが一橋大学、東畑さんが八高から東大農学部へ進まれたために、お二人が相会されたのは、一九二八年、ボン大学のシュムペーター教授の下であったことは、おそらく学問史上の最高の偶然のひとつであろうか。

——いや、中山の方が先に来ておりましてな、シュムペーターの理論について、滔々とぶつのがおりましてな、よくしゃべる奴だと思ったら、それが同郷の中山でした。

東畑さんの愛情表現はいつもこうした形で発揮される。一度、中山さんが審議会に出ておられるところを尋ね、その足でアジア経済研究所の東畑先生の許に伺ったところ、

——また、中山がくだらんことを、ながながとしゃべっておりまっしゃろ。

と憎々しげに様子を尋ねられた。

中山さんも、東畑さんも、老来、健康には大分、留意されておられたが、スポーツをやらない東畑

さんの方が、若干、老い込んだ感じであった。そのことが話題になると、

——いや、中山のような男はいっぺんに老け込みますのじゃ。

と、口を〝へ〟の字に結んで気力のあるところを誇示された。中山さんが一度軽井沢のゴルフ場で倒れられて以来、完全に回復されて一昨年まで、十五年近く生きられたものの、スポーツもやらず無精を決めこんでおられる東畑先生がいまだご健在であることを思うにつけ、このときの言葉が思い出される。

さて、この東畑先生であるが、中山先生とちがって、編集者やジャーナリストにきびしく、大抵は頭から怒鳴りつけられて引き退がるか、禅問答のように要領を得ない会話のなかに韜晦され、煙に巻かれて引き退がるといった事例が多かったのではないかと思われる。少なくとも、ある時期までの先生はそうであった。おそらく、農業綜合研究所からアジア経済研究所の創立に自ら関わり、中山さんが工業化と先進社会の労使関係に自らの課題を設定されたのに対応し、日本の農業問題、アジア、後進国問題を自らの課題として設定され、複雑な人間関係を処理されながら、思索を深められていたとき、下らないジャーナリストの訪問や質問が馬鹿馬鹿しかったのであろう。

——そんなことは自分で調べてみろ！

あるとき、先生に原稿をお願いして、暇がないと断られ、それでは代りにどなたかご推薦願えませんかと電話で申しあげたとき、電話の向うから落ちてきた雷に、私自身、冷水を浴せられたような気

分を味わった。こうした編集者の手口は常套手段であり、その場の遣り方として、必ずしも非礼とも思われなかったが、改めて考えてみると、たしかにこちら側の不勉強なのである。そうした不誠実を直観的に嗅ぎとると、先生は許さなかった。

そうした苦い経験に打ちのめされると、逆に猛然と再登頂を試みたくなるのも人情である。当時、社のなかで老人キラーとして有名だった、美人で聡明なM女史が同僚にいた。私はMさんを頼って当面の先生との関係の修復を思い立ち、Mさん共々、中野の自宅に東畑先生を尋ねた。

すると、男には厳しい先生も、女性には甘かった。先日の雷を忘れたかのように、終始にこにこと閑談され、その上、今日は書庫を見せてやろうと、自ら案内して下さった。キチンと整頓された広々とした書庫は、先生の生涯の学問的遍歴を語るかのように、森々たる佇まいであった。

――まあ、先生はここにある本を全部お読みになったのですか?

M女史が感嘆の声を放った。すると先生は私の方を向いて、同意を求めるかのように、

――本というものは読むものではなくて、もつものですがな。

とつぶやいて、にんまりと笑った。私自身、秘義を伝授されたような気になって、嬉しくなり先生を見返した。

――これが柳田国男の『時代ト農政』だ。

こんどは私に向って、東畑先生自身、発見された「農政学者としての柳田国男」にまつわる思い出の古本を手にとって見せて下さった。

――柳田さんの文章は独特で、どこか骨のない感じで入りにくいのですが、農政学の方は骨格のあるものですか。

――そう、骨格のあるものだ。

先生は確認するかのように頷いた。

＊

それ以後、東畑先生の許には、割合、過度の緊張なしに伺えるようになった。しかし、先生一流の韜晦に肝心な問題はいつも外らされている感じは免れなかった。

あるとき、例によって、紀尾井町の福田家での席であった。中山・東畑両先生の公式の対談も終り、対局もすんで、上機嫌で昔語りに花が咲いた。東畑さんは、浅酌低吟といった楽しい酒であったが、中山さんは、あまり酒はたしなまない方であった。その酒のことを尋ねると、

――いや、一回だけ、ボンに留学していたころ、酔って前後不覚になり、気がついたら雪の上に寝ていた、ということがあったよ。

と、中山さんとしては意外な告白をなさった。そこからまた話題がどう移っていったのか、東畑さんが、私の方を睨むように、

――どうも最近の若い奴は、語学力が弱くていかん。われわれの若いころは、〝おれは河原の枯すすき〟という流行歌があったろう。あんなのも、すぐ和文英訳して英語で歌ったもんだ。君た

ちもやってみたらどうだ。

と挑発されるような話し方をされた。たしかに、昔の学生は、草津節をドイツ語で歌ったりして、楽しんでいたことが思い出された。

私は東畑さんの冗談を、しかしそのまま逃げてはならないように思われた。翌日、私はアメリカ帰りの旧友、本間長世を、急用だといって酒場に呼び出し、〝枯れすすき〟の英訳を命じた。この温厚で大人《たいじん》の旧友は、別に理由も聞かずに、メモ用紙にサラ〳〵と英語を書きつらねた。要するにカンニングである。

私はそのメモ用紙を清書して、速達で送ろうとしたが、フト、カンニングだけでは申しわけない気がして、当時、拾い読みをしていた『李白』の詩集を取り出し、

友人会宿

滌蕩千古愁
留連百壺飲
良宵宜清談
皓月未能寝
酔来臥空山
天地即衾枕

を附記した。

私には、中山伊知郎氏と東畑精一氏の交遊ほど、世に幸福な関係はなかったように思われる。それは百壺の酒を汲むものではないが、相会して互いに顔を合せれば、千古の愁いも消し飛んだであろう。それははるかドイツの地に留学してシュムペーターに学んだ、青春時代の共通した想い出があり、それを基礎として一切を断ち切って相競って自らの学問体系の樹立に精進した戦時下の生活があり、そして戦後の変革期に、それぞれ身を挺して指導的役割を演じた実績がある。そのひとつ、ひとつが、直接、間接に、お二人の間の対話的進行であったろう。それは〝兄たりがたく弟たりがたい〟(嶋中鵬二社長の感想)、そして全く他人の介入を許さない関係だったように思う。

世に相許す友人関係は多い。けれども、同じ学問の世界に生き、しかもその相互刺戟の下に、どちらが欠けることなく、五十年の歳月を送ることのできる人間関係がどれほどあろうか。――良宵清談に宜しく、李白の言葉はお二人に捧げられ、相会する二人を、天と地と、宇宙は至福の姿として包摂するかのように私には思われたのである。

(『サントリークォータリー』第一二号、一九八二年)

安岡正篤と林達夫——知の形態について

林達夫氏（一八九六—一九八四）は座談を好まれる。とくに若い者——それが学者であれ作家であれ編集者であれ——を相手に、学問や芸術、芝居や映画やスポーツまで、最近の傾向や流行について、貪欲なまでに好奇心を発揮され、相手の言葉に耳を傾け、自らの繊細な観察や批評を披露される。ヨーロッパ（それは南欧や東欧まで含まれる）やアメリカの書籍、とくに新刊書の話題が多いが、対者がその博学に辟易して、話題を下世話な世界に移してみても甲斐はなく、この百科全書派は森羅万象に通暁しておられる。たとえば、サーカスの発生と歴史についてすら、数時間を費す話題となるのである。その若々しい情熱と艶やかな容色は壮者を凌ぐ。私も編集者という職掌柄、座談のお相手を勤める栄にしばしば浴したが、さて原稿執筆となると、態度は一変し、きわめてきびしいストイックな表情と共に肯《がえ》んずることは稀である。私などはとうとう長い編集者生活のうちで、一回も原稿を頂くことができなかった。ある時期からそうした野心を捨てて、もっぱら氏の話術から何かを吸収することに決めて、多少気持が楽になった。

そうした座談を楽しんでいたあるとき、

——ぼくは安岡正篤と一高時代、同級生でね。

といたずらっぽくもらされた（「一高時代の友だち」『林達夫著作集6』所収）。

その話題はそれだけに終ったが、事の意外性に、ながくこちらの念頭から離れなかった。安岡正篤（一八九八—一九八三）といえば、戦前の国家主義・日本主義の大立者として、北一輝、大川周明、橘孝三郎と並んで、その名前とイメージは歴史上の存在であった。その人物と林達夫氏が、まったく同時代人として、同時代を呼吸して生きて来られたとは、迂闊にも気づかなかった。

ということは、漠然と無意識にもっていたこちらの歴史イメージはどこかに錯覚があったのだ。その錯覚はいつか訂正されなければいけない、そうした意識が潜在的に働いていたのであろう。安岡正篤という名前が出ると、注意して意識するようになった。新聞・雑誌といったジャーナリズムに、まったく顔を出さないその名前が、あるとき意外な場所から、身近に現われることになった。

取材を通して親しくなった佐藤内閣の元総理秘書官・楠田実氏から、

——安岡先生を囲んで古典講読の会を開くから参加しないか。

という誘いである。参加メンバーは、官界、財界、ジャーナリズムの中堅クラスの人々である。私は如上の関心と好奇心から即座に参加することに決めた。

身近に現われた安岡正篤氏は、背筋の通った長身の、壮者を凌ぐ容色と、朗々たる声量をもった紳士であった。古典講読は『宋名臣言行録』であったり『論語』であったり、随時、テキストは変るが、その逐条解釈は、漢字の生成に関して、儒・老・荘、また仏教や易学に関して、掌の内に、一切を把握された学者の宇宙を想像させる風のものであり、われわれの世代には、かつて中学・高校の漢文の時間を想い出させるなつかしい一面もあった。

また氏は、英語・独語に堪能らしく、欧米の学問に通ずる片鱗が、随時、言葉の端々に現われ、単なる漢学者の範疇を越えていた。

その会は、安岡氏の命名で而学会と称せられたが、その後の噂や風聞で聞くと、こうした会を他にも開いておられるようで、世代の違った、同様の会があるようであった。

そのうちに、安岡氏が総理大臣の演説草稿を閲覧し、修辞学的校訂をなさる慣習があることを識り、さらに敗戦のときの、詔勅の校訂者であることを識った。

安岡氏自身、座談のなかで、

――「義命ノ存スル所」という表現が「時運ノ趨《オモム》クトコロ」と訂正されてしまったことがいまでも残念でならない。そうした考え方が、戦後の無責任さにつながっているのです。

と痛恨の面持で話されたことがある。

一体、安岡正篤とはどのような存在なのであろうか。そして、その安岡正篤と林達夫が同時代人であり、高校の同級生として同じ雰囲気のなかで育った青春をもち、まったく異なった軌跡を辿りながら、共に今日、きわめて強烈な影響力を保持している事態を、どう解釈すべきなのだろうか。そもそも、ジャーナリズムは、こうした事態をまったく視野に入れて今日の状況を考えていない。

林達夫氏が、現代日本の代表的知識人であり思想家であることは論をまたない。戦後思想史の紆余曲折の後に、林達夫氏の存在が、そのすぐれた先見性において、そのみごとな出処進退において、その驚くべき博識と独創性において、とくにその完璧なスタイルにおいて、群を抜いた存在であったことは、やがて衆目の一致するところとなり、全六巻の著作集（平凡社刊）は、卓抜な発想と美意識の結晶として、知識人の書架を飾る最高の目録となっているはずである。

安岡正篤氏が、戦前のことは歴史の範疇としてしばらく措き、敗戦時の詔勅の校訂者に始まり、牧野伸顕との知遇から吉田茂に信頼され、以後、政界・財界・官界の、いわば導師として、ある次元できわめて広範な影響力をもっていることは、厳たる事実である。

この二人の思想家の及ぼす影響力の範囲はおそらくまったく異なっているであろう。林達夫氏を代表的知識人と仰ぐ知識人・ジャーナリズムは、安岡正篤氏を知らず、安岡正篤氏を導師と仰ぐ体制エリートたちは、林達夫氏を知らない。

問題は、二人の思想家の側にあるのではなく、それをバラバラに受容している現代日本の思想と社会の側にある。〝知〟の社会的構造にある。現在必要なことは、二人の思想家を同一の舞台に乗せ、そこで描き出される思想的風景を眺めることで、われわれ自体の内なるドラマを喚起することではないか。

おそらく〝西欧の誘惑〟と〝日本への回帰〟は、近代日本の歴史に現われる循環的構造であり、また日本人にとっては永遠の宿命といえる主題なのかもしれない。

はやく中江兆民は、『三酔人経綸問答』で、洋学紳士と東洋豪傑の対立として、この主題を捉えているが、第一次世界大戦の最中、大正五（一九一六）年、一高に同級生として入学した二人の青年は、同じ土壌の上で呼吸しながら、ひとりは洋学紳士を志向し、ひとりは東洋豪傑の道を選んだといえる。安岡正篤が『日本精神の研究』を上梓したのは大正十三年、東大法学部卒業直後であり、学生中から雑誌『日本及日本人』への寄稿家となり、東洋思想の研究家、〝日本の国士〟と令名を馳せたのはきわめて若い時のことである。

第一次世界大戦後の解放感を背景に、大正デモクラシーから社会主義への発展は、いわば新文明の到来であるが、明治初期の文明開化期と同様、それへの反撥と日本主義・国家主義の強調も、ほとんど同時併行的な流れとして起る。学生団体新人会の活躍は有名だが、それへの対抗団体として七生社が大正十四年に結成されていることも象徴的である。

安岡正篤は上杉慎吉教授に大学に残ることを勧められながら、それを断って酒井忠正伯を頼って「東洋思想研究所」を設立しているが、この選択と決断もきわめて異色といえるだろう。

大戦後のデモクラシーの波は、震災、世界恐慌を経て、日本型〝ファシズム〟の波に押しつぶされてゆき、傍流であった日本主義・国家主義は、行動右翼として、三月事件、血盟団事件、五・一五事件、二・二六事件と、次々にテロリズムによって歴史の主導権を握ってゆく。

この間、安岡正篤の立場はきわめて微妙な地点を推移している。大川周明が北一輝と別れ、猶存社を脱退して行地社を設立するとき（大正十三年）、安岡正篤の名はそのメンバーとして存在するが、昭和三年には退いて金鶏学院に立てこもり、行動よりも子弟の教育に自らの役割を限定しているかにみえる。

満洲事変から満洲国建国へ、日華事変から日独伊三国同盟へ、また軍閥の台頭による議会政治・政党政治の終焉へと、太平洋戦争への過程で決定的役割を果たした行動右翼と軍人の立役者には事欠かないが、そのどの時点を取り上げても、安岡正篤が実践的レベルで決定的影響力をもったという証拠はない。

昭和七年、満洲建国に際しては、『満蒙統治の王道的原則』（金鶏学院刊行、第五十二冊）を説き、太平洋戦争開始後の昭和十八年、『大東亜共栄圏の指導者たるべき日本人の教育』（啓明会）を論じているが、満蒙統治においては覇道を戒め、太平洋戦争開始後は日本人の傲りを戒めているもので、それ自体バランス感覚を備えていてファナティックな雰囲気は感じられない。

血盟団事件で井上準之助を暗殺したテロリスト小沼正はその手記『一殺多生』（読売新聞社）で、井上日召、安岡正篤などとの交渉を描いているなかで、安岡正篤のインテリ性、非行動性を冷笑的・揶揄的に語っているが、血気にはやる青年や労働者からみれば、安岡正篤は学者であり書物の人間として映じたのであろう。逆に安岡正篤の側からみれば、井上日召を含めた行動右翼に、知性の欠如とアウト・ロウの臭気を感じ取ったのではなかったか。

安岡正篤の志したものは、エリート及びエリート候補生の教化であり、政治道徳の涵養にあったといえようか。そしてこの姿勢は、戦前・戦後を通して変っていないのである。

他方、林達夫の青春は、一高時代、芝居狂として、一月に二十三回も芝居小屋に通い、校友会雑誌に六十枚の「歌舞伎劇に関するある考察」を発表した。寮の部屋ではドイツ・リードを口ずさんで硬派からうるさがられたという、軟派学生としての出発であった。三年のときに、父親との衝突から一年休学し、一高中退という形で京大の選科に学び、美学及び美術史を専攻し「ギリシア悲劇の起源」を卒論とする。故意か偶然か、林達夫の場合も、大学アカデミズムに残るという道を選んでいない。私大の講師などを勤めながら、林達夫の最初の仕事は岩波書店から、W・ブセットの『イエス』を翻訳することであり、義兄の和辻哲郎とストリントベルクの『痴人の告白』を共訳することであった。いわば大正教養主義が氏の周囲を包む知的雰囲気であり、岩波書店（文化）が、その拠るべき拠点であった。

この卓抜な戦略的思考家が、大正デモクラシーから社会主義の急進化、それへの反動としての日本型ファシズムの勃興、という一九二〇年代から三〇年代へかけての激動期に対処して選んだ手法は、雑誌『思想』の編集に携りながら、『朝日新聞』の匿名コラムニストになることであり、山田吉彦と共にファーブルの『昆虫記』を翻訳する、といった、自己イメージの拡散をはかりながら、知的ジャーナリズムの養分を吸収してゆくことであった。

したがって最初の著作『文芸復興』（小山書店）が刊行されたのは、昭和八（一九三三）年、氏が三十七歳のときである。もちろん、氏の立場は時代思潮を反映して、きわめて急進的であり、昭和七年、唯物論研究会の幹事の一人となっているが、その急進性は同時に、文字通り根源的（ラディカル）である。それは戦後になって初めて書物として刊行された『社会史的思想史』（三木清・羽仁五郎・本多謙三との共著）――社会的基盤の上に思想の流れを考える――によく表現されており、また「無神論としての唯物論」（『著作集3』の表題）という発想によく象徴されている。最初の訳業がイエス伝であったように、神が人間を造るのか、人間が神を造るのか、という世界観の根幹に関わる命題が中心にあり、単純に社会問題・政治問題の次元で急進的であったわけではない。

急転する時勢のなかで、思想仲買人が横行し、哲学がグロテスクに自己肥大してゆく風景を眺めながら、林達夫は形勢非なるを悟って、「開店休業の必要」を感じ、園芸に自らを韜晦《とうかい》しながら、植物の生長と移植に、外来種と土着種の比較に、「思想の運命」を凝視する。

敗戦直前、脱走者高倉テルをかくまった容疑で三木清は留置される。林達夫はその年来の友人三木清の思い出を語り、三木清の不運とヘマを歎きながら、「三木の寛宏な温かさと私の狭量な冷たさ」を比較しているが、「私はこれなら信頼するに足ると確信することのできない人々には、一切どんな因縁があっても心を許そうとしなかった」と語っている。その用心深さと個人主義が、昭和十年代の逆風のなかで、林達夫を救ったのだといえようか。

ある説によると、歴史の主役は二種類の類型に分けることができるという。Expendable Hero と Professional Survivor との二類型である。直訳すれば使い捨てられるべき英雄と生き残りの専門家(達人)とでもいうのであろうか。

昭和の国家主義の運動のなかで、北一輝はあきらかに前者に属する英雄である。その独創性において、そのカリスマ性において、その問題への直進性において――。北一輝という存在を正確に見直そうとする動きは、戦後まもなく、しかも右翼陣営という狭い幅においてではなく、学問的研究対象として復活している。また、高度成長を経て日本の管理社会が巨大化してゆく過程で、造反として起った七〇年代の全共闘運動の昂揚という雰囲気のなかで、急進的変革志向と直接行動の季節に、最左翼は最右翼に心情的につながるのか、北一輝の怪しい魅力が話題となった。

それに比べると、大川周明という存在は、若い頃に、ヨーロッパ帝国主義の植民史に、イスラム教の研究にすぐれた業績を残し、後半は直接行動のアジテーターとなりながら、死に場所を得ず、極東裁判に連なることで、なにか汚れた印象を後世に与えている。

安岡正篤は早く漢学者・日本の国士として有名になり、国家主義の季節にはアジテーターの役割をも演じながら、青年の教化と、エリート（候補生）の教化に自らの役割を限定したことによって生き残る。戦前には五十冊を超える著書パンフレットを公刊しているが、それ自体は作品として後世に残る完成品は少ない。彼の眼は専ら教育と教化に注がれていたのだろう。けれどもその営々たる営みは、類例のない独特な存在として、深い学殖が、日本の体制エリートへの広い影響力として持続してきているのである。

他方、リベラル左派乃至急進的唯物論者の系譜を眺めると、〝エクスペンダブル・ヒーロー〟に当るのは、三木清であろうか。軍閥の台頭、国家主義の全社会的支配という悪気流のなかで、急進的唯物論を人間主義というヒューマニズムの立場に、イデオロジカルには後退させながら、近衛新体制に期待しつつ、また、非人間的要素に最後まで抵抗しつつ、やはり獄死の運命を免れなかった。そのけんらんたる活躍は、一九三〇年代（昭和五―十四年）の中心的思想家として、日本の方向に少しでも理性的要素を通し、情念という怪物を理性的抑制のなかに取り込もうとした悪戦苦闘は、単に転向という視点からだけ考えるべき以上の、積極性をもっていたように思われる。そして三木清の全業績は、敗戦直後からの日本の思想的出発に際して、そのままひとつの指標として生きたのである。

それに比べると羽仁五郎の生き方はきわめて直線的であり一貫している。『ミケランジェロ』にみるルネサンス研究、『東洋における資本主義の形成』にみるヨーロッパ帝国主義の研究、『白石・諭吉』『明治維新』にみる近代化の推進力の研究、またクローチェからマルクス主義までの進歩的歴史学の開拓、自由と進歩に果たす『都市』の重視、等、その世界史的視野と東西にまたがる歴史学的業績は、一九三〇年代の逆風のなかで、歴史学を中心とした思想界に広範な影響を与えた。ただ注意すべきことは、羽仁五郎の本質は抜群のアジテーターとしての資質にある。その基礎には、強固な世界観と学問的基礎を有しつつ、その文体、姿勢において単純化と誇張が目立ち、政治的プロパガンダの色調は、逆に繊細な美意識と厳密な認識の要請からは反撥される要素をもっている。羽仁五郎の役割が敗戦直後に大きかったと同時に、七〇年代の全共闘運動のアジテーターとして（『都市の論理』）機能したことはきわめて特徴的である。

三木清、羽仁五郎に比べて、戦前・戦中の林達夫はその姿勢が慎重であり韜晦的ですらある。翻訳者でありコラムニストであり、『思想』の中間読物作家であり、百科全書的雑学者であるようなイメージを与えている。

あるときひとりの編集者が、

——林さんの仕事は、他人の気がつかなかったり、やりたがらない領域を買って出る、穴埋め的役割を果たしていますね。

と語ったことを、林氏自身、楽しげに回想しているが（『思想の運命』序）、こうした意識した周辺的作業と役廻りは、おそらく全体状況への眼配りのよさと、美意識から発していたのではあるまいか。

林達夫の見事さは、戦時下に反時代的であった以上に、戦後の出発に当って、もう一度反転して反時代的姿勢を取ったことである。「反語的精神」（一九四六年）を書き、「共産主義的人間」（一九五一年）

を書くことによって、滔々として流れる戦後民主主義の潮流から一歩距離をおく。アイロニーこそ平衡感覚に結びつき批評精神につながる。かつて急進的唯物論者の線を崩さなかった知識人として、スターリン批判が始まる六年前に、明晰な認識に基いてスターリン主義の病理をつく。

こうしてアイロニーと韜晦のなかで、「声低く語って」きた林達夫が、戦後民主主義のなかで傷ついた知識人と思想界に、社会的記憶として強く浮かび上がってきたのは、一九七一年（著作集の刊行）のことである。

単純化すれば、戦時中（昭和十年代）は国家主義の時代であり、戦後（昭和二十年代）は、急進的自由主義の時代であった。

国家主義者安岡正篤は、その国家主義の昂揚期に、直接行動者からは書物の上の人間と冷笑されながら、知性の限界に自ら踏み止まった。戦後は占領軍によって否定されるべき日本主義・国家主義的人物として追放されながら、昭和二十四年には全国師友協会を設立し、かつて金鶏学院の事業として日本農士学校をつくったように、全国の地方都市と農村の教化を目指した。そしてまた政・財・官界のエリート教化の組織づくりを始めている。とくに戦後は、新聞・雑誌・ジャーナリズムに意識的に一切顔を出さず、あくまでもパーソナルな接触を基礎として自らの行動様式を限定していることが特徴的である。

考えてみると、安岡正篤自身の立場から見れば、出発点での大正デモクラシーの昂揚期にすでに反時代的であり、戦後民主主義の時代にも反時代的であり、そうした時代風潮の逆風のなかを生きてきているのである。それを支えたものは、彼の変らない姿勢であり、営々たる営みであった。そのことをジャーナリズム自体の方で深く考えてみようとしなかったし、その密教的形態のために気づかないできた、といえるかもしれない。

あるいは、その事態を戦後民主主義の空洞化、保守体制の反動性、と決めつけることはやさしい。けれどもそうしたレッテルでは、なぜ安岡正篤が一定の民衆的支持をもち、歴代総理をはじめ、財界・官界の有力者たちから、信頼と尊敬を集めているかの答えにはならない。

自らをエリートと青年の教化に限定し、ジャーナリズムの表層に現われることを避けて、東洋的口伝の伝授といった形で「声低く」語りつづけてきたことが、安岡正篤の持続的影響力の秘密であり、その意味を考えることこそジャーナリズムの仕事であろう。

林達夫もまた、戦時下の逆風のなかで慎重と韜晦を期しただけでなく、戦後の解放期にも、ジャーナリズムと急進勢力の中心に位置しなかった。大衆にむけて声高く叫ばなかった。思想を単なる思想としてではなく、社会的基盤との関係で見つめ、どのような思想も寄生虫的存在に堕することを見抜いた（『思想の運命』）林達夫は、潮流と大勢に流されることなく、自らの眼だけを信じ、自らの精神の衛生学に気を配りながら、声低く、きびしく、そして豊かに、座談を楽しみ、美意識にしたがって独自の世界を構築していった。

大衆の時代に、大衆に向けて直接語るのではなく、慎重に、自らの言葉がメッセージとして伝達される範囲と回路を自ら選択していったのである。いわば、公衆に対して〝見え隠れ〟の芸を巧みに演じていったといえようか。

青春を共にしながらまったく異なった道を歩んだ二人の思想家は、奇しくも生き残る技術として身につけた密教的形態こそ、共通した部分として存在しているようにみえる。

地図を失ったといわれる今日、世界状況をイデオロギーで裁断することはまったく無意味な作業と化している。

知識人・ジャーナリズムと野党勢力は、本来の役割としての体制批判の方法を再構築しえていない。逆にまた政府・与党・官僚・財界といった保守体制も、巨大化した日本の経済とテクノロジーをコントロールしかねて、その方向づけと意味づけにすら成功しているとは思えない。流動化してゆく国際環境のなかで、自由と平和の条件づくりとしての外交政策も、日中条約締結ひとつ取り上げても、その意見の対立が、与野党という軸を越えて分裂してしまったことに象徴されるように、まったく異様な混乱を示している。

このことは問題が政治的次元以前の、基礎的な世界と人間のイメージの混乱に根ざしていることを物語っている。近代と超近代、合理と非合理、あるいは日本とヨーロッパ、日本とアジア、の意味づけ、関係づけが、基本的に問われていることを意味する。

ヨーロッパを目標として百年の努力をつづけた日本が、経済とテクノロジーで〝先進国〟の仲間入りをしたとき、目標を失った日本人は何を考えるべきなのか。アジアの諸国が発展途上国として近代化を目指し、鄧小平の中国までが近代化を目指しはじめたとき、その直線的志向は問題の解決となるのか。日中同盟が〝日本のテクノロジーと中国のマンパワー〟の結びつきとして、巨大な成功を収めるとき、地球の重心がヨーロッパからアジアに傾くことを懸念するヨーロッパ人は〝黄禍論〟を称えて、白人同盟を本気で形成することにならないか。かつて軍事大国として列強に伍し、今日経済大国として先進国に入ったことで、日本人は目標としてのヨーロッパを放棄してよいのか。日本人は依然として政治的田舎者ではないのか。文明史的基盤においてヨーロッパと拮抗できる遺産をはたして有しているのか。

おそらくある意味では、中江兆民の『三酔人経綸問答』に戻って、洋学紳士と東洋豪傑の対話を、新しく問い直す時点にきているのではないか。

安岡正篤の『日本精神の研究』は大正デモクラシーへの反撥として生れ、日本人と日本国家固有の価値を強調することで、日本神話を即自的に国体の根拠としたものであって、敗戦後の、日本主義・国家主義批判によって完全に否定されたものである。氏自身、戦後の活動はその反省と自己批判に立っているだろう。ただ、安岡正篤の東洋古典への抜群の素養は、国家が公的な儀礼を含めた場所であり、支配階級が、支配の倫理学を求めるかぎり、体制エリートたちから導師として仰がれる。今日、政策レベルでは日本の官僚体制は、近代社会科学をマスターしており、個々の政策次元で安岡正篤に意見を求めているわけではない。安岡正篤もまた、自らの役割を政策内容への介入として考えてはいない。けれども、体制エリートたちが、そうした政策問題を越えて、なにがしか不安を感じ、拠り所を求めているという事実を考える必要がある。それはおそらく〝体制の修辞学〟というべきものであろう。ヨーロッパ人がギリシア・ラテンの古典に還るように、日本人にとって漢文は古典語であり古典学なのである。

より基礎的には、漢字が日本語にとって、論理的骨格を成していることであり、日本人は最終的に、論理的思考を発展させるために、漢字を手放すことは不可能であることからきている。おそらく安岡正篤のような存在は、もはや再び現われないだろう。けれども日本人と国家体制に、そうした基本的欲求があるかぎり、なんらかの形で求めつづけられるだろうことを銘記しなければならない。

同様に、日本型ファシズムの特徴として、天皇制と共に、家族主義、農本主義、アジア主義が構成要素として挙げられているが、今日の文明状況は、それぞれがふたたび問題として浮上している。けれども、それは、本来日本人、日本社会の問題として存在しているから、かつてファシズムが取り上げたのであって、ファシズムが起ったから問題が発生したのではないことを考えるべきだろう。われわれはよりリベラルな態度を堅持しながら、問題解決に取り組まねばならない。

安岡正篤と林達夫という二人の思想家を対比して考えるという、一見奇異な挙に出たのはお二人への非礼に当る畏れをもちながらも、ヨーロッパとアジアの問題を、初心に還って考えなければならない、と思ったからであり、もうひとつは、日本の保守体制と反体制勢力をひとつの図柄に収めて眺めてみる必要があると考えたからである。

体制の言語と反体制の言語とが、隔絶して了解不可能な形で存在していることは、日本人として幸福なこととはいえない。対立と抗争は正確な認識のあとにくるべきものである。繰り返して言うが、問題は二人の思想家の側にあるのではなく、それを受容している社会の観念形態にある。

卓抜な戦略的思考と自由自在な出処進退を身につけた林達夫は、反体制のイデオローグといった存在ではなく、あるゆるレッテルを拒否するヨーロッパ的知性の体得者として存在している。経済とテクノロジーの次元でヨーロッパを追い越したからといって、知性としてのヨーロッパが葬られてよいわけがない。目標としてのヨーロッパが、林達夫という人格として身近に存在していることに注意を喚起したいのである。

同様に、〝体制の修辞学者〟としての安岡正篤に、保守体制の反動性を観ることは事柄の真相を衝いているとはいえない。批判の学としての近代社会科学は、支配階級自体が、儀礼と倫理を求めている事実を、空隙として残してしまった。権力としての政治の分析に熱中することで、倫理としての政治を見落してしまった。政治の倫理を不問のままにしてしまった。中国古典の卓越性は、その日常的・直観的語録性にあるだろう。そうした語録に耳を傾けるのは、支配階級ばかりではなく、支配階級の粉飾のためともいいきれない。不惑、知命、耳順といった言葉に、豊かな人生の味わいを感ずるかぎり、日本人はそこから離れることはできない。

本来、知識人とか知識階級とかは、批判者なのか、治者なのか、おそらくこの答えは、それほど簡単ではない。近代日本に、有閑階級として登場した知識階級は、やがて大衆社会の登場と共に、一方では大衆運動の理論的指導者としての役割を自覚したが、他方では、官僚やビッグ・ビジネスのビューロクラート、テクノクラートとして、体制を支えるエリートとしても機能している。

安岡正篤と林達夫という、個性的な知識人・思想家を凝視することは、問題の重さを問いかけているように見える。

＊戦前の国家主義運動について、高橋正衛氏の御教示を得た。ただし文中の判断はすべて筆者の責任による。

（『諸君！』一九七九年一月号）

林達夫の生涯

林達夫さんが四月二十五日、亡くなった。各新聞がいっせいにその死を報じ、加藤周一、中村雄二郎をはじめとして、多くの人々が追悼の文章を書いている。しかし、いまの若い人々は小林秀雄ほどにはその名前を知るまい。多くの人々には知られていないが、その名前を知り、その著作に触れた者には粛然たる思いを呼び起こす存在として、林達夫氏は八十七歳の生涯を生きた。

卓越した知識人、思想家であり、精神史家であった林達夫の業績全体について論評することは、私などのよくするところではない。ただ幸いなことに、私は編集者として何遍も林さんに接する機会があった。敗戦直後、中央公論社の出版部長をされた林氏は、もっとも早く福田恆存、加藤周一の才能を認められて、その書物を出版されたのだが、その後もながく中央公論社に出入りされていた。

ある時期は毎週一回、中央公論社に来られて、社の嘱託医の検診を受けられ、その後、編集者との閑談を楽しんでゆかれた。私は上司に命じられてその閑談と昼食のお相伴を務めたのであった。

〝達夫《たつぷ》さん〟とは編集者仲間の敬愛をこめた愛称であった。岩波書店、中央公論社、角川書店、平凡社などと深くかかわられた林さんは、終生、在野の思想家として過ごされただけに、出版社と編集者をこよなく愛された。

しかし、原稿執筆に関してはきびしく、私などは何遍か藤沢のお宅に通いながら、ついに一枚の原稿も頂けなかった。おそらく、林さんほど寡作な著作家はいない。私は執筆依頼をあきらめて、二度だけ仕事をすることができた。一度目は、独文学徒であった高橋英夫氏にJ・ホイジンガの『ホモ・ルーデンス』の翻訳を依頼したとき、翻訳上のご指導を仰いだことであり、二度目は塩野七生さんの処女作『ルネサンスの女たち』で批評と指導を願ったことである。林さんの指導は懇切かつ繊細をきわめた。そしてその仕事を心から楽しんでおられるようであった。

おそらく林達夫の思想家としての生涯を貫いたものは反語的精神であった。反語的とは英語でアイロニカル、軽い皮肉や風刺的な態度であるが、深くはソクラテスが使った問答法である。林さんは時代の流れについて深くアイロニカルであった。林達夫は無神論としての唯物論者としてラディカルであったが、自らの身の処し方について賢慮の人であった。三木清、羽仁五郎などと同世代の友人であったが、三木清のように絢爛たる活躍をせず、羽仁五郎のように直線的、戦闘的でもなかった。

その三木清が戦時下に近衛文麿の新体制にコミットしていったとき、林達夫は日本の前途になんの幻想も抱かず、開店休業と称して筆を断ってしまった。時代の流れに同調しなかったのである。しかしまた、林さんの偉さは戦後においてもう一度、時代の流れに同調せず、反語的態度を貫いたことである。

戦時下に抑圧されていた左翼知識人は、戦後に時節到来とばかり、社会主義的未来を信じたが、林さんは昭和二十六年の段階で「共産主義的人間」(『文藝春秋』)を書いて、当時ほとんどの日本の知識人が知らなかった共産圏の実情を、ヨーロッパの文献を使って詳細に検討し、スターリン主義を徹底的に批判した。三好十郎、福田恆存、林健太郎の諸氏の批判に先立つものであり、フルシチョフのスターリン批判に先立つこと五年であった。

しかし、当時の日本の進歩的知識人はこれを黙殺し、講和会議、六〇年安保と反体制運動は昂揚し、挫折していった。日本の知識人が、戦中、戦後の林達夫の先見性と無傷の見事さに脱帽したのは、一九七〇年代に入ってのことである。『林達夫著作集』全六巻は一九七二年度の毎日出版文化賞特別賞、翌年には研究・評論活動の業績で朝日賞を受賞し、日本の知識人、ジャーナリズムは無条件に拍手を送った。

戦前、ファーブルの『昆虫記』をきだみのる氏と共訳した林さんは、戦時下には筆を断って植物栽培、庭いじりに熱中された。戦後、平凡社の『世界大百科事典』編纂の最高顧問をされた林さんの学殖は、我々浅学の徒にはただただ驚嘆するほかはないのだが、森羅万象、林さんの好奇心の対象とならぬものはなかった。私たちとの閑談でも、多くは欧米の新刊書の話題が中心であったが、学問、文学、美術、音楽、といった話題からはじまって、野球、映画、女優さんの話など、下世話な世界にも精通しておられた。戦後の林さんは非政治的人間として一貫され、知識人の役割が政治の世界とは対極にあることを熟知されていたように思う。

声低く語れ、とは林さんの名言のなかの一つである。大衆に向かって大声で叫ぶのではなく、静かに耳を傾ける者に対して、明晰に、反語的に、語って倦きなかった。だから、多くの人は林達夫を知らない。あまりに華やかな存在としてジャーナリズムの第一線を歩んだ三木清は戦時中に獄死（実際の死は敗戦直後）したが、林さんは用心堅固だったのである。戦後に言論が自由になったときにも、林さんは用心深く、世の中に同調しなかった。自らの城を堅固に築き、豊かに、自由に、余裕をもって生きた。それはジャーナリズムや世間の目からは見え隠れする存在であった。その姿はより反時代的に生きた唐木順三に近いかもしれない。林さんは都会人であり、唐木順三はもっと野太い野性人であるが、その姿全体が時代を批評している点で、二人の存在は似ている。

小林秀雄が死に、林達夫が死んだいま、二十世紀初頭に生まれた世代の人々では、石川淳、井伏鱒二氏を除いて総退場の感がある。それより早く死に急いだ人々も無数にあるが、やはりある時代が終わろうとしているのである。昭和の時代は、明治の時代に比べて骨太ではない。太平洋戦争をはさんで、多くの悲喜劇を生んだ。しかし、そうした動乱を超えて見事に生き抜いた卓越した精神が存在したのである。人間は多くの人々の目を気にするよりも、一人の人の目を怖れなければならない。林達夫という存在は、多くの知識人がその目を怖れた存在であった。

かつて明治維新を生き抜いた世代が死んでいったとき、日本人は方向感覚を失った。今日の若い世代はもはや太平洋戦争を知らない。貧しかった日本も知らない。イメージの時代、大衆の社会は、自分がどう見られるかを気にし、有名人であれば、三浦和義さんも、浅田彰君も見境がない。今日のマスコミ社会を眺める限り、前途には何の幻想も抱けないが、しかし、人間は本来、死者とともに生きるのである。死者との対話は限りなく自由である。それぞれの人間が、それぞれに敬愛する死者を思い浮かべながら生きるとき、初めて奥行きのある文化が生まれてくるのである。

（『サンデー毎日』一九八四年五月二十日号）

大宅壮一と清水幾太郎——思想と無思想の間

正直にいって、私が学生時代（それは丁度昭和二十年代に当るが）を通して、違和感を抱きつづけた文筆家が二人存在した。もちろん二人に限ったことではないが、その卓越した発想と文章力に惹かれながら、どこかで完全には同化できない自分が残ったのである。

自分自身が出版社に入り、雑誌記者となることで、ジャーナリストの端くれとなったとき、それまで遠景にあって眺めていた肖像は急速に身近なものとなり、その一挙手一投足は自らにも関わってくる間近な風景となった。私の雑誌記者としての歳月は、この二人の巨大なジャーナリストの真価を発見してゆく過程であり、またかつて抱いた違和感をより明確に定義し、その違和感にもかかわらず、次第に敬意を抱くに至った過程でもあった、といえる。

私自身、学生時代に清水幾太郎（一九〇七―八八）の著作のかなり熱心で丹念な読者であった。社会学を専攻するつもりはなかったが、基礎的素養として読んでおきたかったし、その流麗な文体は、読者を飽かせなかった。『社会学講義』（一九四八年）、『愛国心』（一九五〇年）、『社会心理学』（一九五一年）などはいまだに鮮明な記憶があるし、また『展望』に掲載された「庶民」「日本人」「暗殺」といったエッセイは、その新鮮な視角に蒙を啓《ひら》かれた。さらに、サンフランシスコ条約締結のころは岩波書店によった平和問題談話会が、『世界』誌上で、三たび、声明書を発表し、当時の代表的知識人がほとんど名をつらねていた。そのみごとな声明文は、隙のない論理で組み立てられており、一種の名文といえたが、おそらくこの文章の作成者は清水幾太郎であろうことが推測された。私は文章や知識人の動きに感動を覚えながらも、結局、政治的判断としては同調できなかった。したがって、内灘・砂川闘争に突入していった清水幾太郎は次第に遠い存在となっていったが、私が抱いた違和感は、かならずしも政治的な次元のものではなかった。それは漠然とした感じにすぎなかったが、思想家清水幾太郎の核ともいうべき部分はなんであろうか、という疑問であった。

これに比べると、大宅壮一（一九〇〇―七〇）への印象は雑然としたものであり、私自身、戦前の大宅壮一の真骨頂ともいえる個性的活躍のほとんどを知らなかった。敗戦直後、新聞紙上のコラムで、猿取哲というペンネームで書かれた匿名時評が、寸鉄人を刺すみごとなものであり、やがてそれが大宅壮一の変名であることを知った。覆面をぬいだ大宅壮一の素顔は、傑作な比喩で、ひとびとを笑わせたし、多くの人物論や人物風土記は、社会常識の宝庫となったが、その価値破壊的な発想、下半身と結びつけた比喩は、やはり下品だ、というのが偽らざる感想であった。

一九〇〇（明治三十三）年生れの大宅壮一と、一九〇七（明治四十）年生れの清水幾太郎は、あらゆる意味で対蹠的な存在である。大宅壮一は自らを無思想人として宣言し、清水幾太郎は無思想時代にも思想を求めつづける姿勢を変えていない。

大宅壮一は大阪生れであり清水幾太郎は東京生れである。大宅は中学時代に放校の憂き目にあいながら、検定試験に合格して三高に入り、河上肇や賀川豊彦に接近しながら、東大の社会学科に入る。清水も東京高校を経て東大社会学科に入っている。おそらくおよそなにからなにまで対蹠的な二人が、ともかく社会学専攻を志したという点だけが一致している。当時、日本の学界に十全な意味の市民権を得ていなかった社会学を志すことは、やはり当時として特異な発想であったろう。

一九二〇年代、第一次大戦以後の日本は、大正デモクラシーの影響を背景に、さまざまな〝社会問題〟が噴出した時期であった。その社会問題への目覚めは、やがてロシア革命の影響を通して、社会主義・マルクシズム・共産主義へと収斂してゆくが、若き日の二人が共に、敏感にそうした社会風潮に反応したことは当然だった。無思想を称え、思想に執着するといっても、それはともにマルクス主義との関連で思想を考えている点で共通しており、あるいはより広く、このころの世代の知識人の共有するパターンを示している。

その大宅壮一のジャーナリズムへのデビューは、新潮社の嘱託になることで、『社会問題講座』の編集者となり、この企画が大ヒットしたことから始まる。このことの意味は深長である。大学時代の大宅は英語教師や沖仲仕のアルバイトをやりながら、日本フェビアン協会の主事を引き受けたり、機関誌『社会主義研究』の編集に携り、ほとんど大学で正規の学問をやった形跡はない。そしてそのまま、大学は中退してしまっている。早熟で表現意欲が強く、社会的関心が強烈であった大宅にとって、大学のひからびた講義はあまりに退屈だったのであろう。すでに中学を放校になり検定試験で三高に入っている彼のことである。実力に不安感はなかったであろう。

ところで、当時のさまざまな社会問題の噴出は、近代化の進展から起っている。労働問題、農村問題、婦人問題、など、つねに既成の枠組では捉えられない主題は、問題という漠然とした形式で意識される。そこにジャーナリズムが立ち向う主題があり、問題がやがて整序されて分析され総合されるとき、学問が誕生する。大宅壮一は、二十五歳にして、『社会問題講座』の編集を通して、ナマの社会問題を全体として把握するチャンスに恵まれたのであり、それまで投稿少年として、あるいはプロレタリア文芸評論家として書いていた青年は、広い視野から改めて、文芸と文壇を眺め直す視点を確立したのである。

これに対して、社会学を学んだときの清水幾太郎は、はるかにまともな姿勢を堅持しており、アカデミックな学問への期待を捨てていない。ずばぬけた語学力を駆使して、社会学の創設者コントを卒論に選び、当時、マルクス主義に傾斜していた自らの心情を、コントを通して語るという高等技術を発揮している。一旦、研究室に残って副手を勤めるが、一九三三年、大学を去る。
——それほど勉強したら、もはや大学で学ぶものはないだろう。
と師戸田貞三が語ったという伝説があるが、その真意はともかく、清水幾太郎の読破した社会学関係の欧米の文献が、ケタはずれのものであったことが想像される。

以後、文化学院講師を勤めながら、上智大学の『カトリック大辞典』『思想』『知性』の編集に関係しながら、一九三七年には、今日に残る古典的名著『流言蜚語』を出版し、三八年、朝日の嘱託として「槍騎兵」の執筆者となり、四一年には読売の論説委員となっている。大宅壮一よりも、学問志向が強く、学問的業績を挙げながら、清水幾太郎もまた、ジャーナリズムの世界へ入ってゆく。それは大学に残ることを許さなかった条件があったにせよ、清水の才気が選ばせた宿命でもあったように思える。

大宅壮一の処女作『文学的戦術論』(中央公論社、昭和五年)は、彼が、すでに独自の文芸社会学・文壇生態学ともいうべき視野と手法を体得していたことを物語っている。早くから制度としての大学に背を向けて、フェビアン協会主事という立場から、幅広い左翼知識人との交流を身につけ、『社会問題講座』の成功から、『新潮』のコラムニストとなった大宅壮一の眼が、ナマな人間の生態観察に向けられたのは興味深い。

大正末年から昭和初期の時代風潮は、日本の青年・知識人がもっとも尖鋭化した時期であり、彼自身、生家の没落、苦学力行、既成権威への反逆、米騒動、関東大震災の体験を通して、深くマルクス主義にコミットしていったことは当然であるが、階級史観・階級社会のものの見方を基礎としながら、その枠組のなかで、彼自身の生態観察の方法を考案していったところに独創性がある。

有名な「文壇ギルドの解体期」（『新潮』大正十五年十二月）は、硯友社以来の日本の文壇を、ヨーロッパの手工業組合（Craft Guild）に見立て、親方と徒弟の関係を文壇の師弟関係に対比させ、資本主義の発達がギルドを解体させたように、大戦後のジャーナリズムの市場の拡大が、文壇を解体させてゆくさまを、鮮やかに活写したものである。

そこには、直観と比喩による見立ての論理、文壇的価値秩序に対する揶揄と風刺と諧謔という、大宅ジャーナリズムの骨法が、すでに十二分に開花しているのである。

ジャーナリズムに地歩を固め、翻訳で思いがけない大金を摑んだ彼は「知的労働の集団化について」という一文を書き、同時に大宅翻訳工場を設けて理論を実践する。これはいかにも、大宅壮一らしい着想であるが、おそらくその背後には、社会主義的集団化のイデオロギーがあったであろう。けれどもそれよりも、それによって鬼面ひとを驚かしつつ、仲間を救済し、かつ賑やかな制作現場を現出させようという、大宅壮一のヒューマンな寂しがり屋の地金が、こうした形で現われたと観てよいだろう。

やがて一九三三年、『人物評論』を創刊し、「ニセ・マルクス四兄弟」、「遊蕩〝人格〞四兄弟」などの巻頭人物論を書き、偶像破壊的毒舌ジャーナリズムの骨格は、ほぼ完成したと考えられる。同時に、データ収集・下書き・総まとめのアンカーという、後に週刊誌ジャーナリズムの手法となった集団制作の手法の原型もまた、完成したといえよう。

大宅壮一の発想の卓越性と独創性は、ある人物や事柄を、より社会学的な広い文脈のなかへ引き入れ、比喩と直観によって、意想外の相貌を描き出してみせることにある。ただ、偽善を嫌う権威への反逆、価値破壊的志向は、当時のブルジョワ的偽善の暴露という唯物論的風潮のなかで形成されたとはいえ、本来的に、理念や理想を求めざるを得ない知識階級やその表現としての知的ジャーナリズムのなかで、中心的存在たりえなかったことも当然であろう。権威の破壊・偶像破壊は、大衆ジャーナリズムの生理であり、大衆の喝采を博することはできる。けれどもそうした姿勢を延長するとき、ゴシップとスキャンダルを求めるイエロージャーナリズムの、ハイエナ的姿勢、スカンク的臭気を共有することになりはしないだろうか。大宅壮一という存在が、戦前の段階で有力な存在であったことはまちがいないが、その姿勢からいって、知的ジャーナリズムの周辺的存在であったことも想像にかたくない。

これに対して、七年若い清水幾太郎の出発は、当然、満洲事変以降、日本の国家主義・軍国主義への傾斜が、明瞭になっていった時期と重なっており、大宅壮一と同様、マルクス主義に心情的に傾斜していたとしても、それをストレイトに表現するためには、かなり困難な季節となっていたはずである。同じ社会学を専攻しながら、清水の場合はより学問的であり、大学を離れても、その模索の方向は形而上学的であったともいえる。後に『社会学講義』に集大成される、欧米の社会学の発展、コントの古典的社会学、ジムメルの形式社会学、そしてデューイのプラグマティズムの社会学と、きわめてオーソドックスな社会学の遍歴がつづけられており、彼が関係した『思想』や『知性』という雑誌も、ハイ・ブロウな知識階級の知的関心を表現した少部数ではあっても、中心的存在であり、彼が兄事した三木清は、当時の知的ジャーナリズムの中心的存在であったといってよい。

清水幾太郎の彷徨と遍歴に関しては、彼自身、いくつもの回想記を記しているが、いずれもある抽象化を経たもので、大宅壮一の場合のように、生き生きとした生活情景は描出されていない。無頼派の文士に近い生活と発想をもっていた大宅と比べるとき、清水幾太郎の生活態度は、東京の山の手階級のマナーのよさ、学者の秩序感覚を思わせる。と同時に、大宅壮一自身、阪僑と称した関西ジャーナリズムの体臭に比して、東京の知的ジャーナリズムの体臭の乏しさを感じさせないでもない。

それはともかく、一九三七年、二・二六事件の直後の世情を眺めながら執筆された『流言蜚語』は、若き日の清水幾太郎が、鋭敏な感受性と鋭い論理構成、広い文献渉猟と現実観察といった能力をいかに具備しているかを、みごとに証明した秀作であるといってよい。

この書物の独創性は、流言蜚語《ひご》という非常事態に発生する特殊具体的な現象を主題としたところに始まる。それは関東大震災、五・一五事件、二・二六事件といった、災害やクーデターによって、平常な報道や世論の形成が杜絶もしくは禁止されたときに発生するが、それは若き日の清水幾太郎が、深刻な体験として目撃してきた事実であった。けれども、この流言蜚語という現象を、社会学的に解析してゆくためには、報道や世論という人間社会のコミュニケーション、近代社会のマスコミュニケーションの構造と機能を、社会学的に把握していることが前提となる。その基礎的素養が問われる切実な応用問題なのである。流言蜚語という変則的・変態的な現象そのものを扱った文献は乏しく、清水自身、序文でそのことを指摘し、アナトール・フランスの『聖母と軽業師』を参考文献に挙げるほど、自らの思索力を要求される。

同時に、流言蜚語という変則的事態を通して、本来の世論や報道の意義を構造的に解明している点でも、おそらく日本での先駆的業績といえるだろう。最初に、ロマノフ王朝時代の「プガチョフ伝説」の挿話を象徴的に据え、報道の機能、流言蜚語の発生・構造・根拠・対策と進み、さらに環境とイメージ、知識と信仰、あるいはユートピア、神話、群衆と公衆、沈黙と言語といった主題を展開しているこの書物は、むしろ、一九七〇年代の書物ではないかと錯覚させるほど、今日もなお新鮮な響きをもっている。この書物の骨格は、筆者自身、参考文献に挙げている、W・リップマンの古典的名著『世論《パブリック・オピニョン》』（一九二二年）に負っていると思われるが、わずか三十歳にして、こうした社会学的認識を獲得していることは、異能の才といえるだろう。

この書物の誕生は、社会学徒清水幾太郎の知的ジャーナリズムへの登場を語っていると同時に、ジャーナリズムの社会学を誕生させたといってよい。

戦時下の知識人・ジャーナリストの言動に関して、今日でも依然として、その転向ぶりが云々され、戦争責任を問う言説がないではない。その当否はそれぞれより広い文脈で考えられなくてはならないが、その多くの言説はあまり生産的であるとは思えない。

第一に、大学という制度の庇護の下にあった学者たちは別として、日々、報道と言論を形成していかなければならなかったジャーナリズム、またそこに拠っていた知識人たちは、長い期間のうちに、徐々に封殺されてゆく〝言論の自由〟のなかで、発言してゆかねばならなかった。その場合、どのように批判的立場に立っても、現状に対する半面の肯定なしに議論は立てられない。これは徹底したリベラルとして反軍的立場を貫いた石橋湛山の場合などにも当てはまる。太平洋戦争に根本的に批判的でも、発言は戦争を是認した言辞なしに始められないのである。戦争責任は、戦争をオリジナルに基礎づけた人々に対して、広い文脈で考えられるべきで、片々たる揚足取りでなさるべきではあるまい。

第二に、戦争拡大の局面で、近衛体制に収斂した日本の社会は、ナチズムとちがってきわめて曖昧な〝無責任の体系〟であり、事態の解決は高等数学的複雑な様相をもっており、簡単な黒白二分法のようなわけにいかない。徹底したコミュニスト、オールドリベラリストだけが一貫した態度を持したとはいえ、彼らに問題解決能力があったかどうかは別問題であり、一九三〇年代に生きた人々の困難さは、戦後の単純な断罪で片づくとは思えない。

大宅壮一も清水幾太郎も、それぞれ軍部に徴用されたり、従軍しているが、戦争に消極的・懐疑的であったことはまちがいない。

問題は戦後の自由の到来と共に、水を得た魚のように活躍した二人の巨人とジャーナリズムとの関係にある。

敗戦の一九四五年、大宅壮一は四十五歳である。敗戦末期、戦地から引揚げた大宅壮一が、半農生活を始め、敗戦後も直ちに、ジャーナリズムに復帰せず、〝晴耕雨筆〟の半身の構えで、五年間を過ごしたことは貴重である。変転する時勢とジャーナリズム、そのなかで踊り踊らされる群像を見つづけてきた大宅壮一は、四十五歳ですでにある諦観に近い境地をもったのかもしれない。

猿取哲のペンネームによって、鋭い批評眼の健在を示した彼は、同時にそれまでの大宅壮一をも斬ることによって変身しようとした。自己改造への沈潜が、大宅壮一のそれ以後の飛躍を約束したといえるかもしれない。

ジャーナリズムをはなれて、戦後の世相を観察することで、獄中十八年の節操を貫いたり外国亡命をした知識人がかならずしも柔軟な認識をもっているとはいえないこと（「亡命知識人論」『改造』昭和二十二年十二月）、あるいは戦前にあって社会主義を選ぶことは現実に対する抗議であり「思想」を意味したが、戦後にあっては現実への適応にすぎないこと（「思想の功利化と投機化」『改造』昭和二十四年二月）などを指摘している大宅壮一の眼は、きわめて内省的であって、うわずった部分はどこにもない。

米ソという超大国に挟まれて、弱小民族として生きてゆく悲哀を、自らのものとして噛みしめる冷徹な認識がそこにある。かつて彼自身、それに反逆した権威やタブーは、もはや天皇制を含めて存在しない、という成熟した大人の認識が基調となっている。それは戦後民主主義の旗手たちの高らかな叫びとははっきりと異なる音色である。

けれども、こうした基調認識は、かつての彼自身の役割をも変えていったはずである。権威や権力に対する偶像破壊が「思想」であった時期がすぎ去ったとすれば、彼の毒舌や揶揄や風刺や諧謔は、どこかで対象を許容したソフトなものとならざるをえない。彼があらゆる党派に属さず、是々非々、中立な立場を取ろうとした底には、そうした人間社会の価値の〝相対化〟が働いていた、とみられないだろうか。この相対化の作用を突きつめたとき、「無思想人宣言」（『中央公論』昭和三十年五月）という立場の自覚が出てきたのである。

そうした大宅壮一にとって、残ったものは強烈な好奇心に基く野次馬ジャーナリズムであり、早く「出口王仁三郎訪問記」（『文学時代』昭和六年十月）などに表出されている、彼の人物探険、もしくはさまざまな人物を育てる風土への関心であったろう。あるいは新しい人物や事件を目撃することで、それを〝鮮魚を俎板にのせて〟料理してみせる、すなわち、広い社会的文脈のなかに位置づけることで、ひとの気づかない意表をつく図柄を描いてみせることであった。

ジャーナリズムの役割を〝文化を商品化〟することにある、と割り切り、その商品化の手法に絶大な自信をもっていた大宅壮一が、日本の復興から、高度成長期にかけて、ジャーナリズムがマスメディアの肥大を通して、本格的大衆社会が到来したとき、ほとんどそれを自らの自己拡張として、八面六臂の活躍の場としていったことは偶然ではない。週刊誌時代、民放時代の到来は同時に、マスコミ人大宅壮一の時代であった。

一九六二年一月、『文藝春秋』新年号は大宅壮一の「世界は楕円である」を掲載し、『中央公論』新年号もまた大宅壮一の「詩と小説と権力と」を巻頭に据えた。六〇年安保の二年後のことである。それは、マスコミ人大宅壮一が、「世界の裏街道をゆく」の総仕上げとしてソ連紀行を終えて帰国した直後のことであった。それは若き日のマルクシスト大宅壮一が、自らの生涯の仕上げとして感慨をこめて書き上げた秀れたソ連論であり、かつて知的ジャーナリズムの周辺的存在であった大宅壮一が、一九六二年の時点で中心的存在になったことのシムボルでもあった。

逆にジャーナリズムの立場から考えれば、六〇年安保闘争において戦後知識人が、その思想的エネルギーを使い果たし、急速に脱イデオロギー化してゆく季節に、知識階級の知的役割が破産し、知識階級の活字的表現であった総合雑誌が、大衆文化の巨人たる大宅壮一に城を明け渡した図柄であったかもしれない。戦後の高度成長は大衆の教育水準を引き上げ、厖大な知的中間層を形成していった。それは大宅壮一をシムボルとするマスコミの膨張と並行している。けれどもそれは、戦前からの知識階級の思考様式、発想様式としての総合雑誌の退潮に連なる。それは時代の趨勢であったが、そうした思考様式自体の消滅、もしくは影響力の減退は、無条件に肯定できるものかどうか、深刻な主題を隠しているはずである。

敗戦と戦後日本における自由の到来は、社会生態学者大宅壮一の季節でもあったが、ジャーナリズムの社会学者清水幾太郎の季節であったこともまちがいない。

近代日本の破局は知性が力とならなかったことにあった。戦後日本にあって、世界に開かれた知性がリーダーシップをもたなければならない。

知性の組織化を目指して戦後、新しく発刊された『世界』は、当初、そうした新鮮な意欲と魅力に満ち溢れていた。そしてそこを主たる活躍舞台とした清水幾太郎のモチーフも、それに近いものであったろう。

けれども、そうした幸福な協調体制は、サンフランシスコ講和条約の締結をめぐって分裂してゆく。東西対立の狭間にあって、日本の選択はきわめて限られていたが、戦争の惨禍が昨日の現実であったとすれば、平和の確保は無条件の要請であった。「日米安保体制に組み込まれることは、アメリカの戦略体制の一環となることであり、戦争に巻き込まれる危険がある」という論理はきわめて説得的であり、広範な戦後知識人の支持するところとなり、朝日新聞論説主幹・笠信太郎といった存在もまた、そうした路線の支持者であり、同調者であった。

しかし、問題はアメリカの占領下という枠組のなかでの、複雑な知識人のイデオロギー的配置図にあった。戦前の天皇制国家の下で禁圧され、未発の運動に終った社会主義運動、とくにマルクシズムは、戦後の出立者《スターター》たる知識層に深い影響を持続しており、とくに一九一〇年代生れの世代に著しかった。大宅壮一の世代では、社会主義経験、運動経験はすでに不完全にせよ、ひとつの形として遺産としてあった。けれども、一九〇七年生れの清水幾太郎をはじめ、一九一〇年代生れの人々にとって、それは未発の、それだけに未知数の魅力を秘めたイデーであったにちがいない。

抑圧に屈しなかった前衛政党としての日本共産党、第二次大戦をくぐり抜けて成立した新中国の毛沢東政権は、そうしたマルクシズムの魅力を倍加させた。党員もシムパも、さまざまなレベルのマルクス主義も、〝社会主義革命〟は不可避の前提として考えられ、問題は〝武装革命か平和革命か〟という路線の対立にすぎなかった。またさまざまな近代主義者も、近代主義なるが故に、トータルなグランド・デザインをもちあわせていなかった。

したがって全面講和と非武装中立の主張は、こうした社会主義革命を不可避とするさまざまな路線、さまざまな思惑の合体であり合作であることを免れなかった。

敗戦直後、二十世紀研究所を創立し、アメリカのプラグマティズムの紹介者として出発した近代主義者、『社会学講義』（一九四八年）によって、社会学的思惟の基礎を築いた清水幾太郎もまた、そうした趨勢のなかの人であった。とくに『愛国心』（一九五〇年）、『社会心理学』（一九五一年）といった書物には、マルクス主義への傾斜が、もっとも色濃く表明されている。まさに、サンフランシスコ条約を目前とする時期のことである。

清水幾太郎はこの時期から書斎をはなれて運動のなかの人となり、平和問題談話会を中心に、より大衆的な平和団体、圧力団体のシムボル的存在となってゆく。それは未発の青春を回復しようとする〝第二の青春〟であったかもしれない。その意味で清水幾太郎も第一次戦後派といってよいであろう。同時に、そうした世代的位置と共に、清水幾太郎という個人のなかに、〝江戸っ子〟風の尻軽さ、賑やかな人肌を求める寂しがり屋、かつがれることを意気に感ずる義侠心といった性格が内在していたことを勘案する必要がある。とくに人肌を恋しがり、賑やかさを求める性向は、大宅壮一と共通しており、ジャーナリズムという、不定型の人間関係に生きる人間の通有性かもしれない。

おそらくこの時期の清水幾太郎の足跡をより丹念に実証する必要はあるまい。内灘・砂川の基地反対闘争を経て、勤評反対、警職法反対から、六〇年安保闘争に至ったとき、清水幾太郎は日本共産党を越えるラディカルな地点にまで踏み出していたのである。

戦後民主主義の擁護を称えた丸山真男氏などの立場もひとつの立場であったろう。けれども、急進的人民戦線運動を構想していた清水幾太郎の立場からみれば、六〇年安保闘争は明らかに敗北であり、それも同調しなかった日本共産党が裏切り者であった。

敗北のなかで孤独となった清水幾太郎はふたたび書斎の人となった。そしておそらく全力を振りしぼって『現代思想』を書く。それは西欧の一九三〇年代の思想的俯瞰図であり、人民戦線思想が、ソヴィエトのマキアヴェリズムによって蹂躙されてゆく過程の、みごとなスケッチである。清水自身にとって、それは一言も六〇年安保闘争に触れることなく、自らを語ることなく、けれども西欧というレンズを通して普遍化した決算の書であったろう。けれども、戦後の運動に参加し、清水幾太郎を旗手とした人々は、それを怒り無責任を責めた。またそうした運動に懐疑的で参加しなかった人々（私自身その一人だが）は、

——あの聡明な清水幾太郎氏が、なぜ戦後の出発の時点で、それに気づかなかったのか?

といくばくの不信と共に、やはりここへ来たか、という感慨を免れなかった。

けれども、六〇年安保の騒乱がすぎ、高度成長が眼にみえて進行し出したとき、保守・革新の双方は、かつての古傷を避けて、脱イデオロギーの時代を確認した。論点を意識的に回避したのである。世はあげて大衆消費社会、中間文化の時代を謳歌した。孤立のなかで思想的戦闘者でありつづける吉本隆明といった例外的存在を別として、かつての運動者たちは、論点を回避してなしくずしに転向をはかるか、節操の美学に殉じて沈黙をまもった。けれども問題は、節操の美学が、認識の柔軟性もしくは有効性と両立したか、という点にある。存在の在り方と世界認識の不整合を放置することは、知識人の自殺であり、広くは総合的知性の没落を意味する。

論点の回避は、戦後日本が思想的文脈を失うことを意味する。文脈の喪失のなかで、商品としてのマスコミの肥大を謳歌することに同調できるのだろうか。大宅壮一の無思想人宣言に、知識人は挙げて賛意を表明しているということなのだろうか。

清水幾太郎は、たしかに戦後責任を免れることはできない。彼自身、運動のなかで傷ついたが、彼によって運動に参加した多くの青年たちも傷ついているのである。けれども、傷ついた理由を彼は、丹念に分析し、それを思想史の客観的図柄として描いてみせた。そこには、自らの傷をナマに表出する文学的真実はない。したがって日本人の好きな実感的なレベルの反省はない。けれども、思想的レベルの決算をつけることで、清水幾太郎は、一九六〇年代も、思想家、もしくは思想的ジャーナリストでありつづけた。無思想の時代にも思想を求めつづけたのである。

「新しい歴史観の出発」に始まり、『精神の離陸』を描いた彼はボールディング『二十世紀の意味』、ティンベルヘン『新しい経済』を紹介しつつ、『倫理学ノート』によって、経済学的思惟と倫理の裂け目を根本的に衝く、もっとも今日的な課題と取り組んだのである。

それぞれの社会は、それぞれの知的状況と知的課題を背負っている。それは核心部分において、多数の参加の困難な部分を内包している。その作業の遂行こそ知識人の任務であるはずである。清水幾太郎がその有資格者であり、ながい歳月にわたって抜群の能力を示しつづけてきたことはまちがいない。

私自身、学生時代、違和感とともに遠景から眺めていた二人の巨人を、ジャーナリストの端に座を占めることで、近景から眺めることとなった。

大宅壮一の座談は絶妙であり、いささか品位のない下半身への比喩に辟易しながら、森羅万象、立ちどころに料理してみせる発想には感歎するばかりであった。戦後ジャーナリズムの出発に当って、一歩下って慎重にシキリをつづけた大宅ジャーナリズムは、あらゆる存在から距離を置くことで、その弥次馬根性が、豊かな批評性につながっていった。脱イデオロギーの六〇年代、マスコミの最盛期を迎えることで、大宅壮一はマスコミの代名詞となり、それまでの思想遍歴を総決算したとき、彼自身、知的ジャーナリズムの中心的存在ともなった。

大宅壮一は思想と学問を軽蔑しながら、じつは抜群の社会生態学者となり思想の生態学者であった。そしてなによりも、ジャーナリズムの水を愛した。その水につかりそこに棲息すること自体が生き甲斐であった。晩年、御子息の歩氏を亡くされてから、見る影もなく憔悴されたが、それからはとくに若いジャーナリストの育成に本気になられた。大森実氏が毎日新聞社を辞職する前後、大森実氏の身の上を案じて東奔西走されている姿を、私は身近に観ていた。その悪くされた左足を引きずるようにして、都心の街路をトボトボ歩いていた後姿がいまだに眼底からはなれない。大宅氏は、ジャーナリストの多様で独自の才を心から愛されたのであろう。

清水幾太郎氏と親しく私が接するようになったのは、六〇年安保以後である。六〇年安保の挫折は、清水氏ばかりではなく、同様の体験と心境にあった若い学者、ジャーナリストも多かったのである。そうした若いジャーナリストの仲介によるものであった。

それ以後、折にふれて著作から直接の座談から、直接的間接的示唆を受けたことは数多い。千駄ヶ谷にある清水研究室はあらゆるジャーナリストに開放されている。清水氏もまた、それぞれのジャーナリストに親身であり、こうした存在は今日、他には存在しない。大宅壮一氏と同様、生涯をその水の中で過した人のみが知る愛情であろう。

ただ、私には近来の清水氏に若干の懸念がある。老来、ますます明治生れの愛国心が甦ることで、清水氏自身が、ふたたび政治の渦中の人となりそうなことである。

その心情を理解する点で、私自身に不足があるとは思わない。ただ、かつて政治の渦中で傷ついた

粕谷一希随想集

月報 1
第1巻
（第1回配本）
2014年5月

目次

藤原書店
東京都新宿区
早稲田鶴巻町523

歴史を見る目

鈴木博之

わたくしにとっての粕谷一希さんは、都立小石川高校の先輩として登場した。小石川高校やその前身である東京都立第五中学校卒業の先輩に引き合わせてくださったり、べつの文化的集まりに声をかけてくださったりした。

なぜこのような、一種の贔屓をしてくださったのか、今に至るまで最大の謎である。中央公論での仕事をご覧になって、どこかに評価すべき点あるいは教え込むべき点を感じられたのかもしれない。それは身に余る光栄であり励みであった。のちにわたくしは、中央公論新社から日本の近代についてのシリーズ中の一巻『都市へ』を担当させて頂くことになった。この本は作家の城山三郎さんが「おもしろいよ」といってくださったと、ある編集者から聞いて、とてもうれしかった本である。こうした企画をわたくしに与えてくださるときに、粕谷さんの判断があったのではないかという気もするのである。

編集者のありかたについては、むかしこんなはなしを聞いたことがあった。仏文学者の寺田透さんが、晶文社の編集に携わっていた小野二郎さんから企画を持ち込まれたとき、「このひとは天井裏からわたしが考えていることを見ていたんじゃないかと思った。それくらい、自分のアイデアを的確に摑んでくれていた」といったというのである。これは小野さんから聞いた話だから割り引かなければいけないのかもしれないけれど、自身評論家であり、モリス主義者を標榜する小野さんであればこそ、あり得る話だと思われる。

粕谷さんも、わたくしの考えていることをどこかから見続けておられるのではないかと思われた。そして、ご著書をさりげなくお送りくださった。わたくしは粕谷さんの連絡先が分からなかったので、ほとんどお礼状も出さず、失礼なままに本だけを頂いていた。

粕谷さんは自らを保守主義者と規定しておられるが、そうした粕谷さんがなぜわたくしにこのような過分な「贔屓」をくださったのか、繰り返すが、これが最大の謎である。わたくしは一九六八年に大学を卒業し、大学院で東大闘争のなかにいて、日和見の傾向をもちながらも、封鎖の続いていた安田講堂や工学部一号館（わたくしの所属する建築学科の校舎である）に寝泊まりしていた。そうしたことがあっても、おまえの本質は保守主義なのだと粕谷さんが見抜いていたのか、それとも、もう少しリベラルになるべきであると考えられたのか、このあたりも分からない。

粕谷さんのなかにある五中から小石川にいたるリベラルな精神の流れを、わたくしにも与えようとする配慮だったのではないかと、いまになると結論づけてよいのではなかろうかと思われてくる。このような他人に対する関心、そこへの関与は、粕谷さんが歴史上の人物に対峙する際にも潑剌として働くのであろう。粕谷さんが歴史評論をおこなう際の、対象への生き生きしたアプローチは、彼が歴史上の人物をいま、ここに現前している人物と見るところに生じるものなのだ。

ここまでくればお分かりであろう。粕谷さんは、歴史上の人物をあたかも現前している存在だと見ることができる精神をもっておられる。その精神を目の前のわたくしに対しても働かしてくれたのではないかと。だからこそ、わたくしに対しても的確なコミットを行い、方向を示唆したのではないか。そこに歴史家、評論家、編集者の要素が分かちがたく結びついた彼の本領があるのであろう。わたくしはその最大の恩恵を受けることができた。

（すずき・ひろゆき／建築史家）

編集部付記——鈴木博之氏は本稿を一月二十六日に脱稿後、二月三日に逝去されました。ご冥福をお祈り致します。（編集部）

幅広い眼くばり・才能を発見する才能

中村 稔

粕谷一希さんは礼儀正しい人である。彼は私が学んだ旧制東京府立五中（いまの小石川高校の前身）の四年ほど後輩にあたる。いつも私が先輩として接し、言葉遣いと態度と、気遣いと、私がむしろ困惑するほど丁寧である。おそらく彼は育ちが良く、礼儀作法が身についているのだろう。

粕谷一希さんは思想的に包容力の広い人である。昭和五十二年六月から『日本経済新聞』に毎週一回「戦後思潮」というコラムの連載が掲載された。一回が四百字詰め原稿用紙で

中村稔氏と。中央は粕谷幸子夫人

三枚ほどの短い文章だったが、とりあげる人物、思想の多彩、多様なこと、その見方の鋭く、しかも公平なこと、それでいて文章が卓抜なことに、私は驚いていたし、毎週そのコラムを読むのをたのしみにしていた。昭和五十六年三月になって、この連載は『戦後思潮』という題で日本経済新聞社から刊行され、筆者が粕谷さんであることが明らかにされた。それまで粕谷さんはこの匿名コラムの筆者が彼であることは私にも話してくれていなかった。ただ、これは匿名コラムの筆者として当然の節度かもしれない。

たとえば同書の第2章は「復活者たち」と題し、「三木清の模索の生涯／戦闘的自由主義者、河合栄治郎／正統史学のアイロニー／辺境への旅人、柳田国男／荷風・潤一郎の世界／ジャーナリスト石橋湛山／日本共産党の栄光と悲惨／吉田茂の国際感覚／南原繁と政治理念／マルクス主義的思考の復活／与件の構造」と題する項目を採り上げ、第5章は「引き裂かれた平和／竹山道雄〝不機嫌〟の意味／松田道雄――誠実な軌跡／法の窮極に在るもの／戸坂潤――堅固な批判哲学／戦闘的自由主義の系譜／主体性論者、梅本克己／小泉信三の常識と父性／ある凡人の非凡な生涯／井伏鱒二の『黒い雨』／二つの不屈の精神／歴史認識の禁欲と解放／戦争勢力と平和勢力／人民戦線の演出者／混乱する〝平和〟の意味」という項目が続いている。

第5章の「ある凡人の非凡な生涯」は山川均、「二つの不屈の精神」は中野重治と宮本百合子、「戦争勢力と平和勢力」

は遠山茂樹、「人民戦線の演出者」は久野収を採り上げている。こうした目次の一端だけからも、著者の広い眼くばりだけでなく、戦後思潮の全貌が本書で展望されていることが理解されるだろう。本書は二〇〇八年に藤原書店から新装版として刊行されたが、まだしばらく読みつがれていくにちがいない。

また、粕谷一希さんは才能を発見し、育てていく資質をもった人である。たまたまローマに遊んで塩野七生さんに出会い、塩野さんに執筆を勧め、塩野さんを今日に至らせた契機をつくったことはよく知られているが、『戦後思潮』の第12章で採り上げている高坂正堯、山崎正和、土居健郎などは、この時期はまだ評価が定まっていなかったのではないか。山口昌男にしても同様だったのではないか。彼らを積極的に『中央公論』に登場させ、彼らが粕谷さんの期待に応えて、わが国の戦後思潮に新風を吹きこんだのではないか。それに似たことだが、粕谷さんはずいぶんと面倒見の良い人である。亡友いいだももの才能が埋もれることを惜しんで何とか世に出そうとし、夜遅くわが家にいいだを訪ねて、泊まりこんでいいだと話していたことがあった。残念ながら、いいだは政治活動にのめりこみ、眩しいような才能を開花させることなく死去したことを粕谷さんは残念に思っているだろう。

（なかむら・みのる／詩人、日本近代文学館名誉館長）

年長者としての粕谷一希

平川祐弘

粕谷一希と同窓であった幸せに恵まれた私だ。関係を述べて礼としたい。若いころの私は人見知りで進学先でも同じ中学の同級生とばかりつきあった。そんなだから同じ年に粕谷と一高に入ったが、口は利いたことがない。しかし彼の組には私と同じ中学の芳賀徹などがいて、しきりと竹山道雄先生の話をする。占領軍の手で廃校と決った一高に対し竹山は愛着があり、熱をこめてこの最後のクラスを教えたのだろう。一九四九年、竹山は持ち出しで新制東大受験のためにその文乙生徒にドイツ語を教えた。本間長世や高階秀爾は英語でなくドイツ語で受験した。付属中学出身者には進取の気風があり、それでしめしあわせた訳でもないのに、新制東大に入学するや、その学年のみに存在した独語既修仏語未修の小人数クラスを選んだ。その連中が後年教養学科を経てアカデミックな道へ進み、英語を駆使して国際的に活躍したのだから面白い。

実は粕谷はそこが違う。三〇年早生れの彼は三一年遅生まれの私より年長だが、新制東大の試験を一回しくじり、私たちのように駒場の後期課程へ進まず、法学部へ行き、中央公論社に入社した。粕谷はジャーナリストの道を進んで早く現実世界の荒波に鍛えられた。

その文乙の連中は卒業後も鎌倉の竹山家へ遊びに行った。かつて竹山のクラスにもぐって出た私もその驥尾に付した。留学帰国後のある日、本間が「竹山先生が「平川君はどうしている」といっていたよ」という。それで次の時に私も同行した。夏の夕方、瑞泉寺の坂を登りながら、『中央公論』副編集長の粕谷が気楽に竹山先生と話すのみか、からかっている。「偉くなったものだ」と後ろで私は思った。後年その話をしたら粕谷は「同輩は次々と留学し、さらには母校の講師に就職する。淋しかった」といったが、就職もできぬ私には粕谷が偉く見えた。そして事実、偉物だったのである。

粕谷が偉物である所以は多々ある。『中央公論社と私』に出ているが、安保闘争の時代、出版界は特に左傾した。その時流に合わせないと人間息苦しいが、粕谷は筋を通した。これには家庭背景も学生時代の交友も関係しているだろうが、只者でない。その粕谷は編集者の職業柄、和辻哲郎など大学者と接する機会に恵まれた。その時に学習する者とそうでない者といる。粕谷は前者だ。本もよく読んだが耳学問も積んだ。

それだから『戦後思潮』などで知識人の肖像を縦横に描くこともできた。粕谷編集長は勘も働いた。人脈を生かして『中央公論』や『歴史と人物』に新人を起用した。私も助教授となるや声がかかり、「森鷗外における西洋と日本」、「乃木将軍と森鷗外」などを寄稿した。「クローデルの天皇観」を書いた時は「天皇制を肯定して書くと論壇では不利だぜ」と注意してくれたが、私は立場を変えない。当時の粕谷は私を速筆と勘違いしたが、私には書くべき主題が頭の中の棚に整理してあり、注文に応じて仕上げるだけだから、すぐ完成原稿が届いたまでである。

粕谷は出版界の大御所となり正月、雑司ケ谷の自宅に多数の人が集まった。『竹山道雄著作集』を出すよう福武書店に口を利いてくれた。中央公論社を退社した粕谷は次々と書いた。だが根が編集者だ。『東京人』はじめいろいろ出版に関係し、苦労もあったと思うが弱音を吐かない。粕谷との対談の際、私は気をゆるしてストーカーに及んだ私の元学生の話をしてしまい、その男に訴えられたことがある。ふだんなら年長の彼の知恵を借り、助言を乞うところだが、体を病む粕谷に余計な心配をかけまいと内緒にした。幸い相手が敗訴したので粕谷の対談集『書物への愛』は絶版にならずにすんでいる。

（ひらかわ・すけひろ／東京大学名誉教授、比較文化史）

リベラリズムと都市への関心

藤森照信

ご飯と茶碗の二つが整わなければゴハンを食べることは出来ない。同じことが都市にも言えて、ご飯に当たるのは政治や社会や文化や芸術、そのご飯を盛るのは、道路・水道・公園といったインフラや、学校・ビル・商店・住宅などの建築からなる器としての都市。

ヨーロッパと違い、なぜか日本では長いこと器としての都市への関心は薄かった。理由としては、木造都市の宿命として日本の器は地震と火災によって壊れやすく、はかない存在だったからかもしれない。都市に住む人々も、アイデンティティを器よりそこに盛られた文化に求めていた。城や社寺よりは歌舞伎や浮世絵に求めていた。

こうした事情は戦後も変わらず、歴史界を主導したマルクス主義系の都市解釈は、港ヨコハマという新しい都市も、明治の文明開化と都市インフラ近代化の震源地となった銀座赤煉瓦街も、〝半植民地的都市計画〟として冷たく扱った。〝半植民地〟というレッテルを貼り、具体的な中身については関心を払わないばかりか、たまに関心を払ってもデマに近い解釈をした。例えば、明治の内務省が東京の都市計画について「道路は元なり、水道は末なり」と述べた点を、〝国や産業のための道路を優先し市民の日常生活のための水道は後回し〟と解釈した。ちゃんと原文に当たれば、何のことはない、ただの工事手順のことで、道を通した後でなければ水道を引いてもまたやり直さなければならない、だけの話。

私は、文化の領分での戦後の唯物史観全盛時代を体験していないが、おそらく、こうしたレッテル貼りはずいぶん威力を発揮したに違いない。

都市についてのこうした不幸な時代が終わりを告げたのは、私の大学院生時代で、先駆したのは文学者たちだった。前田愛『都市空間のなかの文学』、磯田光一『思想としての東京』、長谷川堯『都市廻廊』が刊行され、文学と器としての都市の豊かな関係が、東京を舞台に描かれた。

この段階で編集者としての粕谷一希がどう関係していたかは存じないが、その次のステップを裏方で支え、リードしたのは間違いなく粕谷さんだった。

その次のステップとは、器の研究をもっぱらとする建築史家たちの登場で、陣内秀信、鈴木博之、藤森照信らが、東京をテーマに都市史的、建築史的著作を刊行し、さらにジャーナリズムで積極的に発言するようになる。工学部の建築学科で設計に加えて建築と都市の歩みを学び、研究する者が、一般のジャーナリズムに場を得るのは、極めて稀な現象だった。

私は当事者として体験したから間違いないが、われわれ若い建築史家に場を与え、より広い世界に導いてくれたのが粕谷さんだった。その粕谷一希を編集長に、一九八六年、その名も『東京人』が創刊されたのは当然の成り行きだった。

編集者としての粕谷一希は、戦後リベラルの立場を貫いたことで知られるが、そのリベラリズムがどうして後に都市と結びついたかを知りたいと思う。リベラリズムという塀の上をどちらにも落ちずに歩く、言うは易く行うは難い思想は、都市となにか親和性でもあるんだろうか。

（ふじもり・てるのぶ／東京大学名誉教授、建築家）

粕谷さんの支え

森まゆみ

粕谷さんとはじめて会ったのは一九八六年ころ、新人物往来社の大出俊幸さんとなさっていた史遊会だとおもう。広い座敷の懇親会には綱淵謙錠さんなどもおられ、新撰組や会津鶴ヶ城などが話題に上り、なんとなく佐幕の雰囲気が漂っていた。私は一九八四年に女三人でささやかな地域雑誌『谷中・根津・千駄木』を始め、その翌々年に粕谷さんが編集長を務める雑誌『東京人』が創刊された。粕谷さんが『中央公論』編集長を務めた大編集者であることは知っていたが、二十代の終わりだった私は、都の肝煎りで創刊された、より大きな雑誌の傘下になりたくないという反抗心の方が強かった。それでも執筆陣には知人も多く、やがて、私も原稿を書くようになっていった。

八〇年代から九〇年代にかけて、粕谷さんにはごちそうしていただいた思い出が強い。立食パーティのあとなど「口直しにいきましょう」と粕谷さんが公衆電話から予約してくれる店はどこも飛びきりおいしく、貧困の中で子ども三人を育てていた私には夢を見ている感じだった。粕谷さんはポール・ウェイリー氏から「いま東京では『谷根千』という雑誌が一番面白い」と聞いて私に興味を持たれたのだという。それと大学時代、一番影響を受けた本に私が藤田省三『現代史断章』をあげたことが気になったそうである。いっぽう私の大好きな萩原延壽『馬場辰猪』や中公新書の『ある明治人の記録——会津人柴五郎の遺書』の出版にも粕谷さんは関わっておられた。

もっとも後者はサブのほうがタイトルにふさわしいというのであるが、同感だ。山の手のエリートの粕谷さんと下町長屋育ちの私には感覚の相違もあるのに、塩野七生さんや瀬戸内寂聴さんや鶴見俊輔さんや幸田文全集のことなど、口数の多くはない粕谷さんから聞く戦後の出版界のさまざまな話はとても面白かった。

一九九一年に私は婚をほどき、母子家庭となった。そのころ粕谷さんにTBSブリタニカの『アステイオン』に「何か評伝のようなものを書いたらどうか」と誘われ、自分に身近な「樋口一葉――ささやかなる天地」を一回書いた。粕谷さんはそれだけでは満足せず「鷗外をお書きなさい。若いうちに大きな人の胸を借りておくといいですよ」といわれ、『鷗外の坂』は毎回五〇枚ずつ九回という場を与えられた。同時期に『東京人』には『彰義隊遺聞』を連載させていただいた。暮らしを支えられたのみか、両方とも私の主著となった(一葉は岩波新書『一葉の四季』に化けた)。私は鷗外のなかで『青年』をそう評価しないが、粕谷さんは青年期の男同士の先輩後輩の友情という点から「気持ちがよくわかる」と共感し、いっぽう「徳川慶喜は冷たい男だ」ということでは評価が一致した。

粕谷さんは学者には厳しかったが、フリーの物書きの暮らしには同情があって、原稿料も大学に職のある方よりは多くいただいたと思う。九〇年代はまだ出版事情が今よりは少しよかった。また本をお送りすると、かならず懇切な感想や励ましの手紙が来た。とくに二〇〇九年に地域雑誌を終刊するさい、「雑誌には時代とともに生きる使命があり、それを果たしたならば潔くやめるのがいいのだ」という手紙をいただいた。ようやく肩の荷を降ろせる気がしてありがたかった。

ほかにも雑司ケ谷墓地を探墓したとき「サトウハチローは実に甘い。甘いけどいいね」とにやっとされたのが印象深い。五中―一高―東大の粕谷さんを妙に身近に感じたひとときだった。著作では『二十歳にして心朽ちたり』と『鎮魂 吉田満とその時代』がすきだ。吉田満と同じ東京高校から、東大の化学にすすみ、江田島で海軍将校として松根油の開発に当たっていたわが伯父と重なる部分が多かった。

私が低空飛行ながらも文筆渡世を続けてこられたのには、いろいろな方の協力があったが、とりわけ粕谷さんという紳士が陰でしずかに支えてくださったからだ、といまになっておもう。

(もり・まゆみ/地域雑誌編集者、作家)

次回配本 II 歴史散策 (14年7月刊予定)

氏が、書斎に戻ったときに、それは、イデオロギーを越えて政治運動一般に対する疑念を抱かれたのではなかったのか。書斎に戻るという決意はそうした断念を含めたものではなかったのか。政治というモンスターは、一切の思想を呑み込んで押し流してしまう。知識人が思想を通して語りかけうるものは、ささやかな、緩慢な影響でしかありえない。けれども、その独自な機能を放棄して知識人の任務があるのだろうか。

かつて、その懸念を率直に清水氏に表明したことがある。氏も率直に次のように語った。

――そういってくれる人がいないと、私はどうも引きずられてしまう。もともと、私は百人、千人ならば別だが、万という単位の人を前にすると血が騒いでしまうのです。

あまりといえばあまりに率直な告白である。けれども、それはかつて傷つき傷つけた経験を生かす道なのだろうか。〝江戸っ子気質〟がわからないではないが、ふたたび戦列に加わることは止めていただきたい。まして清水氏の場合には、戦列の彼方には、依然としてかつての同志が存在するのですから。

書斎の人たることは、明日、地球が壊滅しても、書斎の人たることでありつづける決意を含むはずである。清水幾太郎というかけがえのない才能を全うするために、その道を再び過たぬことを念じたい。

＊同名の表題で松浦総三氏が書物を書かれている（『清水幾太郎と大宅壮一』世界政治経済研究所、一九七八年）。まったく視点を異にするが、雑誌記者の先輩の心情の表白として参考になった。

（『諸君！』一九八〇年三月号）

清水幾太郎——『わが人生の断片』

典型的知識人の肖像

これは戦後知識人の代表的存在であり、社会学者・ジャーナリストとして第一線を歩みつづけた人間の自叙伝である。

全体は三部から構成されており、戦時中の昭和十六年—昭和二十一年が冒頭に置かれ、前半生の明治四十年—昭和十六年が真中に、そして戦後の昭和二十一年—昭和三十五年が最後に書かれている。こうした構成のなかにこの文章が執筆された昭和四十八年—昭和五十年にかけての筆者の気分が投影されているのかもしれない。

戦後から語りはじめることはあまりに生ま生ましく、誕生から始めることは間伸びしすぎている。

戦時下の徴用という異常経験から語りはじめることで、波瀾万丈の人生における自らのアイデンティティを確認する精神の均衡を無意識に計ったのかもしれない。

戦後の遍歴――二十世紀研究所、ユネスコの会、平和問題談話会、基地反対運動、安保改定阻止闘争といった過程は、ある意味で戦後史そのものであり、知識人の社会参加の典型が、そのまま個人史となっている。この場面に関しては、もっとも論争的な主題であり、賛否両論、公人清水幾太郎を評価する分水嶺となっている。かつて平和運動の同志であった人と、また思想における節操の美学を重んずる人々にとっては、清水幾太郎の〝転向〟として、もっとも許しがたい問題点を含んでいることであろう。

しかし、その上下二巻を通読した者は、ひょっとすると、清水幾太郎はもっとも正直だったのかもしれない、という感想を抱く者が多いはずである。江戸っ子清水幾太郎はもっとも自らをさらけ出したのであり、社会学者・ジャーナリスト清水幾太郎は、節操の美学に殉ずるには、あまりに聡明だったのである。清水幾太郎は、節操の美学の非生産性よりも認識の柔軟性の生産性を選択したのであった……。

成長の軌跡――早熟なる秀才

この解説では、戦中、戦後ではなく、それまでの前半生に焦点を絞って述べてみよう。公人清水幾太郎に関しては無数の証言者が登場するはずである。しかし、抜群の能力を発揮しつづけた知識人はなぜ生まれたのか。幼少時代から青年時代までの私的成長の過程のなかに、その秘密は隠されているはずであり、これに関しての証言者は本来少ないからである。

「微禄の涯」に始まる清水幾太郎の前半生の記述は、平明な散文によって自らと自らの周囲・環境を語って、きわめて独特な自叙伝になっている。

旧幕臣の家系であり、〝お屋敷の人〟の末裔であった清水幾太郎は、日本橋区薬研堀《やげんぼり》の家に生まれた。清水家にとっては「日本近代化の過程が、そのまま、自分たちの没落の過程であった」。気弱で世間的無能力者の父は、最初、竹屋を営んだが、やがて本所区柳島横川町で洋品雑貨屋をはじめたが、関東大震災で無一物となる。こうした消極的な父親の性格は、代々、江戸・東京で育った東京人だったせいであろうと筆者自身、回想しているが、まさに清水幾太郎もまた、谷崎潤一郎と同様、日本の近代化と震災で没落した旧東京人の家庭の子だったのである。

当然、幾太郎は早くから家業を手伝い、家庭教師をやり、やがて自分の筆で両親・家族を養う家長となる。清水幾太郎の勤勉かつ精力的な執筆活動はこうした背景から生まれたものであることも確認しておく必要があろう。

こうした少年が、獨協中学・東京高校・東大社会学科と学歴社会の階梯を昇っていったのは、多くの偶然も作用しているが、彼がずば抜けた早熟な秀才だったためである。

幾太郎は獨協中学のドイツ語以外は、フランス語、ロシア語、英語を独学で習得している。また中学時代、医者志望を捨てて、社会学の本を読みはじめ、ガブリエル・タルド、高田保馬などに接している。おそるべき早熟である。東京高校に入学すると早速、日本社会学会の会員となり、『社会学雑誌』を購読しはじめている。また東大新人会の学生の勧誘で、読書会を組織し、ブハーリンの『史的唯物論』を仲間と読みはじめた。

大正末から昭和初頭、大震災と世界恐慌という二重の社会不安を背景に、ロシア革命の衝撃で、多くの青年が急進化したことは当然のことであった。幾太郎青年という秀才が、社会学とマルクシズムという、モチーフにおいて類似性があり、体系において排斥し合う二つの谷間の間を激しく揺れながら、自己を形成していったことも、今日から考えれば時代の仕業《しわざ》である。

彼は唯物論研究会に入り、そのボスの慫慂《しょうよう》によって『社会学批判序説』を書き、しかしまた、情勢が険悪になったとき、退会証明書を取って脱会している。彼の知的問題意識はむしろ、やがて三木清、ジムメル、マックス・シェーラー、ゾンバルトといった影響下に書かれた『社会と個人』によって確立されたのだが、この微妙なアムビヴァレントな揺れのなかに、すでに戦後の清水幾太郎の軌跡を暗示するものが含まれている。

もう一つ注目すべきことは、東大社会学科の研究室で、戸田貞三主任教授に認められ、副手として大学に残りながら、やがて大学を去って売文生活により、ジャーナリストとしての道を歩み出すことである。幾太郎青年にとって事大主義の大学、制度としての学問の内側は、あまりに空疎だったのであろう。〝書物を著わさない碩学〟に対する批判は痛烈なアカデミズムへの告発となっており、〝表現されたものだけが真実だ〟という信念はみごとな清水哲学といえよう。

幾太郎青年は早くから〝習作時代〟に入っている。『社会学雑誌』に海外新文献紹介、『独逸語学雑誌』に社会論文記注、『心理学概論』という共著の下請け、『思想』にヘーゲル文献の作製、海外哲学思潮、『唯物論研究』での労農派批判、『児童』に子供の問題に関するアメリカ文献紹介……。

書くという行為は、表現することで理解することであるが、具体的には長さを制限された土俵で文章を書くことで、相撲が成立し、精神の真実の緊張が生まれるのだ。青年は早く文章のプロとしての道を会得したのであった。

性格と位置

この自叙伝は、平明な散文によって書かれた社会学入門であり、ジャーナリズムの入門であり、現代史の断面である。

読者はこの文章の至るところに、自伝の範囲を越えて、社会学的認識とはどのようなものかを、著者の思考に沿って学び取ることができる。また、知的ジャーナリズムで仕事をしてゆくこと、売文生活というものの実態を実感をこめて納得することもできる。そして日本の戦中・戦後のイデオロギー的性格、また戦後の平和運動の主役を演じた著者を通して、いまや遠くなりつつある戦後史の裏側を覗くことができる（脇役や傍観者から見れば異論もあろう）。

今回、改めて本書を通読して気がついたことだが、この文章はきわめて会話が少なく、モノローグの色彩が強いことである。父親、恋人（現夫人）、友人、知人などの肉声が乏しい。したがって、他者の存在感が稀薄なのである。他人が肉声を発し、自と他の間のドラマがもう少し具体的に展開されれば、この自叙伝はもっと多くの読者をもったかもしれない。

しかし、こうした期待は的はずれで、それは文士の範疇の仕事かもしれない。学者としての抑制がそうしたドラマ化を拒否したのであろう。

ともあれ、現代日本を代表する社会学者・ジャーナリストの半生を眺めるとき、その早熟と試練と変転に多くの教訓を学びとることができる。その早熟さは、いま流行の浅田彰君と比較してみたらよいかもしれない。その直面した多くの試練を、今日の無風時代、風化時代と比べてみたらよい。そして、人間がある思想的立場をとることの光栄と痛苦を理解すべきであろう。

さらに人間と歴史に興味をもつ者は、こうした社会学者清水幾太郎の底に、都会人、東京人の素顔を読みとり、その大きさと弱さを嚙みしめることもできる。著者はその素顔と地金を率直に語っていてくれる。それは虚栄心の強い、見栄っ張りの東京人として踏ん切りの要る作業であったにちがいない。

清水幾太郎は大学の卒業論文に、コントを選んだ。コントはこの著書のなかで詳述されているように、社会学の祖であり、綜合的社会科学の体系の建設者である。

コントに始まり、コントに還った清水幾太郎の生涯は、まさに社会学、政治学、経済学、心理学、哲学など、およそあらゆる領域にわたって、〝往く所可ならざるなき〟抜群の問題関心と認識能力を示しつづけた。おそらく、こうした能力は空前絶後といってよく、今後ともまず出現しないであろう。

しかし、清水幾太郎の波瀾多き航海はまだ終っていない。この自叙伝に書かれた時期に続いて、『現代思想』、『倫理学ノート』という卓抜な世界を切り拓いた著者は、やがて『日本よ国家たれ――核の選択』によって初めて、逆の時代の先端に立った。それは明治人清水幾太郎の先祖帰りともいうべき現象なのか。またアメリカ批判を逆の側面から遂行しようとするのか。

ともあれ、影響力の強い指導者として限りなく自重し自愛して頂きたい。多元的社会論という国家を限定する社会学からスタートした社会学者の明察は、当然、自己の位置を他の誰よりも自覚しているはずだからである。

（清水幾太郎『わが人生の断片』文春文庫、一九八五年）

田中美知太郎――『ツキュディデスの場合』

かつて、学生時代から面識のあった京都学派の高山《こうやま》岩男氏に、田中美知太郎評を尋ねたことがある。自分たちが追放された後に、そのポストを継いだ存在なだけに、高山氏にとってもデリケートな話題だったろう。氏は言下に言い放った。――あれはフィロロギー（文献学）であって、フィロゾフィー（哲学）ではない。

そこには田中美知太郎への感情的反撥が底にあるようだったが、この批評は中々、含蓄があるように思った。田中美知太郎の世界はすべてがギリシア語に始まり、ギリシア語に還る。言葉の用語法の歴史的発達を、丹念に辿ることが作業の中心であった。

二十世紀の哲学は記号論理学や論理実証主義のように素人を排除した。田中美知太郎の古典還帰も違った意味で素人を排除する性格をもっていたことはたしかである。しかし私は同じ学生時代、高山岩男の説とは逆の意見も聞かされていて、二つの意見の間で、ながく判断を保留せざるを得なかった。それは和辻哲郎が戦後公刊した『ホメーロス批判』の序文で紹介しているケーベル先生の感懐である。――哲学は多くのことを約束した。文学（文献学）はなにも約束しなかった。しかし、私の人生を振り返って私は文学からより多くのことを学んだ。

和辻は自分の経験を踏まえて、ケーベルへの共感を述べているのである。和辻の古典志向も精神史研究も一種の文献学であって、彼の哲学体系が明晰かつ平明なことも、こうした方法と無縁ではない。田中美知太郎という存在と業績は、戦中・戦後、独自の古典研究と時代批評によって屹立していた。それが哲学界の大勢になるかといえば疑問は残る。田中哲学はヒーローにも多数派にもならず、むしろつねにヒーローや多数派に疑問を呈する少数派の性格をもっている。哲学はつねにギリシア古典に還るべきだという主張も、強烈な時代批評を伴わなければ魅力を生じない。それは多分に田中美知太郎の個人芸に属していたかもしれない。

プラトンの生涯と業績に研究を限定していた田中美知太郎が、いわば例外的に見解を述べているのが、ヘロドトスと共に有名なギリシアの歴史家ツキュディデスの事績についてである。『展望』に連載した論文をまとめたもので『ツキュディデスの場合』(筑摩書房、一九七〇年)という表題になっている。

当時は日本、ヨーロッパ、米国といった先進国で学生反乱が拡がり、中国の文化大革命と重なって、異様な雰囲気に包まれ、それまでの歴史理論が無効となり、時代の転換が予感された季節であった。

この書物もツキュディデスの歴史叙述を淡々と述べながら、衰亡史観、解放戦争史観、体制間戦争史観といった現代で流行の史観による色眼鏡を排し、歴史は政治史が最終的に中心であるべきことを強調し、さまざまな可能性の中から選択し決定してゆく過程が大切であること、そこには他の選択可能性が存在し、選択決定の実際はさまざまの偶然が介在しており、政治指導者の資質が重要であるが、出来事としての歴史はさまざまな偶然の介在が決めてゆくことを強調している。

この見解は、司馬遷の『史記』を連想させ、また、戦後初期、マルクス史学が改めて大流行したとき、津田左右吉が、歴史における「自由・偶然・必然」の三つの要素を強調した事例を連想させる。

近現代において、人間はさまざまな歴史を開発した。産業革命以後の経済（発展）史、あるいは、社会史や思想史、精神史や文化史、あるいは文明史など、それぞれに理由がありその叙述によって新しい視野が開かれたことも事実である。

しかし、正統的な歴史が政治史にあることは古来、東西を問わず、賢者たちは明確に自覚していた。そして政治の世界は、本来、支配と服従を基礎として、強制規範として法律を伴った。国家は統治の体系として、その構成員に責任と義務を課した。このことは近代になって、個人の自由と権利、統治者をも拘束する法の支配と、立憲政治の発達という、いわゆる民主化の発展が始まっても、本来的構造として変っていない。さまざまな制約が附与されただけである。

統治行為が人間集団でとくに重要な位置を占めるのは、それが最も公けの性格をもっており、構成員である共同体のメンバーの運命を決定するからである。統治の体系である国家は、常にきびしい眼で批判されなければならず、またつねに敬意と共に語られねばならぬ対象である。

今日のイメージ社会において、ポピュリズムに侵された国家が様々な道化師《ピエロ》だけによって愚弄されていることは、人間の末期症状としか思えない。とくに戦後の日本においては、「国家」自体が汚れた対象と考えられ、政治学は社会の政治現象一般に考察の対象を移してしまった。国家学からの自立を訴えた結果は、膨大な空白空間をつくり出してしまった。

政治史は歴史の根幹であり、政治指導者たちは常に吟味され、批評されねばならない。そして、様々な可能性の中から偶然を介在させつつ、政治が選択し決定してゆくのが歴史の世界なのである。しかし、人間が本来の叡知を甦らせる力がまだ残っているなら、若い世代からその声を期待したい。

(『環』二〇〇八年春)

猪木正道氏の業績

猪木正道氏の著作集が、この二月末、力富書房から全五巻として刊行されることになった。大作『吉田茂』は除外されているが、これによって猪木正道氏の業績の輪郭をほぼ摑むことができるであろう。愛弟子である高坂正堯氏（京大）をはじめ、木村汎（北大）、渡辺一（防衛大）、佐瀬昌盛（防衛大）、矢野暢（京大）、西原正（防衛大）の諸氏のご努力でそれぞれ丹念な編集がなされ、旧稿のひとつひとつが検討されて精選されたものである。

発行元の力富書房は発足間もない小出版社であるが、社主・力富崇志氏は、もと角川書店に勤めたベテランで、ご父君も黎明書房を主宰されているから、生まれながらの出版人といえるであろう。小出版社はそれなりの困難を抱えているが、逆に社主の能力で、編集・製作・造本・配本・宣伝など、即決即断できる利点がある。私自身も、ご交際が始まって日は浅いが、その情熱と行動力に感動して、著作集のアイデアを取り次ぐこととなった。出版人は状況が困難であるほど、初心に生きるべきだと思うが、小出版の場合、それが明瞭に出る。力富書房の場合もその好例であろう。

猪木正道氏の活躍は、戦後日本のスタートとともに始まっている。その論壇への登場は『ロシア革命史』『共産主義の系譜』『ドイツ共産党史』の三部作であるが、この三部作については幾重にも感動的なエピソードを伴っている。

第一は、この研究が東大経済学部での河合栄治郎教授の演習における研究テーマだったことである。当時の大学生の語学力、思索能力がいかに高度なものであったかを物語る好例である。

第二は、河合教授自身、共産主義の体系的研究を志しながら、『社会民主党史論』という著作に終わってしまった、そのあとを受けついで、マルクスからレーニン、スターリンへの共産主義の生成発展を生き生きと描き出し、その体系的・批判的理解を日本で初めて定着させたものである。

しかしながら、第三にこれらの書物は、敗戦後の混乱のなかで、名著に値する扱いを受けないまま、過ごしてきてしまった。あるものは版元が倒産し、あるものはなぜか絶版になり、世人の記憶から消えてしまい、今日、文庫に入っているものもあるが、改まった話題となっていない。

敗戦から一九五〇年代を通して、日本の知識人はアメリカを批判することに急で、マルクス主義や共産主義の問題性を正面から取り上げなかった。むしろ、マルクス主義や共産主義を相対的に擁護する立場に立ったのである。それには戦前、戦中からの歴史的理由があり、強権による弾圧によって、マルクス主義も共産主義も日本では未発の思想に終わっていたからであった。

しかし、そのために日本では社会主義幻想がながく知識人・学生を支配し、そのファナティシズムとドグマティズムは、豊かな諸思想の対話と交流を根絶やしにしてしまった。西欧知識人が一九三〇年代に味わったソ連への幻滅――G・オーウェルの『カタロニア讃歌』『一九八四年』などがまともに論じられ出したのは、はるか一九七〇年代に入ってからであり、哲学における現象学が復活したのも一九七〇年代に入ってからである。

敗戦直後に学生生活を送った私の周囲では、先輩・友人の多くがマルクス主義にコミットし、学生運動に身を投じていった。三月革命とか十月革命といった言葉がささやかれ、すぐにも共産革命がくるような幻想が支配し、われわれは足許が揺らぐような不安感に襲われたのであった。

そうした状況のなかで、私自身、猪木氏の三部作を読み進むうちに、共産主義運動の体系的理解と批判的見地を獲得することができた。いわば私の思想上の恩人といってよい。その後、マルクス主義やロシア革命史の研究も進み、欧米のすぐれた著書も多く翻訳され、日本の学者の研究も精緻にはなった。

しかし、振り返ってみて猪木氏の三部作ほど、情熱と迫力に満ち、作品としての完成度の高いものはない。けだし、書物は知識の多寡によって価値は決まらない。敗戦という画期的時代に、若き学徒としての猪木正道氏が、全身を傾けて完成した作品は他に類例のない生命力を有しているのである。

編集者になってからの私は、よく京都のお宅を訪れて猪木先生に執筆を依頼した。先生はつねに率直、明朗な男性的態度で接せられ、世界情勢の見通しについて、直截に断言的に語られた。学恩ある私は安んじてその意見に耳を澄ました。ソ連、中国の現状についてだけでなく、アメリカや、政治現象の本質について、先生はつねに明晰であった。私の耳の底にいまでも響いている言葉がある。

――ケネディ政権にロストウ他のインテリが参加しているが、インテリが現実政治に参加することは、きわめて危険です。

――ベトナム戦争へのアメリカの介入はまちがっている。タイまで引きさがるべきだ。

――河合教授は自分の身を処するに際して、損な方へ、損な方へと決断されました。

おそらく、戦後の世界政治と日本の進路に関して、猪木氏ほど洞察力と先見性を発揮された存在を私は知らない。そしてつねに河合教授のスタイルを継いで、不利な状況下に、明るく戦闘的であった点においても。

戦後四十年の歳月のなかで、社会の風潮は逆転した。左翼政党は退潮し、組合運動は停滞し、言論界においてマルクス主義を固執する知識人は少数派である。逆に、〝ソ連の脅威〟を境として、居丈高なナショナリズムが横行しはじめた。今日、死に体の左翼を攻撃することはやさしい。それだけではなく、もっとも困難なときに左翼と戦ってきた猪木氏をも攻撃する声が出はじめた昨今の風潮を黙過することはできない。

私が、猪木氏の業績を全体として提出する必要があると感じたのは、そのためである。占領期の日本を再検討し、日本人の誇りを回復することはそれ自体、貴重なことである。だからといって、帝国日本の破滅と戦後日本の達成に目をつぶるべきではあるまい。

猪木氏の業績や主張に異論があってもよい。しかし、それは猪木氏の全業績を理解し、そのモチーフを理解した上でなされるべきであり、先人への敬意を抜きにした批判は歴史への冒瀆である。

ともあれ、猪木氏の著作は推理小説よりスリリングな知的冒険に満ちている。若い人々にも必読文献である。その継承を通して、日本人はかぼそい自由の伝統を体得できるであろう。

（『サンデー毎日』一九八五年三月三日号）

竹山道雄

『竹山道雄著作集　第3巻　失われた青春』

この第三巻に収められた作品群は、ほとんど敗戦前後から七、八年の間に書かれたもので、名作『ビルマの竪琴』から、絶品『白磁の杯』という、二つの創作の生まれる間の時期の随筆・随想集である。もと単行本『失われた青春』『見て感じて考える』に収められたものを主としている。

竹山道雄の名は『ビルマの竪琴』の作者として確立されたが、同時に『失われた青春』という作品も、敗戦直後の独特の雰囲気と竹山道雄という存在を結びつける象徴性をもった書物であった。失われた青春《ロースト・ジェネレーション》——とは、戦争によって青春を奪われた世代の感慨と感傷を的確に表現した言葉として、敗戦後の混乱のなかを彷徨する青年たちの胸奥に突き刺さったはずである。竹山道雄という存在は、そうした青年たちの身辺にあり、自らナチスの狂気を冷徹に見透し、高貴な人間性を確信していた知識人であり、またそうした狂気や戦争の犠牲となって散華していった青年たち、傷ついた青年たちの可能性を、もっとも愛情―愛着をもって見守ってくれた教師でもあった。竹山さん――と当時の一高生が呼んだその呼び名に示された親しみと敬意は、他の教授たちへの態度とちがうニュアンスがあったように思う。

『失われた青春』『手帖』『樅の木と薔薇』『見て感じて考える』といった随想集は、同時に敗戦後の日本のジャーナリズムに、独特のスタイルを拓いていった作品でもある。それらは主として文芸雑誌『新潮』に掲載されたためもあって、文学愛好家、文学青年を相手とした文章であり、たしかに文学的香気を備えていた。しかし、それらは、日本の文壇や文学青年の感性を超える知性の切れ味をもっており、思想問題への鋭敏な感受性を示していた。その冷静な態度と能力こそ、竹山道雄を文壇的に孤独に追いこんでいったものであるが、しかし、少数ではあれ、良質な読者が幅広い社会の各層に存在したのである。日本のジャーナリズムは、その当時から今日まで、そうした読者を断ち切る形で歩んできている――。

そのスタイルの独自性の第二は、「見て感じて考える」という表題そのものが示すように、竹山さんという作者の日常的見聞から始まり、そこで感じた事柄を執拗に追究してゆく過程が巧みに述べられていることである。そのために、きわめて平明な散文でありながら、同時に高度な思想性・論理性を構築してゆく奥行きをもっており、竹山道雄という著作家の醒めた強靭性という特質がよく示されている。当時、ルポルタージュという言葉が新しい外来語として、ジャーナリズムで流行した。論文でも創作でもない、取材を基礎とした見聞記として、新しいジャンルであった。それらは多く匿名の新聞記者によるものが多かったが、竹山さんの作品は、高度な文学性、思想性を備えたルポルタージュであったともいえよう。今日、ノンフィクションと呼ばれるジャンルが脚光を浴び、大宅壮一を祖とするさまざまなライターが登場しているが、竹山道雄のような異なった系譜があったことも確認しておいてよいであろう。

ところで、この第三巻に収められた作品は二つの系譜から成っている。一つは、旧制一高から新制教養学部のドイツ語教師として、直接、経験し、見聞した事柄を叙述したものであり、一つは、R君の話という副題のついた『失われた青春』に収められた諸篇、失われた青春―幻影―国籍―智識人の裏切り?―憑かれた人々、である。後者は、R君というドイツ人留学生と筆者との対話という形式で、多少のフィクションをまじえながら、第二次大戦下のドイツ人の生活、感情、論理を具体的に、挿話を入れながら語ったもので、それがきわめて高度の、ナチス論にもなっている、という性格のものである。

こうした作品群のなかで、もっとも分量も多く重量感もあり、特記すべきは、「学生事件の見聞と感想」と「憑かれた人々」であると思われる。ひとつひとつの作品を解説するよりも、この二つに少し詳しく触れてみたい。

「学生事件の見聞と感想」は、昭和二十五年十二月号の『中央公論』に発表されたものであるが、同年九月二十九日に始まった東大駒場の試験ボイコット事件の経緯を丹念に冷静に批判的に叙述した白眉の文章である。

じつは、この文章に表現された事件を、解説者である私も一学生として、竹山さんから数メートル離れた場所で、茫然として眺めていたのであった。したがってその場の情景は、今日でも鮮明な記憶としてある。

――試験ボイコット闘争に組織された寮生を主とする学生たちは、正門を中心としてピケを張り、受験しようとする学生の通行を許さなかった。門柱の上に立った自治会委員長O君は、高度なアジテーターであり、興奮して説得する教授たち、その先頭にあって涙を流していた矢内原忠雄教養学部長を冷然と嘲笑してあしらっている感じであった。そうした教授グループと離れて、正門の右手にある築山（現在はない）の小高い場所から、一部始終を冷静に見つめていた竹山さんの後姿は印象的だった。

一糸乱れぬ学生の集団行動に、私は「憑かれた人々」をみた想いであり、「これは左翼ファシズムだ！」と内心で叫んだが、一学生としてどうすることもできない無力な存在であった。それだけに、『中央公論』に発表された竹山さんの文章は、この事態の正確な再現であり、本質を見抜いたものであることを実感したのであった。

「学校ももはや、私などがなじんでいた学校というものとは別のものとなってしまった。今回の事件を境として、むかしのような情誼的な気風はいよいよ地を払ってしまうのではないかと思われる」。

最後の箇所で、こう感想を洩らした竹山さんは、程なく東大を去ったのである。あれだけ学生を愛した竹山さんを去らしめた左翼の集団的示威行動を、その後、どれだけの学生が本当に反省したことだろうか。

それ以上に、当時の知識人たちの多くはソ連―日本共産党―学生細胞と同心円を描いており、竹山道雄の勇気ある真実の指摘を黙殺したのであった。この学生事件こそ、日本の文壇やジャーナリズムのすべてから祝福されたヒューマニスト竹山道雄から、反共の闘士竹山道雄への転機を成すものであり、さらに『昭和の精神史』で左翼俗流唯物史観に挑戦してゆく下地を成すものである。

「失われた青春」は、ナチス支配下の学生兵とかつての恋人の奇妙な再会を描いた掌篇であり、「幻影」は、同じくナチス支配下の市井のユダヤ人老夫婦の運命を描いた短篇である。どちらも、その軽妙な筆致が深刻な内容の暗さを救っているといえようか。

これに対して、「智識人の裏切り?」は、ジュリアン・バンダの知識人論に拠りながら、知識人と政治の問題を、本格的に論じたエッセイである。誇り高い知識人が次第に政治に従属してゆく現代の趨勢を鋭く指摘し、現代の政治が人間の精神の変形をすら企てるものであること、イデオロギーは一見、思考の産物のごとくみえながら、一〇〇パーセント政治のための道具であること、そしてそのイデオロギーを注ぎこむために、電気ショックによる洗脳という方法まであること(――これは後年広く論じられ出したことで、昭和二十二年当時、それを推理した著者の洞察力は鋭い)、ヨーロッパ知

識人の絶望の深さを語り、

――アメリカはこうした旧世界のジレンマをしらず（略）このアメリカが勝利者となって、われらの行きづまった経験のあとで、それを反省し検討する時間の猶予ができたのはしあわせです。

と最後に述べているのは、今日となれば、最高に辛辣なアメリカ文明批評といえるかもしれない――。

さて、こうして次第に核心に入ってきたナチズム論は、「憑かれた人々」で、クライマックスに達する。これは、ナチズムというものの、根本的新しさを論じたものであり、ヒトラーが、人間の潜在意識や無意識を衝き、群集心理の最高の洞察者であること、ウィーンというヨーロッパの不可思議な雰囲気が、フロイトの精神分析学を産んだように、そのウィーンと縁の深いヒトラーは、フロイトの精神分析学と同質のものをもっており、また精神分析学的理解に立つとき、もっとも正確に理解できることを、きわめて興味深い、物語仕立ての方法で描いた中篇である。

おそらく、このナチズム理解は、当時の日本の学者たちが行っていたファシズム論よりもはるかに造詣の深い、興味津々たる全体主義論であったといえよう。当時の論壇の雰囲気は、日本の軍国主義を日本型ファシズムと規定することにより、ファシズム全体を野蛮な反動的現象として捉えるのが、圧倒的多数派であった。それは、マルクス主義のファシズム理解でもあったが、非マルクス主義者、自称自由主義者たちも、大方、類型的ファシズム論を出なかった。

竹山道雄のナチズム論が、いわば現代の全体主義の新しさ、あるいはその悪魔の魅力を語りつづけたことは、貴重でありかつ当時のレベルを越えた作業だったのである。

同時に、この作品には、N教授という名のナチスかぶれの日本人のドイツ文学者を登場させ、日本や日本人がいかに子供っぽく、ナチスに利用され、錯乱させられていったかを冷静に巧みに描いており、おそらく竹山さんの経験した周辺の人物や事件を素材としたものであろう。いかにも実感に溢れた描写が随所にみられる——。

こうしたナチズムの本質、全体主義の特性を、正確に深く捉えていたからこそ、戦後の新しいソヴエト・イデオロギーに、竹山さんは身じろがなかったのである。戦時下にあって孤独であり、反時代的であった竹山さんにしてみれば、戦後の混乱と騒々しさのなかで、ふたたび孤独でありつづけることに本来的に怖れはなかったであろう。それは歴史を見透す洞察力であると同時に、社会の圧力に屈しない剛毅な精神の証明であったともいえるであろう。

日本の知識人やジャーナリズムが、ソ連の全体主義的性格を認識し、それを批判することにヒューマニズムの立場があることを、明白に、大勢として認識し始めるのは、中ソ対立の顕在化と、ハンガリー事件、チェコ事件、ポーランド事件という、度重なる東欧の悲劇を否応なく目撃してからのことである。「共産主義的人間」の悲劇を衝いた林達夫氏の先見性は、一九七〇年代に左翼知識人からも再評価された。しかし、それは林達夫氏の唯物論者としての急進性という但し書に、一種の自己弁明、アリバイ証明を見出そうとした節がある。

一九八〇年代において、竹山道雄の高貴にして剛毅な自由主義は、人間性の名において、再評価に価いする、戦後日本の貴重な遺産なのである。

（『竹山道雄著作集　第3巻　失われた青春』福武書店、一九八三年）

竹山道雄先生の死

竹山道雄氏が六月十五日、亡くなられた。ここのところ、入院、退院を繰り返しておられたが、その日も容態が変化して、鎌倉のお宅から車で東京の厚生年金病院に向かわれ、病院に到着されてから急に悪化されての突然の死であったという。享年八十歳。この数か月、『文藝春秋』の巻頭随筆に連載を始められ、まだまだ明晰な頭脳と活力を維持されていたが、他方ではしきりに死について、死に方について思いをめぐらされていたことは、『毎日新聞』（五月二十六日夕刊）に「死ぬ前の支度」というエッセーを書き、葬式用の写真を毎日新聞に依頼して引き延ばしてもらっていたことからもわかる。

昨年、福武書店から『竹山道雄著作集』全八巻が刊行され、それに対して菊池寛賞が贈られた。この四月六日、改めてわれわれの仲間で先生を囲んで小宴を張ろうと予定していたのだが、先生の入院で中止となり、最後の宴は実現されなかった。著作家、ドイツ文学者としての竹山道雄は別として、教師としての竹山道雄は、門下生の一人一人の消息について強い関心と愛着をもっておられた。

——あの秀才はその後どうなりましたかねえ。

とは先生の口癖で、編集者時代、私はかっての門下生をお呼びして先生に引き合わせたこともあった。

戦中、戦後の混乱のなかで、一高の寮生活や勤労動員で学生と起居を共にされた日々のことが忘れがたかったのであろう。

昭和二十五年、新制の東大教養学部では、激烈な学生運動がおこり、自治会は試験ボイコット闘争で校門にピケを張り、教授陣を吊るし上げるという非常事態がおこった。その間の経緯については先生の文章に精《くわ》しいが、竹山道雄がきっぱりと大学を去ったのはその年のことである。おそらく、かってのような師弟関係が回復することは困難であるという判断が働いたように思う。その後十余年、昭和三十六、七年ごろ、東大教養学科の若手の研究者たちを中心として、竹山さんを囲んで、鎌倉の瑞泉寺で勉強会が開かれた。本間長世（アメリカ史）、芳賀徹（比較文学）、平川祐弘（同）、高階秀爾（美術史）、清水徹（フランス文学）の面々で、その席にどういうわけか編集者の私も招かれた。いずれも、昭和二十三年、一高の文乙一年生としてドイツ語を学んだ連中であるが、なぜかドイツ語を専攻する人間はいなかった。おそらく瑞泉寺の席は竹山さんの招待であったと思う。鎌倉の奥深い山門をくぐる瑞泉寺の境内はひっそりとした佇《たたず》まいで、ながい歳月をかけて作られた庭のつくりやそこから眺められる眺望は、東京の俗塵にまみれていた私などには別世界に思われた。

——やあ、イタリアのアッシジのようだ。

ヨーロッパ帰りの芳賀徹が叫んだことを鮮明に記憶している。

瑞泉寺の精進料理もうまく、食事をしてからの竹山さんを囲んでの静かな勉強会は夜の更けるまで続けられたが、私は食事を終えると用事にかこつけて独り退散した。早く学問からエスケープした私は、こうした秀才たちの議論からは重圧を感じて、当時は素直に耳を傾ける余裕がなかったのである。

この勉強会が変形して、竹山さんを囲む小宴は断続して今日に及んだ。あるとき、昭和四十四、五年であったが、やはり鎌倉の静かな料亭で会が開かれた。当時、全共闘運動が荒れ狂い、中央公論社も余波を受けて、半月に及ぶ全日ストを経験した。『中央公論』編集長をしていた私は、そのストで退陣を要求されるターゲットでもあった。

――今日の会は君を慰めるために開かれたんだよ。

会の終わるころ、そっと芳賀徹から囁かれて、思いもかけない竹山さんの配慮に胸がつまった。そうした会話は一言もされなかったからである。それからまた十余年の歳月が流れている。会は独文学者の西義之、高橋英夫、比較文学で年若い小堀桂一郎の諸氏も加わるようになった。竹山さんとしても、ドイツ文学の新しい息吹にも触れたかったのであろう。私自身、運命のいたずらで編集者から文筆生活に転向してしまったが、私の出す書物についても、毎回、丹念な感想を書いて寄こされた。時間の浪費ですからおやめ下さい、と叫びたいところだが、こちらを少しでも励ます意味があったのであろう。

竹山道雄は豊かな素養の上に、鋭い感受性と深い洞察力をもった著作家であった。いわゆる文壇の文士とはちがう生活のスタイルをもっていたために、文壇との交友、交流もなかった。無頼派の多い文士からみれば、竹山さんの紳士然とした構えが小面憎かったであろうし、実感を偏重する文士との間に、実のある対話が成立する可能性も少なかった。

また、戦後、急速に急進化した日本の論壇に対しても、毅然として態度を変えなかったために、日本の社会科学者たちは、竹山道雄の社会科学の素養の不在を嘲笑した。しかし、今日となれば、どちらに時代に対する洞察力と先見性があったかは明白である。しかしまた、経済成長と経済大国を実現したビジネスマンたちの俗物根性とも相容れないものがあったことも確かである。

——敗戦でがっくりされていた和辻（哲郎）さんが、今その繁栄をみたら、さぞ喜ばれたでしょう。とは、私に漏らされた感想であり、日本の繁栄を竹山さん自身、喜ばれていたことも事実である。けれども、経済大国日本は、竹山さんの追究された美と倫理と信仰について、どれだけの敬意を維持しているのか。竹山さんは大衆社会の俗悪さと無縁であった。

竹山さんの晩年は、ナチズムやコミュニズムを生んだ西欧文明の根元にあるキリスト教への懐疑を表明されつづけた。もっとも西欧的知性の体現者が、最終的にやはり日本に回帰され、〈一神教だけが高等宗教ではない〉と結論され、多神教の、柔らかな神々の存在する日本の土となられた。

この道行きは、日本の知識人の課題が奈辺にあるかを示唆されているが、われわれもまた東西の狭間にあって、問いつづけなければならない基本命題である。

戦後の日本人はイデオロギーを求め、経済繁栄を求め、成功と野心に生きてきた。ジャーナリズムも、その周辺を追うことに忙しい。しかし、竹山さんのような人格を核として世の中を眺めれば（日本には隠れた竹山さんがまだ多く存在するはずである）、政治も、経済も、学問も、文学も、すべての営みを批判できる豊かな余裕を維持できるはずである。日本の社会にとって必要なのは、そうした濃密な人間関係の維持・発展にある。われわれの仲間は、いまそうした核を失ったのである。

（『サンデー毎日』一九八四年七月八日号）

Ⅲ　同時代を生きて

鶴見俊輔

鶴見俊輔氏への手紙——戦後史の争点について

一　自由な言論のために

『諸君！』八月号に掲載された吉田満氏との対談〈「戦後」が失ったもの〉を拝読しました。この対談自体、吉田満氏の「戦後日本に欠落したもの」（『中央公論経営問題』春季号——それは私の編集者としての最後の仕事になりましたが）を受けた形でなされており、鶴見さんがそれをどう批評されるか、私としてもきわめて興味深かったためであります。

鶴見さんの肉声は昔と少しも変らず、その語り口は、かつて私も経験した数々の場面を思い出させてくれました。省みれば、私の編集者生活の最初の仕事のひとつは、『中央公論』に連載された「日本の地下水」という、鶴見さんと武田清子、関根弘氏と共同の、サークル誌評を担当することでした。またその後、中央公論社版の『思想の科学』編集を三年間、お手伝いすることで、一面ではある種の違和感を感じつつも、じつに多くのことを学びました。鶴見さんが原稿依頼のために、多くの人々に交渉する姿を傍らから拝見していて、そうした語り口を後になって、私自身どこか真似ていることに気づいてハッとしたこともあります。

あれから二十年近い歳月が経ちました。さまざまな事件やさまざまな問題が、鶴見さんとの距離をつくってきてしまいましたが、編集者という立場の拘束から解放されて自由になったいま、『諸君！』編集部から何か書いてみないか、という御好意を受けたとき、最初の仕事として、鶴見さんの胸を借りて、戦後日本の歩みについて、私なりの感想をまとめてみることを思い立ちました。

一編集者として戦後日本の〝言論の自由〟について、想いをめぐらさなかった日はありませんでしたが、〝言論の自由〟が声高に叫ばれるほどには、〝自由な言論〟が豊かな実りを結んではいない、というのが私の実感であります。

異なった立場を尊重しながら、それぞれに自己の主張を貫くこと、敬意と異論とがどうして両立しないのか、という想いが私の変らない歎きであります。本来、言論と行為の批判と対立であるべきものが実体化されて存在の批判・対立に転化し、感情的対立関係に堕してしまうことが、日本の精神風士の致命的欠陥であるように思います。

異論を正面に据えながら自説を展開される数少ない例外として鶴見さんは存在しています。私もまた敬意をこめて公開形式の手紙という形で、いささか鶴見さんへの異論を展開してみたいと思います。まあ、二十年前の『思想の科学』時代と大して進歩もない保守的懐疑派にすぎないのですが、今日のような季節となっては保守も進歩も、義理と人情の行きがかりといった観もあります。それぞれ行きがかりを大切にしながら、本音をぶつけるときが来たように思います。

二　今日への危惧

吉田満氏の「戦後日本に欠落したもの」は、現在の日本への危惧感に始まり、戦後日本の出発に当って、日本人が日本としてのアイデンティティを抹殺し、戦前・戦中・戦後へと持続すべき責任の自覚を放棄したことを、戦後日本人の基本的欠落として捉え、〝無国籍市民〟としての甘えと国家観の欠如が、今日の国際的圧力という事態のなかで、危機を招いている根因である——ことを指摘されています。

じつは、ここ数年来、私の念頭にもある空しさと危惧が去来していました。それを結論的にいってしまえば、次のような疑念です。

——敗戦によって日本は生れ変ったはずだった。単純化すれば、戦後の歩みは、明治以降の〝富国強兵〟路線を捨てて、〝富国〟の道を歩んできた。けれども路線の違いこそあれ、日本人の体質はあまり変っていなかったのではないか。かつての日本が〝列強に伍して〟軍事大国を実現したとき、すでに破局への萌芽を宿していたように〝世界の先進国に伍して〟経済大国を実現したとき、それ自体稀有な能力の証明なのでしょうが、新しい破局の萌芽をすでに宿しているのではないか。

かつて日本人は軍人の独走を許したように、戦後の日本人も経済人の独走を許してしまった。そのことに関し、世界認識と存在の在り方に責任をもつべき知識人は、またもや自らの無力を証明してしまったのではないか。ある意味では戦後知識人は日本の在り方を批判しつづけてきた。けれどもその批判の在り方が有効性を欠いていたのではないか。敗戦のとき、トータルな自己批判として出発したはずの戦後の出発にどこか視点の欠落があったのではないか。現在必要なことはその欠落を確認しながら戦前・戦後を通して変らない日本人の行動様式を探り出すことであり、その体質を変えてゆかねばならない、もしくはその体質を抑制する方法を探ってゆかねばならないのではないか――

ということです。

吉田満氏のエッセイを受けてなされた対談は、それ自体きわめて面白く、鶴見さんの発言のなかで、明治三十八年転換説、ブレーキなしの桃太郎主義、吉田茂と石橋湛山、戦後における戦争責任、日本の村の再評価、民族・国家・政府三段階説等、共感できる指摘を数多く発見することができました。

けれども旧知の同世代としての共感からか、お二人の紳士としてのマナーのよさからか、共通点の確認の方に力点がおかれて、行間から漠然と読みとれる相違点の確認と展開になっていないように思われます。それも日本人の美徳なのでしょうが、それぞれが戦後に歩んできた歩みに即して、相違点を確認しながら真の共通認識を形成してゆくことが、戦後日本を決定的な破局に至らせないために必要のように思われます。

三　戦争体験とその意味

同世代の戦争体験といっても、吉田氏と鶴見さんでは微妙にその意味が違っているように私には思われます。

戦後日本の出発にあたって、新しい方向性を与えた知識人は、半ば当然のことながら、戦争に対して批判的立場を堅持されていた方々であり、また戦争の被害者でもあった世代の人々でした。戦前の社会主義・マルクス主義体験を、何らかの形で温存しつつ戦時下をくぐってきた第一次戦後派や『近代文学』の人々、あるいは戦前のアメリカ留学を通して、彼我の比較を実感として客観化できた『思想の科学』の人々でした。

その一人であった鶴見さんの意識は、同世代としてはむしろ例外であり、きわめて進んだ意識を、戦争中から持つことができた幸福な立場であったといえるでしょう。そうした立場から、対談のなかでも語っておられるように「特攻志願は止めた方がいい」と、はっきり忠告できる視点をもっておられたことです。私自身も、先輩たちの中で、「こうした愚劣な戦争なんかで死ぬべきでない、絶対に生きて帰ってくるんだ」と公言していた学生のあったことを聞いています。

ただこうした〝先見の明〟をもたれた少数の例外を別とすれば、きわめて多くの人々・青年学生たちは〝国のために死ぬ〟ことを選びました。それは戦争に積極的意義を認めた人々だけでなく、懐疑的な人々、批判的な人々の大多数も、義務として国のために死んでいったのだと思います。

『戦艦大和ノ最期』という象徴的な作品を書かれた吉田満氏の場合も、義務としての死を覚悟し積極的に戦闘に参加された立場にあったと思います。敗戦直後、一日にして書き上げられたという『戦艦大和ノ最期』は、簡潔にして緊迫した行文の中に、一種不可思議な作品世界を構成しています。帝国日本の結晶としての〝大和〟の最期を描いて、それは民族の鎮魂を唱い上げていますが、そこには吉田満氏個人の記録という次元を越えて、古代にあった口誦伝承や巫女の祝詞、中世の戦記物語をうたう吟遊詩人の意識に近いものを感じさせます。いまにして考えると、これは日本民族の敗亡を唱った共同体の文学ではなかったでしょうか。

その『戦艦大和ノ最期』は、戦後の進歩的雰囲気のなかで、戦争肯定の文学であり、軍国精神鼓吹の小説であると批判され、占領軍によって（ということはその周辺の日本人によって）発禁処分に附され、吉田満氏はながく沈黙をまもり、日銀勤務という実務家の道を選びました。

この〝国のために死ぬ〟行為に、一定の道義的評価を与えなかったところに、戦後日本の出発点での過誤があったように思われます。

私たち多少下の世代から眺めていますと、戦後の論理には、〝醤油を飲んで徴兵を逃がれた〟、いってみれば醤油組の天下といった風潮がありました。『きけわだつみの声』の編集方針も、意識的に反戦的学生の声だけが集められました。愚劣な戦争に駆り出されて、無駄な死を強制された。だから二度とこうした戦争を起させてはならない。もう『僕らは御免だ』、ドイツの戦没学生の手記も訳されて、戦後の反戦感情・反戦運動は盛り上げられてゆきました。それは半面では正当に思われました。けれども微妙なところで、何かエゴイズムの正当化といった作為的な思考のスリカエがあるように思われて、当時から私にはなじめなかったことを記憶しています。

私自身、戦争中次のような経験をもっています。昭和十八年の秋だったでしょうか。大人たちの眼をしのんで軟派学生たちが学生演劇をもくろんで集っていました。稽古の終ったあと、一人の先輩がつぶやくように、また一座に問いかけるように語り出しました。

——この戦争はまちがっている、俺は前からそう考えてきた。しかしその戦争に引張られて死ななければならない。この矛盾に随分悩んできた。しかしこの頃、やっとひとつの結論がでた。まちがった戦争ではあっても、義務として征き、義務として死ぬ、それでいいんだ、とね。

一座は長い沈黙に陥り、ついに賛成の声も反対の声もなく散会になりました。たまたま同席させられた中学一年生の私は、先輩たちの頭上にのしかかっている重圧だけは実感できる気がしました。もちろん発言した先輩もまた、その結論に最終的に納得したかどうかは別です。ただ、そのように自分を納得させようと努力していたことは事実です。

本来、献身という行為を抜きにして道義が成立するとは思えません。献身の対象は時代の変遷により社会の変化によって変ることでしょうが、己れを犠牲にして公共のためにつくすところに道義が成立することに変りはありません。問題は公共性をどのような構造として捉えるかにあります。

太平洋戦争はたしかに帝国主義戦争の一面をもっていました。またそれは軍国主義支配の一環としての戦争であったことも事実です。けれどもまた、明治維新によって成立した近代国民国家・近代主権国家の延長としての戦争でした。国民は徴兵令の下にあり、国家は交戦権をもっていました。国民は〝一旦緩急アルトキハ義勇公ニ奉ジ〟たのでした。祖国存亡の危機に際して、国民がとくに青年たちが身命を賭したのは、軍国主義のためでもなく帝国主義のためでもなく、共同体としての民族のための死ではなかったでしょうか。

もちろん、二十世紀の一部の優れた思想家たちはこうした倫理を越えており、コミュニストたちは異なった世界観をもっていました。第一次世界大戦という全面戦争を身をもって体験したヨーロッパ人と、はじめて全面戦争を経験する日本人とでは、大きな意識の差もあったことでしょう。

けれども、第二次大戦終了まで世界を支配していたものは、明白に国民国家・主権国家の論理であり、その近代国家は、人間の〝自由と秩序〟〝安全と幸福〟の基礎的単位だったのではないでしょうか。核兵器の出現は、〝政治の延長としての戦争〟〝戦争という手段を通して実現すべき目的〟に根本的疑問を起させ、主権国家の論理を問題視させました。しかしまさに核兵器出現以前は、戦争という手段、主権国家の論理は国際的に通用していたのであり、〝国のために死ぬ〟行為は、日本人の専売特許であったわけではありません。

敗戦の八月十五日、『近代文学』の同人のひとりの方は、「腹の底から笑いがこみ上げてきた」そうです。その感情に嘘偽りあるとも思いませんし、その世代の批判的グループの実感として、それ自体を非難する気は毛頭ありません。軍国主義による十五年戦争の終り、それからの解放という意味で喜びに価いする日であったでしょう。日本人の誰しもが、あの詔勅を聞いて、内心ホッとしたことは事実なのですから。しかし八月十五日は他面においてやはり日本国家の敗亡として、民族としての悲しみだったのです。

戦争のために死んだ二百五十万の死者たちを祭ることが、その死の意味をもう少し掘り下げて考えてゆくことが、日本人の共同の行為としてあってよかったと思います。

戦争に批判的たりえなかった人々は、戦後になって〝先見の明〟のあった人々から多くを教わりました。逆に〝先見の明〟ある人々は、自らの解放感を抑制して〝国民国家の論理〟に殉じた人々の道義的意義を限定的にもせよ評価して進んで葬儀に参列することが必要ではなかったか。戦後日本の進歩思想が一定以上の影響力をもてず、日本人の心理に深い亀裂をつくっていった第一歩は、ここにあるように思われます。

鶴見さん御自身は、進歩思想の中に身をおきながら、全く異なった発想と行動様式を取られた方ですが、戦争中にすでに戦争の結末を見通され、戦争遂行に懐疑的であった点では、義務としての死を覚悟して積極的に戦闘に参加していった吉田満氏とは、かなり戦争体験の感じ方がちがうと思われます。

私が申し上げたいのは、その体験の感じ方の背後には、近代国民国家・主権国家観の相違があるのではないか、ということです。

四　戦後日本の社会と国家

八月十五日の事態が、無条件降伏による敗亡の悲しみと、戦争終結と軍国主義支配からの解放の喜びという両義性をもっていたように、占領という事態もまた、幸か不幸か、民主化・近代化の推進者という意味で、占領軍は占領者であると共に解放者でもありました。このことが日本人の国民としての自立性・主体性をどれだけ阻害してきたことか。占領状態が終ったのちもながく、自らの判断と能力で自立決定する機会をもつことができず、また自らの手で抑制しあるいは解放することの困難さを実感できないできてしまいました。

明治の日本人は、よかれあしかれ、欽定憲法に基く天皇制国家という自前の帽子をかぶりました。それに比べると、戦後の日本人は、占領軍が究極的な国家権力と国家機能を代行していたわけであり、占領状態が終ったときにかぶせられていた象徴天皇制と平和国家という帽子は、何ら試されたことのないシロモノでした。

この点に関しては、鶴見さん御自身、今度の対談だけでなく「知識人の戦争責任」(一九五六年)以来、指摘されているとおりだと思います。

この出発点での欠落は、戦後日本人の歩みと社会意識に微妙に影響し、吉田満氏が〝無国籍市民〟〝国家観の欠落〟と指摘しているような事象とつながっているように思われます。

第一に、戦後日本人の生活目標として「私」の追求が優先したこと、このこと自体はきわめて明るい話題であり、明治維新以来、過大な国家目標の下に、「私」を局限された状態、とくに戦時中、〝滅私奉公〟のスローガンの下に、「私」が罪悪視された状態への反動として、「私」が自由に解放され、恋愛から始まってあらゆる利益と欲望の追求が、戦後の巨大なエネルギーの解放となったことは明かな事実です。日本歴史上、安土・桃山時代と戦後を日本人のエネルギーの二大解放期として捉える説に、私も賛成です。戦後日本人は初めて、晴れて自由に〝幸福〟を追求することができたのです。

けれども、家族よりも個人を、村落の共同性よりも個人を、といった個人のレベルだけでなく、企業活動・労働運動・住民運動・平和運動といった集団レベルまでが、「私」の論理に終始する限り、エゴイズムの主張は、個人間・社会間の緊張をたかめ、社会的紛争が万人の万人に対する、果しなき闘争状態を現出することは、見易い事実です。

自己に対して他者を発見すること、自他の折り合いをつけ共通項を発見することで、一段階高い公共性をつくってゆくこと、そうした行動様式を論理としても手続きとしても、習熟しないまま、今日まできてしまったこと。

それは達成された自由と幸福の代償であり、ある人々が心配するように、この「私」を抑圧することに賛成する者はいないでしょう。ただ抑圧ではなく抑制の作法を身につけない限り、国際的圧力は増大してゆくばかりでしょう。

第二に、日本人を破局に追い込んだ国家主義に対する反動もしくは反省から、国家主義への警戒心が国家という存在もしくは権力自体の否定に傾きがちなこと、国家よりも社会を、という論理が強力となっていったことです。そのプロセスは半ば当然のことであり、国家に対する社会の強調は、一元的な独裁国家を防ぐために重要なことであり、多元的社会と多様な価値の豊かな発展こそ自由を保証するものです。その点に関し戦後の日本は、西欧・アメリカ並みの達成度をもっているのではないでしょうか。

現在叫ばれている中央政府に対する自治体の自立と強化も、連邦制の主張も結構だと思います。けれどもそうした自由と多様性・多元性を制度的に保証するものも国家なのではないでしょうか。私はむしろ〝安い政府〟の信奉者であり、計画化・統制化による〝巨大な政府〟の出現に反対な方です。

ただ国家機能の強化ではなく国家機能の認識の深化が必要なように思われます。新聞・雑誌に氾濫する〝反体制〟〝反権力〟という言葉は、国家を不可触《アンタッチャブル》な存在悪と見なし、それへの抵抗がおのずから社会正義の実現となるような錯覚を与えています。自由で平和な国家を批判しつつ形成してゆく発想と論理がなぜ生れてこないのでしょうか。

五　繁栄のかげの亀裂と頽廃

敗戦と占領という基本的事実が相矛盾した両義性を含むことで、国家イメージの混乱をきたしていることを見てきました。

けれども敗戦直後の何年かは、混乱と貧窮のなかにあって多様な可能性が模索され、日本人の抱くべき理想との関連で、古典ギリシアが、ルネサンスが、キリスト教や実存主義が、プラグマティズムやマルクス主義が、その偉大さに即して議論され、理想やヒューマニズムが、青年にとって明日の糧として語られました。あの熱気に満ちた混沌はどこへ行ってしまったのでしょう。

可能性の模索が自然の発酵と熟成を待たずに断ち切られてしまったのは、やはり急速に進展していった東西冷戦の激化にあったのでしょうか。占領を終えてやっと日本人の自立的思考が始まろうというその時に、朝鮮戦争という熱戦が、日本人と日本社会そのものに深刻な亀裂を生みました。戦争犯罪者のパージの波は完了もしないうちに追放解除へ、さらにレッドパージという逆の波が押し寄せました。

鶴見さん御自身評価されているように、戦後日本の保守的自由主義者で、評価すべきは吉田茂と石橋湛山だと私も思いますが、その吉田茂と南原繁の講和問題をめぐる〝曲学阿世〟論争がシムボリックに物語るように、政治家と知識人の関係は急速に硬直化してゆきました。実務家たちは朝鮮戦争を〝天佑〟として経済復興に専念してゆき、知識人はアメリカと一体化した保守政権を、トータルに存在否定して、人民戦線と社会主義に傾斜してゆきました。肉体と魂が完全に分裂したのです。

明らかにあの時点で、日本経済と経済人は節度と倫理を失う第一歩を踏み出したのかもしれません。しかしその後でも、もし石橋内閣が実質的に何年か続いていれば、戦争責任者・岸信介が政権の座につくこともなかったでしょうし、自ら言論人であった石橋湛山なら世論との対応で異なった態度をとったでしょうから、六〇年安保騒動はなかったかもしれないし、あってもああしたエスカレーションはなかったかもしれません。

また高度成長に関しても、実直ではあっても凡庸な池田勇人首相とちがって、〝月給二倍論〟といった散文的で卑俗なスローガンとしてでなく、もう少し経済が政治的理想と結びついて説かれたことでしょう。

けれどもまた、知識人の側も、講和条約反対から六〇年の安保闘争まで、平和という顕教と社会主義という密教の二重路線を直線的に進んでしまいました。その中心にあった清水幾太郎氏が、自らの自己批判を含めて（と私は解釈しますが）『現代思想』で説かれた内容は、そのまま日本の五〇年代にあてはまると思うのですが、いかがでしょう。清水氏の転向を非難することで『現代思想』を黙殺することはフェアでないと思いますし、それと無関係な形でも問題の討議は必要のように思われます。鶴見さんの「自由主義者の試金石」（一九五七年）に感動しつつも、リベラル左派の共産主義者との合作という一点に、私は終始、悲観的懐疑的なのです。

戦後日本の保守体制は「私」の論理の拡張のなかで節度と抑制を失い、日本人を納得させる公共性を獲得しているとは思えません。同時に、革新陣営もまた社会主義の論理と運動のなかで挫折し、日本人を納得させる公共性を形成していません。私には戦後の日本人は、自らのものとしての国家を公共の場として、まだつくりえていないように思えます。

占領状態の拘束から、徐々に自由と独立をかちえてゆくはずの日本が、朝鮮戦争という国際的危機を〝朝鮮特需〟にスリカエて経済復興にはげみ、六〇年安保という最大の国内対立を、経済成長にスリカエていったとき、富国という国家目標の内実は、きわめて貧弱なものとなり、直面すべき課題からの逃避の性格をもったように思います。

六　市民の論理と国民の論理

戦後日本の進歩思想が到達した最終的理念は、〝市民〟の観念であったように思われます。市民意識の成熟、市民社会の確立は、敗戦直後からの中心命題でしたが、六〇年安保に際して、岸信介首相の行なった強行採決を国家権力の濫用と考えた人々は広汎であり、それへの抗議として盛り上った大衆行動のなかで、『思想の科学』は、〝市民としての抵抗〟を特集し、久野収氏は「市民主義の成立」を、鶴見さんは「根もとからの民主主義」を書かれました。

六〇年安保に結集したエネルギーが去っていったとき、革新陣営は直線的な中央突破をあきらめて、〝農村が都市を包囲する〟命題に学んで、生活に密着した自治体攻略を考え、革新自治体を次々に成立させながら、〝市民主義の論理〟を深化させてゆきました。

カントからマルクスまでの西欧思想を背景とする近代的市民の観念は、日本に開かれた社会を根づかせ、世界と普遍を志向する意味で貴重なものだ、と私も思います。日本のナショナリズムが偏狭なものになることに対しても、社会主義がスターリン主義化する場合にも、市民的権利の主張はひとつの有力な抵抗素となることでしょうし、世界を文明開化してゆくことは、まさに人類を市民化してゆくことだと思います。

問題は、もっぱら市民を権力への抵抗の主体として捉えていること、市民自治・市民共和という場合には権力の形成者でしょうし、市民的幸福の追求は政治の委任、間接民主主義なしに実現できないのではないかと思います。また古典的市民社会に対して現代が大衆社会的性格をもっているとすれば、安定した財産とプライバシーの擁護者としての市民像は、大衆運動に参加してゆく市民像とは矛盾もしてくるのではないかという疑問をもちます。

吉田満氏が無国籍市民として抽象的に批判している対象には、それなりの存在理由があり、私はその積極的意義を認めるものです。けれども吉田氏が指摘するように、市民の論理が、国民と国家の論理を否定する形で展開されていることが問題なのです。

市民が普遍と世界を志向する空間的観念だとすれば、国民は個別と歴史を志向する時間的観念ではないか。市民は文明と結びつき、国民は文化につながります。市民が理性的要請としての仮説的観念として、人権や人格と類縁関係にあり、国民は歴史的伝統として人間を具体化し血肉化するように思われます。

国民的統一と国民的独立による国民国家の形成は、近代史の中心命題でしたが、現代もまた世界がこれだけ狭くなり一体化しながら、国家を越える共同体の形成に成功していません。市民は国民の対極概念として牽制作用をもちますが、国民を否定できる包括性をもっているとは思えないのです。

鶴見さんは対談では、市民とか国民とかいう言葉を注意深くさけて、〝村〟の再評価という日常的・伝統的存在からの出発を主張されました。同時に民族と国家と政府の三つの層の存在を指摘されました。まさに国家という観念はこの三つの層から成るというのが、政治学の古典的観念だといわれます。

（1）民族共同体としての国家
（2）体制としての国家
（3）政府としての国家

鶴見さんは日本の保守派が、政府と国家を同一視しがちなことに危惧をもたれていますが、保守派は日本の進歩派が、政府や体制を否定することで、トータルな国家否定にいたることを危惧しているのです。どちらも虚像におびえている面がないとはいえません。政府を批判し場合によっては倒すこと、さらに体制としての国家を変革することの正当性を確認しながら、他方で民族共同体としての国家の、同一性、持続性を確認しながら、論議は展開さるべきでしょう。

ここまで書いてきたとき、『朝日ジャーナル』が〝「戦後」を否定する風潮の中で〟という特集を組んでいることを知りました。〈戦後日本に欠落したもの〉とか〈「戦後」が失ったもの〉という表現が、あるいは〝否定する風潮〟のなかに入っているのかもしれません。

けれども誰しも戦後を否定することを考えている者はいないでしょう。戦後に生きたすべての世代が、戦後民主主義と豊かな社会の受益者であり享受者なのですから、問題は今後への危惧感から戦後を補強することを考えているにすぎません。

エゴイズムの全体化としての経済大国は、脂肪質の過剰のなかで自滅する危惧を抱かせます。しかし経済大国の位置を確保するために防衛大国を、ではあまりに情けないと思います。私は非武装中立を採りませんが、核武装を含めた重武装に強く反対であり、列強のパワーゲームを冷静に認識しながらも、ゲームのプレーヤーに極力ならないこと、無様であっても降りていることを熱望するものです。

保守も進歩も、なんらの幻想をもてなくなったいま、国民の強調が危険を招くのか、市民の強調が甘えを招くのか、行きがかり上のアクセントの違いはあっても、ファナティックな相手の否定は、サメた若い世代の共感を得られないでしょう。

問題の中心は政治を越えて文明へ、社会を越えて文化へと移行しつつあるように思います。自由な言論の中心もそこへ重心をかけてゆくべきだと思いますがいかがでしょう。

（『諸君！』一九七八年十月）

鶴見俊輔論

三十年の歳月を経て、戦後日本もようやくひとつの相貌をもちはじめている。第一次戦後派の武田泰淳、椎名麟三、竹内好等が死に、丸山真男や大塚久雄の業績が歴史として考えられようとしているとき、鶴見俊輔や加藤周一も、著作集が刊行され、その仕事を全体として考える季節が到来しているのかもしれない。

戦後日本の出発に際して、十分に異端児であり異邦人であった鶴見俊輔は、三十年の歳月の後に、戦後思想の形成者としてユニークな性格を保ちながら、しかも中心に位していることを改めて認識せざるを得ない。

全五巻の著作集を通観し、自伝的エッセイ『私の地平線の上に』を読み終るとき、けっして多作とはいえないこの著作家の道程が、遥かなる道であり、営々たる行程であったことを想う。高度成長下に、大学と学問は整備され、整然たる学問と学者には事欠かない。繁栄のなかに多忙をきわめる作家の数にも事欠かない。けれどもその感受性と表現に、思索と行動に、自らの存在を賭して生きる存在は稀である。批判の有無を別として、こうした思想家に触れることは、それ自体重い作業である――。

その青春と基礎経験

〝怖るべき子供〟という言葉がある。鶴見俊輔の生いたちを見てゆくと、この言葉を即座に想像する。幼少時代の〝劣等生ぶり〟を鶴見自身はしばしば強調しているが、きびしい母親への愛と恐怖、それからの逃避行、小学校・中学校での脱線、環境への違和感は、それ自体、繊細でしかもはげしい感受性を物語る。古来、哲学者の生涯には、極端な失語症状態、ウツ病、環境への不適応・反逆といった症例が数多く見かけられる。鶴見の場合もそのひとつの典型であろう。

早熟な精神と未発達な肉体、強烈な好奇心と禁欲的な環境の間に惹き起された葛藤でありアンバランスではなかったか、いささかの恥らいをこめて語る周囲への反抗、友人への悪意、女性との情事等のエピソードは、思春期のイタズラの範疇を出ていない。『私の地平線の上に』で語られている、三面記事を通して犯罪者オニクマと自分を同一視することで恐怖するエピソードも、いかにも鶴見氏らしい面白さだが、やはりイマジネーション過多からくる飛躍があるように思う。

けれども、こうして描かれた幼少期の自画像は、その後の反逆の詩人哲学者鶴見俊輔の行程に投影していることもまちがいない。

鶴見俊輔は反逆児である。何に対しての反逆児であったのか？　家門と権力と官学アカデミズムに対して――。後藤新平を祖父に、鶴見祐輔を父に有った彼は、名門意識に対して反逆しそこからの逃避行を試みる。また、祖父や父を含めた近代日本の支配階層のもつ権力とその偽善を憎悪する。そして最後に、支配階層と同質的な秩序としての、官学アカデミズムに反逆し、それとは異なった次元に、自らの思想的営為の場所を設定する。

鶴見俊輔は詩人哲学者である。詩・直観・想像・内省・思索という継起的作業が、彼の発想と表現の中に、豊かに結晶作用を起してゆく。その文体は透明と純一と無垢を特色とする。鶴見の特色のある大きな眼は、対象への新鮮な驚きと共に、なんらの先入見なく、具体的全体像を捉える。そして、社会的通念としての常識や支配的な既成概念を排して、対象の資質・価値を洞察し、分析し、新鮮に描き出してみせる。それは一見、奇異な芸当に見える。いわば戦後の出発に当って、いぶかしい、あるいはいかがわしい曲芸に見えたものが、三十年の歳月の中で、日本人の思考生活のなかに、一定の場所を占めて定着してしまった。その中核に、鶴見俊輔という不思議な個性が存在するのである――。

鶴見俊輔は、戦後日本の出発に当って、一個の異邦人であった。小・中学生時代、親と教師の手に負えないイタズラ児であり反抗児であった彼は、父祐輔の配慮で姉和子と共にアメリカに渡る。一九三八（昭和十三）年である。ミドルセックス・スクールを経てハーバード大学哲学科に入学、日米開戦後、アナキスト容疑でFBIに逮捕されるが、卒論『ウィリアム・ジェームズのプラグマティズム』は受理される。交換船で帰国。鶴見自身にとって十五歳から十九歳にかけての体験である。

この経験は二重の意味でかなり決定的な意味をもっている。第一は思春期から青春期にかけて、感受性と思索生活の根本が養われるとき、彼はアメリカに在った。それは英語圏の中で呼吸し感受性と思索生活を養ったことを意味する。そしてこのことは日本語圏での不在となる。青春期の感受性と思索と交友と環境は、おそらく自覚された領域よりも無意識の世界において大きい。日本に帰ってからのカルチュア・ショックが、いかに深刻であったかは、他者の想像を絶しよう。そしてまた逆に強烈な個性が与える周囲へのショックも、きわめて大きかった。その違和感が徐々に緩和され受容されてゆくためには、ながい歳月を要している。鶴見俊輔が基礎経験として、幼少時の交友に帰り、漫画や童話や映画について好んで語る背景には、青春期におけるアメリカ経験と、日本経験の不在を見落すことはできまい。

第二は、アメリカ経験の時期が、日本の運命にとって決定的な時期と重なったことである。昭和十三年から十七年までの期間といえば、近衛新体制の下に、日本が国家総動員法によって戦時体制に突入し、シナ事変を未解決のまま、日独伊三国同盟を経て、大東亜戦争に踏み切ってしまう期間である。

鶴見俊輔はこの経緯をアメリカから眺めることができた。それは彼我を冷静に客観化できる視点を確保できたことを意味する。同時に、戦争の拡大に伴って発生していった非合理と狂気の中の、学生たち、知識人たちの苦痛と錯乱を、その中で体験しなかったことでもある。

こういう指摘をしながら、私自身は戦後知識人が好んで語るほど、体験というものを重視しているわけではない。体験に固執することは、戦争体験であれ戦後体験であれ、体験しない事柄への客観的理解を阻む場合があり、また体験は、体験したことの意味の理解を抜きにして語ることは不可能だからである。

ただ、鶴見俊輔というユニークな個性の、もてるものともたないもの、戦中・戦後の日本人の、もてるものともたないものの、相互交換と相互理解には、相互の苦痛と忍耐と時間を、相互に要求したであろう事実を指摘したいのである。

その役割と主題

戦後日本の出発に当って、異邦人鶴見俊輔の果たした役割は、その先見性と英語的思考法にあったろう。鶴見俊輔は戦争中から、日本の敗北と、敗北の後に来る日本社会について、かなり冷静で客観的な見通しを立てることができた。そしてまたアメリカの留学を通して身につけた、プラグマティズム、論理実証主義、分析哲学を含めて、英語的発想法と英語的論理を武器として駆使することができた。

敗戦直後、先駆社によって『思想の科学』を創刊したとき、彼は二十三歳の若さで、三十歳代の先行世代の人々にまじって、出立者《スターター》としての栄光を荷うことができた。

「思想の科学」という雑誌の表題は、当時の思想状況への批判的視点をよく表現している。ドイツ語によって育った日本の思想界の主流は、敗戦と再建という狭間にあって、依然として形而上学と観念論の自家中毒から脱し得ないでいた。戦争に導いた、もしくは戦争に同調した思考法が、そのまま戦後に通用していてよいはずはない。科学を、分析を、合理性を、実証的態度を！　それは敗戦後の日本知識人が、そしてとくに新しい世代の人々が等しく確認したスローガンであり方向であったろう。「思考を科学する」ことを志向した雑誌の表題には、そうした期待と願いがこめられていたはずである。

鶴見俊輔の戦後の履歴書は、京大人文科学研究所、東京工大、そして同志社大学と大学を遍歴し、また「声なき声の会」「ベ平連」と大衆運動のなかに足跡を残すが、おそらく『思想の科学』同人として、そこを拠点としての活動が、彼の本領であり素顔でもあるだろう。戦後日本のなかで、多くの思想誌・文芸誌が、あるいは同人誌が、発刊されては消えていった。そのなかで『思想の科学』が何度もの挫折を経験しながら再起し持続したのは、多くの人々の支援と努力によるが、鶴見俊輔自身の個性と執念を抜きにしても考えられないことである。さまざまな運動は、その閉鎖性のために、教条性のために、あるいは活力の減退のために消えてゆく。

けれども、鶴見俊輔は、その新鮮な好奇心と新しい他者との対話をとおして仕事を進めてゆく。また対話をとおして新しい才能を引き出してゆく。このことが、閉鎖性・教条性、活力の減退を防ぎ、持続を可能ならしめた秘密であろう。それは大学という制度に支えられた学問とも、ジャーナリズムという商業主義に支えられた思想とも、違った次元に根拠をおく活動であり、大学やジャーナリズムに依りながらそれを越える活動であったといえるだろう。

鶴見俊輔の活動領域は、哲学・思想・芸術・社会・政治と多元的であり、その対話の相手は広範である。その足跡と業績を評価しつつ批評することは、簡単ではない。ここでは鶴見俊輔が提出し固執しているいくつかの主題を取り上げ、それへの感想と批評を述べることにしたい。

転向について

鶴見俊輔が転向現象について深い関心をもったのは、おそらく戦時中からであろう。昭和の歴史が、左翼運動の弾圧に始まり、満洲事変・シナ事変・日独伊三国同盟・大東亜戦争へと、戦争の拡大と破局への道を突き進む過程で、歴史の大きなうねりは個人を翻弄し呑み込んでいった。国家権力による強制と弾圧は、昭和初期の進歩的知識人の転向をうながし、戦争の拡大と国家主義・軍国主義の波は、思想の自由を無限に狭め、ほとんど零の地点に追い込んだ。

その経緯と状況を身近に目撃した鶴見俊輔にとって、日本人がとくに知識人が、なぜこの戦争を阻止できなかったのか、反対勢力を組織できなかったのか、という反省の出発点に、思想的主題の出発点に、転向現象を考えたのは、半ば当然であったかもしれない。それは人間の思想・信条と国家権力との接点として、すぐれて倫理的・政治的主題である。破局への道を招いた無残で傷ましい事実に、眼を背けることから強い未来の建設はありえない。それは不快で困難で、無意味とも思われるテーマである。けれども転向現象の曇りない観察と分析と評価をとおして、有効な思想と組織と戦線の組み方が可能にならないか——。

おそらくこうしたモチーフから、鶴見俊輔は、〝転向〟の共同研究を組織し、厖大な資料収集とながい歳月をかけて、全三巻の共同研究を完成する。

その転向研究のはじめに、鶴見は共同研究のモチーフと方法について、詳細な序文風の文章を書いている。それはモラリストであり、記号論理学・分析哲学の専門家らしい、公正であること、厳密であることを志向したすぐれた文章といってよい。

転向研究は、ひとの痛みをあばき出す暴露を狙ったものでもなく、非転向という基準から転向を裁くのでもなく、非転向・転向の在り方を状況との接点で考察してゆくことで、思想・信条の成熟と発展、また国家権力との有効な戦い方を模索してゆくものなのである。

この共同研究は、さまざまな資質・性格・職業の、アマチュアを含めた集団であったが、きわめて高い研究成果を挙げたといってよい。とくに鶴見自身を含めて、他の追随を許さない論究をいくつか包含している。昭和史研究、現代史研究の、無視しえない基礎研究として今日に生きていることはまちがいない。

けれども、最終的にひとつの疑念が残る。はたして、転向という座標軸は、思想史研究の座標軸としてどこまで有効性をもっているのだろうか。

鶴見は転向を〝権力の強制による思想の変化〟と定義し、さらにその内包する意味を、さまざまな角度から具体的事例を引きながら、厳密に定義している。けれども、共同研究自体のなかにも、はたしてこの思想家は、もしくはこの思想家の主題は〝転向〟であったのだろうか、と疑いたくなるような拡大解釈が行われている例がある。

そして問題は〝権力の強制〟という定義自体に由来しているように思われる。明治国家の成立以来、昭和国家の破局に至る過程において、国家権力の弾圧による痛ましい犠牲者は大逆事件に、大杉栄事件に、象徴的にみることができる。そして、治安維持法施行以来、昭和初期の社会主義者の弾圧に、その事例を大量に観察することができる。そして転向のもっとも典型的事例として佐野・鍋山の転向を挙げるべきであろう。けれども、まさに典型的事例の周辺にこそ有効であって、それをどこまで拡大できるだろうか。

国家が権力を発動して〝思想の変化〟を強制する事例は、不幸なことに近代日本の社会に大量に存在した。そして現在も共産圏・発展途上国に大量に観察されることである。けれども近代日本の思想の形成過程でも〝思想の自由〟が大幅に生きていた時代があるし、自由が狭められた時期にも、自由を行使しまた自らの判断で思想を変化させた事例も多い。そうした思想史の豊かな土壌を、転向という座標軸はともすれば、見落す結果にならないか。

逆にまた、強制を伴わない権力はなく、とくに国家権力は成員への強制力として作動する。問題はその強制が〝思想の自由〟を侵しているかどうかを問うべきであろう。

さらに、戦後日本にあっては〝思想の自由〟は基本的に保障されている。それへの侵犯があれば法に基づいてわれわれは戦うことができる。けれども戦後にも大量の転向現象が、主として共産党との関係で起っている。その場合、思想の変化を強制する権力は共産党という一種の社会権力・政治権力なのだろうか。除名は強制であるが、脱党は自発的意志であろう。脱党・除名後に生ずる思想の変化をやはり転向と呼んでいるが、そこには権力の強制はやはり働いているのだろうか。鶴見氏は〝権力の強制〟について、さまざまな段階を設定し、直接的強制だけでなく間接的強制の形態を考察し定義しているが、やはり曖昧な領域が残る。そしてあいまいな領域にまで、転向という観念を拡大することが、はたして有効な生産性をもつのだろうか。

そして最後に、これもまた鶴見氏の意図を越え、意図に反した問題であろうが、〝非転向という軸で裁くものではない〟にも拘らず、戦後日本の進歩陣営が、やはり〝転向〟という観念に拘わりすぎるために、いつしか、思想の生産性の低下をきたしているように思えるのだが、それは偏見というものだろうか。

素人について

思想の科学研究会の初期の仕事のひとつに、『ひとびとの哲学』がある。哲学は大学の研究室のなかにあるのではなく、あらゆる民衆のひとりひとりのなかにある、という趣旨から、さまざまな職種・

階層のひとびとの、人生観・世界観を探ったインタヴュー構成の仕事である。

それ自体、当然の事柄であり、戦後初期にあっては新鮮な発想でもあった。人間は生きることに関して誰しも素人であり、世間のなかで苦労し経験を積んだ人々には、立派な人生観・世界観の所有者は多い。つまらない理論に拘わるインテリよりも、はるかにモノのわかった連中が多いといえよう。

鶴見俊輔氏の生き方と仕事の仕方の根底には、きわめて強い官学アカデミズムへの批判がある。それは学歴と学閥の上に乗った大学人事と、そこで遂行されている学問の成果を考えるとき、半ば当然の批判といえないこともない。

そして鶴見俊輔氏と「思想の科学」に出会うことで、新しいタイプの著作家が誕生し、新しい〝考える人〟としての知識人が、広くジャーナリズムに公認されていっていることも、それ自体、幅広い成果といえるだろう。

けれども思想の科学研究会という集団が、ある種のあいまいで中間的な集団を、戦後の日本社会に現出していることも否定できない。

はたして思想の世界は、専門的トレーニングを必要としないのだろうか。学問と切りはなされたところで成立しうるのだろうか。

鶴見氏に「新しい知識人の誕生」という短かいエッセイがある。戦時中、アメリカの捕虜収容所で出会った、斉藤アラスカ久三郎という風変りな人物の肖像である。山形の百姓の子として生れ、小学校を出ただけで船に乗り込み米国に行きアラスカに住みついた経歴をもっている。その人物のインターナショナルな思索力に富んだ姿勢に感動した鶴見氏は、それまで漠然と漱石門下とか、東大助手といった教養人をインテリと考えてきた観念を打ちくだかれる。いかにも鶴見氏らしいロマンチシズムに溢れたエピソードである。

「自分で考え、自分の考えによってくらし、はたらく」知識人像は古来からあり正当な根拠をもっている。その意味では自らの頭で考え生きている〝ものわかった〟人間はすべて、知識人といえるであろう。けれども意識の次元と自覚の次元ではやはり問題は別であり、今日、知識人として社会的に認知されている存在もまた別なのではなかろうか。

歴史的に遡れば、僧侶階級であり儒者階級であり、近代の歴史でいえば、何らかの体系的知識に関わる階層を指しているのではないか。もちろん坊主も儒者もインテリも、どのような堕落形態・頽廃形態もありうる。けれども、それはその社会的機能と役割をはたさないが故に非難に価いするのであって、機能と役割自体の否定にはなるまい。

同様に、思想の世界もまた、人間観・人生観・世界観の自覚的構成として問題にされるのであって、意識の世界を扱うためには、なんらかの表現と解釈を経なければならない。哲学の知識をもつことも、思想史の知識をもつことも、それだけでは十分条件ではない。けれども、そうした専門的訓練を抜きにした思想論議もまた、社会的機能と役割を果たしうるのだろうか。

もちろん知識人の定義も思想の定義も、きわめて、微妙であいまいな部分を含んでおり、数学や物理の公理のように定式化できるものでもあるまい。

鶴見氏が批判する、制度の上に安住するアカデミズムの人々がすべて、知識人であり、思想家であるとはいえない。けれども、それへの反逆が、極端なアマチュアリズムに走るとき、そこにも一種の頽廃が生じてはいないだろうか。

大衆について

鶴見俊輔は好んで大衆を語り大衆芸術を語る。彼が純文学を、古典音楽を、古典絵画を、論じた仕事は皆無である。映画や芝居についても名作と称せられるものは取り上げない。一見、くだらないと思われる娯楽作品、チャンバラ映画のなかに、ひとの気がつかない美質と面白さを発見する。漫画の愛好に関しては現代青年たちの先駆者といえるだろう。

芸術を真正面から論じた労作「芸術の発展」でも、純粋芸術（Pure Art）と大衆芸術（Popular Art）と区別された限界芸術（Marginal Art）を中心に据え、芸術と生活の境界線にある領域を探り出す。柳田国男、柳宗悦が先達として評価されてくる所以であろう。

鶴見俊輔にとって、〝エスタブリッシュされた世界〟は、まさにそこから脱出しようとした出発点であり、そこからの逃走本能がきわめて根源的であり、関心と仕事の方向までも決定してきているのかもしれない。そこまで直接的でなくても、マージナルな、辺境こそ他人のやらない、自らの仕事の領域と義務づけているのかもしれない。

鶴見俊輔の独創性は、手品師のように次から次へと新しい問題領域を開拓してみせる。思想の世界がかくも広範で自由な素材によって展開出来ることを実証した鶴見の業績は、おそらく、多くの分野で先駆的業績としてながい影響力をもちつづけるだろう。

ただ、ここでも素人の問題と同様の疑問が残る。はたして大衆とは何なのか。インテリに対して、〝ものわかった人間〟としての民衆を指すならば、そのこと自体は、つねに、そこに帰って学ぶべき母胎であることはまちがいない。それぞれの人々は、それぞれの顔をもち、それぞれの責任において暮しを立てている。柳田が目指した常民の世界も、柳が目指した民芸の世界も、そうした古来から蓄積された英智に学ぶことであったろう。

けれども、漫画であり活動写真であり、テレビであり、大衆小説である、ということになると、いささか次元の異なった問題の混交がありはしないだろうか。民俗（folk-lore）と大衆（mass）の混同が入ってきてはいないだろうか。本来、大衆社会論、大衆文化論のモチーフには、マスプロダクション、マスコミュニケーションのなかで、量化された人間存在への危機意識が存在したはずである。それは特権化された貴族意識からの危機意識ではなく、それを越えて、本来、人間が感じ、考え、祈るべき主題と世界が、浸潤されもしくは看過されることへの危惧であったはずである。それは実際に存在する民衆への蔑視ではない。社会的に造り出された存在形態への批判なのである。

六〇年安保闘争に際して組織された〝声なき声の会〟という象徴的な会がある。たしかに岸信介が〝声なき声〟を持ち出したことは、不遜であり決定的な責任回避を意味する。けれども、〝声なき声の会〟に組織された人々もまた、本当に〝声なき声〟だったろうか。それは政治闘争に組織できるような形で存在しているのだろうか。もし本当に安保体制を打破するのが、知識人の任務であったとするなら、〝声ある声〟を組織し、政党・官僚・財界を含めたリーダーをも説得できる論議と批判を徹底的に展開すべきだったのではないか。

正義について

詩人でありモラリストである鶴見俊輔の、仕事と活動を支えてきたものは、氏自身の正義感であったろう。日本の支配階級の偽善、官学アカデミズムの偽善、知識階級の偽善、そうしたものへの怒りが氏の方向を決定していったのであろう。

さらに考えうることは、氏自身の青春であり、思想の原型を培った母胎であるアメリカの変貌である。戦後世界の東西冷戦の激化の過程で、ファッショ化してゆくかにみえたアメリカへの、愛と怒りは氏の政治的方向をより決定づけたといえるかもしれない。〝よきアメリカ〟を識るが故に、〝いまのアメリカ〟を許せない。朝鮮戦争とマッカーシズム、日米安保体制とベトナム戦争……。鶴見氏はすぐれた著作活動を続けながら、同時に、平和運動、反戦運動の運動家として、ユニークな履歴を積み重ねてきた。

そうした行動の軌跡の基本は、反権力であり、運動のなかでは穏かな折衷主義であり、そして〝不定型の思想〟を標榜するように、混沌と不徹底と非体系をそのままに生かす自在の方式を固守してきた。それは右からも左からも批判されながら、何人かの個性の組み合せと執念がその持続力を支えたといえるだろう。それ自体、鶴見氏の信条の実践として、戦後の日本に、固定イデオロギーに囚われない、抗議集団、拒否集団、非暴力集団の成長したことを物語る。

けれども、〝わだつみ・安保・ベトナム〟を貫ぬく平和運動・反戦運動に、同調しえない者の立場からみると、運動を継続しながらでも、知識人として論議を深めて欲しいさまざまな問題が残る。

戦前の天皇制国家の下で、多くの非民主的制度が作用していた時代と、戦後の体制とは全く同質なのだろうか。なぜ民主的制度の下に形成されている保守体制に、批判と同時に注文をつけることをしないのか、岸信介は許すことのできない戦争犯罪者だとしても、安保体制は即戦争体制であり戦争政策なのか。アメリカのオーバーコミットメントが解消することで、アジアに安定と平和が来るのか。

エスタブリッシュメントと、官学アカデミズムに反逆することはモチーフとしては解っても、それ自体を変えてゆく道は始めから閉ざされているのか。権力はつねに腐敗してゆくとしても、権力自体に注文をつけることを放棄することで、政治社会の改造は可能なのか。権力に眼を背けることで、権力のみならず、およそ制度のもつ役割と機能の問題が、等閑に附せられていないか。人間疎外からの回復は、小さな芽として小集団から始まるとしても、不定型の思想と集団は、部分的にしか機能しないのではないか。

おそらくこうした疑問は、不定型の思想と氏独自のアナーキズムに対することさらな無理解に立った言葉であろう。けれどもこうした無理解な〝声なき声〟も、対話と説得の相手として忘れないでほしいのである。

多面的肖像の彼方に

ずい分、非礼な妄言を重ねてしまった。けれども私自身、まったく立場を異にするとはいえ、その透明と純一な文体を愛し、詩人哲学者としての鶴見俊輔を畏敬する一介のジャーナリストにすぎない。「自由主義者の試金石」、「知識人の戦争責任」などは、かつて共感をこめて読んだエッセイであり、近くは「ジョージ・オーウェルの政治思想」にきわめて多くの示唆を受けた。それらは、知識人・鶴見俊輔の本領が見事に発揮された文章だと思う。

反逆児としての鶴見氏が、庶民と大衆に惹かれるのは、エスタブリッシュメントが、既知の世界として、そこからの脱出しか、氏の人生そのものが拓けなかったからかもしれない。けれども庶民に惹かれれば惹かれるほど、鶴見氏の貴族性が否応なく地金として露われてくる、といえば、氏はまた嫌な顔をされるかもしれない。出発当初において、花田清輝氏の評した〝目黒のサンマ説〟は、どこか本質を衝いており、鶴見氏の行程が、どこか若様行状記の面影を残しているのはやむを得ない。けれども三十年の歳月を経て、改めて遥かな道程を辿るとき、そこに宗教者の行脚を観ることが、歴史の真相かもしれない。

知識人の役割に固執するこちら側は、おそらく、実相を見極めないパリサイ人なのかもしれぬ。

(『現代思想』一九七八年十二月号)

萩原延壽

萩原延壽さんを悼む

——俺の肩書は〝歴史家〟にしてくれないかね。

と含み笑いをしながら常々いっていた萩原延壽氏は、生涯を在野の史家として過ごした。その晩年は病苦と貧苦のなかの窮死に近かった。直前に亡くなられた夫人の宇多子さんの死もおそらく疲労困憊の果てであったろう。

しかし、それにもかかわらず、萩原氏の生涯は精神的にみごとに豊かな一生だった。叙事詩ともいうべき『遠い崖』（全十四巻）を完成させたのは、彼の集中力と持続力による執念であったが、死の直前、最後の原稿を出版元の担当者に手渡したのは、神の意志が働いたとしか思えない。奇跡のように思える。
そこへたどりつくまでの萩原氏の道行には、青春の輝きも中年の低迷もあった。三高、東大、国会図書館、ペンシルベニア大学、オックスフォード大学と、彼の青春の彷徨は長かったが、それだけに豊かな人文的素養を身につけるに十分な時間だったといえよう。

その過程で、馬場辰猪と陸奥宗光という生涯の主題を見つけ、明治政治史における挫折と栄光を、馬場と陸奥という二人の人格を通して考え抜いたことが萩原氏の仕事だった。初期のころ、二人を対比して扱った七十枚ほどの作品（神島二郎篇『権力の思想』筑摩書房）があるが、萩原氏の傑作の一つであり、政治学上のテーゼをほぼ言いつくしている。

人間は理念においてどこまでもラディカルになることができるが、実際の権力政治は妥協しかない――この命題を明確につかんだのであった。吉野作造賞を受賞した『馬場辰猪』（中公叢書）はそうした延長上に書かれた伝記文学の傑作であり、詩を捨てて砂漠に消えたランボーを思わせる、自由民権運動の挫折でアメリカへ亡命して客死した馬場辰猪の生涯をうたい上げたものであつた。

そのころの萩原氏は日本の革新勢力に希望をもっており、英国労働党のゲイツケル党首の選挙運動を手伝った経験もあり、江田三郎氏の事務所と接触していたこともあった。彼が直面したのは、革新勢力が守旧派になってゆくというジレンマであり、真に革新《ラディカル》とは何かを問いつづけたのであったが、当時の社会党に耳をかす存在はなく、江田さん自身、社会党を出た。

私は、彼がオックスフォード留学から帰った直後に知り合い、文筆家としての青春時代をつき合う羽目となった。そこで見たのは、前衛文学の旗手であった安部公房との共鳴であり、異分野の俊秀たちとの交友であった。それはまた私自身の青春の記憶である。（『読売新聞』二〇〇一年十月三十一日夕刊）

追悼・萩原延壽——思想と政治のジレンマに生きた男

奇跡的なライフ・ワークの完成

萩原延壽氏が、平成十三年十月二十四日に亡くなった。葬儀は小平市の延命寺で行われたが、思ったより盛大で、出版社、新聞社、友人、知人からの供花も多く、夫人宇多子さんを直前に亡くされたにもかかわらず、関係者の配慮が行き届いてすがすがしい葬式だった。本当によかったと思う。

萩原氏の名前は、死の直前まで書き進め、奇跡的に完結し、上梓された『遠い崖——アーネスト・サトウ日記抄』（朝日新聞社）と共に記憶されることだろう。萩原氏の代表作は『遠い崖』のほかにない。だからそれに異論はないのだが、萩原氏がそこに辿りつくまでには、紆余曲折もあり、文筆家として多様な可能性を秘めたさまざまな文章がある。

『遠い崖』は、そうした可能性を自ら絶ち、東京を去って宇都宮に引きこもり、宇多子夫人の献身に支えられての禁欲生活が産んだ果実であった。

萩原延壽氏と私の交わりは、オックスフォード大学留学から帰国して文筆家としてスタートした時点に始まり、晩年までつづいたが、筆者と編集者としての交流は、昭和三十八年から昭和五十三年まで、とくに前半の七、八年に集中している。昭和四十三年に『馬場辰猪』（中公叢書）で吉野作造賞を受賞してからは、萩原氏も読書界に広く認知され、その執筆舞台も拡がり、『文藝春秋』や『毎日新聞』に登場するようになっていったからである。

初期のころ、もっぱら『中央公論』を舞台として書いていたころは、萩原氏の筆致はなめらかであり、その発想は新鮮でユニークであった。私は執筆した文章のほとんどすべてに立ち会っているが、その主張には全面的に賛成するものが多く、次第に筆者と編集者の枠を越えて、旧制高校の先輩・後輩のような気分になり、また彼は家庭教師《チューター》であり、あるときは師匠のような存在となっていった。

しかし、後半からは、萩原氏の筆がおそくなり、失語症的状態となって筆が進まなくなることもあった。『毎日新聞』に『陸奥宗光』を執筆するころからそれが始まり、連載の文章がしばしば「（中略）」という記号で、間を飛ばしてしまう場合が出てきた。

それが、岡義武先生の推薦で引き受けた『東郷茂徳』伝になるときに極点に達し、刊行会の人々からの苦情が、風の便りにも聞こえてきた。私は自分のことのように辛かったが、如何ともする術もなく見守るほかなかった。宇多子夫人が半ば強引に東京の生活を打ちきり、自分の実家のある宇都宮に萩原氏を拉致したのは、こうした萩原氏の性向を本能的に察知しての自己防衛策ではなかったかと思う。

その場合、筆のおくれは萩原氏の放蕩無頼と裏腹のような関係に見えたかもしれない。その放蕩無頼には私も共犯関係（!?）にあったし、宇多子夫人には当然そう見えたであろう。宇多子夫人は私から遠ざけるつもりもあったかもしれない――と苦笑しながら当時は邪推したものである。

文筆家の場合、そううつ症が昂じて、そうとうつが交互に現れる場合がよく見られるが、萩原氏の場合もそうだったかもしれない。

それだけに、晩年、『遠い崖』の執筆と刊行が、少しの遅滞もなく進んでいったことに、私は驚きと不思議な感を抱きつづけた。担当編集者と宇多子夫人の人間技を越える介護が功を奏したのであろう。すべてが終わったいま、私は萩原夫妻の霊に深く深く頭を下げ、最期を完うした二人の人生を祝福したい。

以下の思い出は若いころの共犯者の懺悔録であるかもしれない――。

出会いとスタート

初期の文章は書物にまとめられていない。私は一冊の本にすることを勧めたし、当時の中央公論社ではそれが可能であった。しかし、萩原氏は「雑文集を出すつもりはない」と潔癖だった。その潔癖さは彼の謙遜であったのか、自負であったのか。当時の私には後者であったように見える。彼には歴史家としての自恃があったのだろう。

ただ、私は当時からそれらの文章が単なる雑文だったとは思っていない。それらの文章のメッセージは深く広く浸透していった。たとえば作家の安部公房氏も萩原氏の愛読者であり、理解者であった。また後年、若い世代の学者のなかで、学生時代に萩原氏の文章に接して影響を受けたことを告白する人に私は何人も会った。

ただ残念ながら、書物になっていないために今日ではふつうは読むことはできない。六〇年代、安保騒動のあとの日本の政治と世論、政治と思想の関係が、どのような転回を辿ったのか。そのひとつのケーススタディーとして述べておきたい。

＊

萩原氏が『中央公論』に最初に寄稿したのは、昭和三十八年九月号の「世界を動かす七人」という特集の中の「ウィルソン英労働党党首」という三十枚弱の人物論である。

人物論はもっとも読みやすく解りやすいので『中央公論』ではよく使う方法だが、このときの指導者として、ケネディ大統領（斎藤真）、フルシチョフ首相（渓内謙）、ド・ゴール大統領（林三郎）、毛沢東主席（野村浩一）、エアハルト西独副首相（松田智雄）、ウ・タント国連事務総長（深代惇郎）という構成になっている。

選んだ顔触れも当時の日本人の意識を反映して面白いが、執筆陣もベテラン三人に新進の若い世代が四人登場している。朝日新聞社の名記者といわれた深代氏も顔を出している。

当時の萩原氏はまだ英国滞在の最後のころで、パリに留学中に知り合った編集部の塙嘉彦君が依頼したものである。萩原氏の文章は平明で、最近の英国の息吹を伝えて面白かった。

それからまもなく、帰国した萩原氏がフラリと予告もなく中央公論社に塙君を訪ねてきた。あいにく塙君が留守だったため、代わりに私が受付に出た。その偶然がながいつきあいの始まりであった。受付で萩原氏と会話しているうちに、オックスフォードでの生活の話があまりに面白く、刺激的なので、七階のプルニエ(筆者の接待に常用していた自社ビル内のレストラン)に案内して話を聞いた。おそらく三時間くらい話しこんでいただろうか。話はオックスフォードのセント・アントニー・カレッジの生活から、英国労働党のゲイツケルまで、氏は訥々《とつとつ》と語った。

あとで解ったことだが、オックスフォード・イングリッシュはわざと吃るように、繰り返すのが特徴で、一種のキザの表現でもあったという。萩原氏の日本語の表現も、逆に英語の癖が日本語に移ったのかもしれない。ひとことしゃべっては間をおいて、「つまり……」と繰り返すのだが、聞くほうは噛んでふくめるような言いまわしに慣れると解りやすさ、読みこんでゆくような快感につながった。

次に萩原氏に寄稿してもらったのは、昭和三十八年十二月号の「日本知識人とマルクス主義」という四十枚近くの論文である。「特集・現代の共産主義」のなかのひとつだった。そこには清水幾太郎氏の「新しい歴史観への出発」という、転向後の近代化論が巻頭に掲載されている。

しかし、萩原氏のものはマルクス主義批判でもなければ、擁護でもなく、日本知識人への影響を五つほどの視点をあげて述べた密度の濃いものだった。単に戦後ではなく明治以来の日本の政治思想史を考えつづけてきた萩原氏にとって、それは重い主題であったろう。

丸山真男氏から「君の文章には五つほどのテーマが詰まっている。ひとつの論文ではひとつのテーマに絞ったほうがよい」と論文の書き方について忠告されたと氏は苦笑していた。

三本目の文章は昭和三十九年三月号に書いた「日本社会党への疑問」である。英国労働党と対比しての印象記であり、根本的問題点を衝いたものだったが、結局、社会党は最期まで拒否政党の域を脱することはできなかった。

戦略的思考

このころ、萩原氏には日本政治の流れの中で、どのような傾向、勢力を伸ばしてよいのかについての戦略的思考が徐々に芽生えていったように思う。

氏はあるとき、突然、首相の池田勇人氏に会ってみたいといい出した。私は半年ほど前、京大の高坂正堯氏の「宰相吉田茂論」(昭和三十九年二月号)を掲載し、そのために松本重治氏にお願いして大磯に隠棲していた吉田茂のインタビューを実現していた。日本の支配層への接近も筋さえ通せば実現できることを実感していたので、現役の池田首相の場合も実現できるだろうと考えた。予想したとおり、秘書官の伊藤昌哉氏に直接編集部から連絡をとることで、面会は実現した。

このときの文章は、三、四十枚のものだったが、安保騒動後に出現した池田内閣が、寛容と忍耐、低姿勢をスローガンに対話的姿勢をとりながら、月給二倍論＝所得倍増論という、誰しも反対しにくい、論点の移動に成功していったことを高く評価し、岸内閣の対決姿勢、治安対策的発想から百八十度転換し、サラリーマン層に現実的な夢をあたえたことを、池田氏のガラッぱち的な粗忽さを若干ヤユしながら、誉めたたえたのであった。

こうした池田内閣の姿勢は、大平正芳官房長官を中心とした側近たちの演出だったと思うが、池田氏にはブレーンや側近の演出に乗る雅量があったように思う。

池田首相も伊藤昌哉氏も大いに喜び、伊藤氏はのちに『中央公論』に寄稿するまでになった。萩原氏の思惑は、革新勢力に身を置きながらも、政敵のなかのすぐれた部分を誉めあげることで、当時、流行になりかけていた、ニューライトとニューレフトの対話の中に、日本政治の可能性を高めてゆきたいという戦略的思考の成熟を願っての文章であったと思う。

＊

このころ、『中央公論』には、ハーバード大学の留学から帰国したばかりの高坂正堯氏が、「現実主義者の平和論」、「宰相吉田茂論」、「海洋国家日本の構想」と、次々に清新な文章を発表して波紋を拡げていた。萩原氏は、この年若い論客を紹介すると、すぐ打ちとけて、政治学、政治思想上の話題で歓談する機会が多くなった。これはそれまでの学者では考えにくいことで、立場やイデオロギーの相違はそのまま、個人的対立関係になってしまうことが多かったのである。

そのうちに、吉田茂元首相が亡くなる一年ほど前に、高坂、萩原両氏は、NHKの報道プロデューサーの多湖実之氏の要請で、大磯で吉田茂にインタビューし、国葬の日に再映されたのであった。

いまでは考えられないことだが、知識人といえば、講和反対、安保反対の反体制的姿勢が圧倒的多数で、政権と知識人の間には、硬直的で冷たい緊張関係が支配していた。高坂、萩原両氏の登場と両者の対話的姿勢は、知識人自体のあり方と、政権と知識人との関係を大きく変えたのであった。

ラディカルということ

やがて、昭和四十年二月号に、萩原氏は彼の生涯の主題でもあった「革新とは何か」を書くことになる。それは彼の日本の革新勢力に対する悲痛な想いをこめた最終的忠告でもあった。

「歯ぎしりする想いである」という一句に始まる文章は、まさに萩原氏の存在を賭けた問いかけであった。ラディカルとは急進的という意味と根源的という意味がある。そうした根源的かつ急進的な問いなしに、革新思想も革新勢力も存在しえない。そうした自覚が日本の革新勢力には存在しない。実際には反対を叫ぶことで政権の提示する政策を拒否するばかりであり、歴史の未来を担うはずであった労働組合も、高野総評から、太田総評に移る過程で、いうことは過激だが、実際には、高度成長の分け前を要求する分配闘争になっていった。日本の革新勢力は実態において既得権益にしがみつく守旧派にすぎない。中国やソ連に対して十分な自主性すらない――。

高坂氏の「宰相吉田茂論」には、佐藤栄作氏の周辺からすぐに反応があり、萩原氏の「首相池田勇人論」にも池田氏周辺からすぐ反応があった。しかし、日本の革新勢力のどこからも、この文章への反応はなかった。

氏の歴史の世界への沈潜には、こうした日本の革新勢力への失望というより絶望があった。日本知識人の歴史への回帰は森鷗外以来のことだが、それがあるいは日本知識人の定型なのかもしれない。

高知紀行

こうして、萩原氏の「馬場辰猪」の連載が『中央公論』誌上で始まる。昭和四十一年六月号から十二月号までの七回の連載である。萩原氏は執筆の前に、馬場の故郷である土佐に行ってみたい、という。ちょうど私も土佐に興味をもっていて、三年ほど前に、土佐の郷土史家平尾道雄氏を訪問して教えを乞い、宿毛の旧家林有造↓林譲治の系譜をルポルタージュとして書いていた。平尾氏にまたお目にかかれば、馬場辰猪についても何かヒントを得られるかもしれない、と二人で高知県へ出かけたのであった。

この旅行は楽しかったが、高知市内の馬場関係の遺跡を訪ねたあと、萩原氏が「折角だから郊外に隠棲されている小島祐馬《おじますけま》先生を訪ねてみよう」といい出した。河上肇も信頼したこの中国史の碩学は、終戦直後、三高生だった萩原氏が、校長にかつぎ出そうとして断られたというエピソードもあった。京大総長にという声もあったが、ご本人は、「郷里に帰って年老いた父に親孝行をしなければならないから」とサッサと高知へこもってしまったという大学者だった。

私も小島先生の『中国の革命思想』(アテネ新書)を読んで、たいへん啓発されていたので即座に賛成した。平尾さんは「あんな偉い人の前に出るのは畏れ多い」と、代わりに高知新聞社のベテラン中島氏を紹介して自分は退ってしまった。

中島老は気さくにわれわれ二人を伴って、郊外の小島宅に案内して下さった。築地塀に囲われた格式高い旧家であったが、われわれが訪ねると、「先生は畠に出ておられる」とのこと。故郷に帰って百姓をするというのは、単に形容ではなかった。

それでも先生はそそくさと畠から帰ってきて、正座して不意の客の来意を聞いた。馬場辰猪を書きたい、と萩原氏が告げると、即座に立ち上がり、馬場の著作の初版本数冊を持ち出してきて下さった。中江兆民についても文章のある小島先生は馬場辰猪を愛しているようであった。次第に打ち解けてくると、話が発展して、

――明治以来の政治家では、大久保利通と原敬だと思っていたが、吉田茂も入れてもよいかもしれない、

と面白い評価を伺った。

――中国の将来についてはどう思われますか、

と私がアテネ新書の結語を思い出しながら尋ねると、いや、あのときは物議をかもしてしまって、と沈黙してしまわれた。先生の毛沢東中国へのきつい批判に若手研究者が騒いだことがあった。

――毛沢東の文章についてはどう思われますか、
萩原氏が助け舟を出すように質問を変えた。その答えには凄味があった。

――古来、革命家の文章などというものは、誰が書いたものかわからない。たとえば、アメリカのワシントン大統領の文章といわれるものも……。

私たちは恐縮して膝を縮めた。

小島先生は萩原氏の馬場辰猪の連載が始まると、毎号送った雑誌を丹念に読んでいたらしく、あるとき、萩原氏あてのはがきに、漢詩の返り点が一ヵ所間違っていると指摘してこられた。萩原氏と私は顔を見合わせて粛然とした。世の中には本当に怖い読者が存在するのだ。文筆家は、その怖い独りの読者に向かって書かなければならない。萩原氏は最高の読者をもって幸せであった――。

＊

『馬場辰猪』は中公叢書として一冊の本となり、翌年の吉野作造賞を受賞したのであった。

会話の楽しさ

そのころ、萩原氏はまだ独身貴族で、私と一緒によく呑んだ。もう自宅まで帰れない時間になると私の家に泊まり、私が会社に出て帰ってくるとまだ家にいて、また二人で街に出るといった関係が数年続いた。

ともかく萩原氏の話が面白かったのである。あるときは、英国の戦後思想の流れについて、H・ラスキのあと、ロンドン大学の後継者になったオークショットという政治学者が、いかに徹底した保守主義者であったかを半ばあきれたように、半ば讃嘆するように語った。

萩原氏はオックスフォードのリベラルな雰囲気に触れて、保守と革新を相対化して考えるリベラルな態度を体得したのだろう。そこが当時の日本の知識人の大勢と決定的にちがっていた。

――もし安保騒動のとき、俺が日本にいたら、安保まんじゅうをつくってデモ隊の中で売って歩いたね。

彼が繰り返したジョークであった。

後年、国際交流基金で、アイザイア・バーリンを招聘したことがあったが、そのとき、萩原氏は裏でプロモーターとして動いた。バーリンは、現代英国の、もっとも強固な保守的歴史家・歴史哲学者であったが、革新派の萩原氏も、そのころには保守主義からもっと学ぶべきだという境地になっていたのだろう。

あるとき明治日本に話題が及んだとき、萩原氏はしみじみと、

――明治日本の外交課題は、朝鮮半島問題と条約改正問題の二つに尽きるんだよ。

という簡明な感想をもらしたことがある。時として明治日本のことを考えていると、萩原氏の言葉がいまでも思い浮かぶ。そしてこの結論的感想を越える命題はいまもない。

*

塩野七生さんの最初の原稿を林達夫氏と萩原氏に読んでもらったことがある。そのとき萩原氏は塩野さんの物語を激励するかのように「歴史家にも許される想像というものがある」という言葉を贈った。おそらくそれは自戒でもあったろう。

*

萩原氏は本来的に文学青年であった！　石川淳のファンでもあった。金もなかったろうに、筑摩書房から出始めた『石川淳全集』を買い揃え、私にも読め、とその全集本をわが家に置いていったことがあった。

本といえば、萩原氏はウォルター・リップマンの“Public Opinion”と“Public Philosophy”、リップマンを回想した諸家の回想録の英書三冊を私の前に置いて、これをやるから読んでおけ、と示唆した。

リップマンを知らなくてジャーナリストとはいえない、ということだろう。

後年、家に蟄居していたときに、私は辞書を引き引き、『公共の哲学』を読んで、感動した。アメリカがジャーナリズムの祖国といわれるのは、ジャーナリズムの中からリップマンのような哲学者を出したことだと思った。

この三冊はいまでも私の机上にある。

萩原氏の面白さは、石川淳のファンでありながら、小林秀雄に畏敬の念をもっていたことである。あるとき（『中央公論』昭和三十九年六月号）京都で田中美知太郎氏と小林秀雄氏の対談を企画した。萩原氏は、俺も連れていってくれ、という。困ったが何とかなるだろうと、瓢亭での座談会に、高坂氏も招いて、対談を傍聴してもらった、田中さんは『中央公論』をよく読んでおられたから高坂・萩原両氏のことを知っておられただろうが、小林さんはデビューしたばかりの新人を知るわけがない。最初「この連中は何だ」と詰問したが、私が「編集部でございます」としらばっくれると、それ以上の追及はされなかった。

しかし、そのうちに酒が入って高坂氏は田中さんに、萩原氏は小林さんに質問をはじめ、対談は支離滅裂となってしまった。ともかく、あとで高坂・萩原氏の発言を全部削除し、田中・小林対談としての体裁を整えてお目通しを願うと、両先生から、よしとのご返事を頂いた。「教養ということ」という表題で記事になった。

その晩、田中さんは高坂氏に送って頂き、萩原氏と私は小林さんを定宿だった五条の「佐々木」という旅館まで送った。すると小林さんはわざわざ二人にあがれ、といわれる。恐る恐る部屋に入ると、こたつに酒の用意がしてあり、小林さんは、チビリチビリやりながら、萩原氏に質問を次々とあびせかけた。萩原氏の真摯な態度に見どころのある青年と思ったのかもしれない。丸山真男の『日本政治思想史』について質問を発し、萩原氏が正確な答えをすると、よし、といってそれからは和やかな回顧談をして下さった。

われわれ二人は思いがけない収穫に心をはずませてホテルに帰ったが、その後、しばらく萩原氏は小林さんと文通をし、本の貸し借りもあったようである。

＊

馬場辰猪の連載が終わったあと、萩原氏は「停滞的英国と進歩的な日本」というテーマで一つ書いておきたいという希望をもらした。『中央公論』昭和四十二年三月号に掲載されたかなり長い文明批評である。

高度成長を謳歌する日本と、停滞している英国とを比べて、落ち着きのある英国のほうが将来性があるのではないかという、痛烈な批評であった。当時、高度経済成長に疑問を呈したのは、スタンフォードの平恒次氏と萩原氏だけであった。

サッチャー政権からブレア政権と、めざましく甦った英国と、今日の日本の滑稽なまでの醜態を見るにつけ、学者の炯眼という言葉を想い出す。

＊

萩原氏が文筆家としての青春を楽しみ、絶好調のころ、『婦人公論』に書かせてもらえないか、とニヤニヤしたことがある。私は当時『婦人公論』編集次長だった金子鉄麿氏に話すと、二つ返事でOKだった。「ミュージカルの社会学――『マイフェアレディ』と『ウェストサイド物語』」という洒落た文章になった。

萩原氏は芸大出身の宇多子夫人と結婚したようにクラシックに造詣があった。ある酒の座で二人だけになったとき、話がモーツァルトに及ぶと、

――モーツァルトと相手がいったら、ダ・ポンテと応ずればいいんだ。

と繰り返した。モーツァルトにはうるさいマニアが多いが、ダ・ポンテ（モーツァルトの『フィガロの結婚』などの台本を書いた詩人・大学教授）という名前を出せば、大抵は黙るという趣旨である。私はダ・ポンテという発音がおかしくて、知的虚栄とハッタリを識りつくした遊戯人としての萩原氏をなつかしく想う。

本当に世話の焼ける甘えん坊だったが、それ以上になつかしく、気になって周囲が心配してしまう萩原氏の人徳がなつかしい。

合掌

（『中央公論』二〇〇二年一月号）

永井陽之助

永井政治学の思想的性格

永井教授の著作活動とその風姿が、つねに若々しく情熱的態度に貫かれていることは、日ごろ接する同時代人の等しく認めることとである。その永井氏が還暦を迎えるという事態に多くの者は戸惑いを感じながらも、歳月の流れの早さに感慨なきを得ない。

『二十世紀の遺産』というこの記念論文集の最後に、この小論を添えることは、二十余年の間、編集者として同氏と作業を共同し、一ジャーナリストとして心から兄事してきた私としてこの上ない喜びである。

永井教授の業績を政治学史の上で位置づけることはいずれすぐれた後世代の政治学徒の仕事であろ

うし、私などのよくするところではない。ただ永井氏の仕事は政治学を越えた独自の思想的社会的影響を同時代に及ぼしており、その影響のいくつかについて、私はある臨場感と共に実感してきた。そのことを証言すると同時に、そういう独自の影響をなぜ与えることができたのか。永井政治学の秘密の根源は何なのか。その性格のユニークさについて常日ごろ抱いている感想を記してみたい。

永井さんとの出会い

永井陽之助氏と最初の接触を得たのは、昭和三十三、四年のころ、中央公論社の出版部で、社会科学講座を企画したときである。それは蠟山政道、中山伊知郎、尾高邦雄の三氏が政治学・経済学・社会学の立場から出られて監修に当たられ、それぞれの専門分野を越えた学際的（当時まだその言葉はなかった）で綜合的な社会科学講座にしようというものであった。この企画は実際には実現しなかったが、このために賭けた蠟山政道氏の情熱は大へんなもので、中山、尾高氏も蠟山氏の熱意に動かされたものであった。

そのため予備作業として、当時の若手の新進気鋭の学徒が、それぞれ、自分の関心テーマについて報告する研究会がある期間もたれた。いずれも中央公論社の七階にあるプルニエの洋間で開かれた。

そのとき、北大におられた永井陽之助氏も参加され、「政治学の基礎概念」（『政治意識の研究』所収）を発表され、綿貫譲治、富永健一、坂本二郎氏などと活潑な議論がかわされた。

当時、私は出版部に所属してこの講座を担当していたが、同時に『思想の科学』の担当をも命ぜられており、こうした気鋭の方々の論文を同誌に掲載したいと考え、永井道雄氏とはかって、その実現をはかった。永井陽之助氏の「大衆社会における権力構造」(『政治意識の研究』所収)が、その結果掲載された。それはD・リースマンとW・ミルズの比較論であったが、きわめてシャープな刺戟的な論文だった。しかし、いまから考えると、反アカデミズムを標榜する独自の運動体である『思想の科学』の発想とは、どこか水と油でうまく嚙みあわなかったことは否めない。

二度目の接触は昭和三十九年十月号で、『中央公論』編集部が「戦後日本を創った代表論文」を選ぶ選考会においてであった。臼井吉見、江藤淳といった文学畑の方がおられた席上、政治学の永井氏が、坂口安吾の「堕落論」を強力に推薦し、同席者は意外な表情をされながら満場一致したと記憶している。

三度目が、昭和四十年、のちに『平和の代償』に収められることになる三部作の執筆に際してである。

当時の『中央公論』は「風流夢譚」掲載問題に端を発し、嶋中事件(社長の夫人、お手伝さんの殺傷された事件)を誘発し、やがて『思想の科学』天皇制特集号を廃棄するという不幸な偶発事件をも生んでしまっていた。その詳細に触れる余裕はないが、私は六〇年安保特集「市民としての抵抗」を編集したあと『思想の科学』編集担当を辞め、出版部専属となっていたが、「風流夢譚」掲載で右翼攻撃がはげしくなっていった『中央公論』編集部に応援要員として入ったのであった。『思想の科学』

廃棄事件は、執筆拒否事件に発展し、その後、拒否グループから『中央公論』の右傾化が批判されつづけた。しかし、内部にいた者としていえば『思想の科学』事件と『中央公論』編集はまったく別の場所、別の主体で行われていたのである。私自身の念願は『中央公論』編集を、もっとオーソドックスな路線に戻したかったのであり、社会科学講座を企画した経験を生かして、その当時接触した学者の方々に執筆依頼をしていったまでで、それ以外に他意はなかった。

『平和の代償』前後のこと

永井陽之助教授との親密な関係は『平和の代償』三部作執筆のころから始まった。その圧倒的迫力は、湧き上るような情念と厳密な思索力に基き、アメリカに関する新鮮で高度な情報、アメリカ学界の最高峰に触発された方法論に貫かれており、私自身、知的昂奮、いや全身がしびれるような昂奮に包まれたのであった。

第一作の「米国の戦争観と毛沢東の挑戦」ではマクナマラ国防長官の極度に合理的な戦略的思考と、毛沢東の〝農村が都市を包囲する〟ゲリラ戦略とが、ドラマティックな対比として図式化され、ベトナム戦争のもつ世界的構図が科学的認識として提示された。それは狭い視野から道徳的判断を混在させながら報道されていたイメージを粉砕し、世界のリアリティを読者は否応なく認識させられる威力をもっていた。

第二作の「日本外交における拘束と選択」こそは『平和の代償』の中核ともなる論文で、のちに吉野作造賞を受賞した作品であるが、スタンレー・ホフマン教授の方法を日本に適用し、日本が拘束されている諸条件を冷厳に認識し、その拘束のなかで選択の自由の幅を拡げてゆく努力を説いた圧巻であった。

これが発表された直後、福田恆存氏はある新聞のコラムで「これは論壇におけるバラバラ事件だ」という寸評を書かれた。この論文によって既成の観念がことごとく粉砕されたという意味である。また三島由紀夫氏も、この論文に昂奮して、永井陽之助に面会を申し込み、嶋中社長の仲介で実現した。

要するに、永井氏の論文は、単に学者的思索の範囲ではなく、文学者たちの感性を鋭く刺戟する不思議な肉感性を備えていたのである。

第三作の「国家目標としての安全と独立」は核時代においては、安全（福祉価値）と独立＝正義（名誉価値）の間に、基本的二律背反があることを指摘し、忍耐と抑制に基く平和への迂路を説く、永井式発想の基本が表現されている名篇である。

のちに私は、永井論文が発表されていった一九六〇年代に大学生活を送った人々――それはジャーナリスト、官僚、ビジネスマンを含む――に会った折、当時の『中央公論』における高坂正堯氏、衞藤瀋吉氏や山崎正和氏などの活躍と合せて、永井氏の活躍が、いかに新鮮で刺戟に満ちたものであったかを、異口同音に語ってくれたのであった。

永井陽之助氏とはよく食事を共にした。永井さんがビフテキの愛好者であったため、よく銀座のレンガ屋に出向いた。永井さんは健啖家で、部厚いステーキをペロリと平らげた。おそらく、あれだけの長大論文を一気に書き上げる精力はこの食欲と無縁ではない。

また、話題が豊富で、映画、小説、芝居からはじまって世界情勢までがきわめて巧妙かつ微妙に連動していった。社交的な席で永井氏はもっとも豊かで刺戟的な話題の提供者であり、こうした余裕ある社交性と無為の時間を所有しておられることが、集中的研究や執筆を逆に可能にしていると私には思われる。

永井政治学の形成過程

永井陽之助氏の三部作は、日本の政治学的思惟が、政治的世界に対応し、政治家、官僚、ジャーナリズム、さらにビジネスの世界にまで衝撃を与え、それに影響と批判的視点を提供した最初の事例であったといってよい。

もちろん、それ以前にも知識人批判としては、林達夫氏の「共産主義的人間」、猪木正道氏の「共産主義の系譜」、福田恆存氏の「平和論の進め方についての疑問」、竹山道雄氏の「昭和の精神史」、林健太郎氏の「世界史の転換をいかに理解するか」、亀井勝一郎氏の「昭和史への疑問」などが、断続的に現われていた。

また政治学徒としても、高坂正堯氏の「現実主義者の平和論」が、若い世代として登場していた。

高坂氏の論文はとくに新しい地平を招く歴史感覚を備えていた。

けれども、それはアカデミックな政治学の枠組への衝撃とはならなかったのである。翻って政治学そのものについていえば、戦後の政治学をリードした丸山真男氏は、政治学そのものの変革を志向しつつ、人間学的洞察と精神史的造詣によって、深い影響を持続していたが、しかし、その急進的イデオロギーの故に、その影響は知識人・学生・ジャーナリズム・野党勢力に限定された。保守政治や官僚はその急進性のために、却って他人の世界と映じ、直接、そこから批判的教訓を学びとることはできなかったのである。

また、永井教授の政治学は独特の人間学的考察を含んでおり、政治的思惟そのものが、いかに人間存在の不可欠な要素であるかを示唆する点で、それまでの日本人が法学的思惟、あるいは倫理的思惟を雑然と混在させてイメージしてきた世界について、まったく新しいイメージを可能にした。倫理学や法律学と自立した戦略的思考が、日本社会で開花していった典型的事例なのである。

こうした永井政治学の性格、あるいは根源的秘密はどこから来ているのだろうか。

その意味で、永井陽之助氏の思想の形成過程と研究者としての初期作品に注目する必要がある。

Ⅰ　青春期

永井陽之助は大正十三（一九二四）年九月九日、医者の三男として東京に生れ、幼いころ、父の勤務先の転勤に伴い、福島県で育ち仙台の二高に進んでいる。二高時代はずば抜けてドイツ語に上達し、第二次世界大戦の進行中のこともあり、ナチス・ドイツやドイツ浪漫派に強い関心をもった。

このことは永井陽之助氏の思惟のなかに、強くドイツ語的思惟を根附かせ、戦後のアメリカ留学によって、純粋に英語的思惟を育てた世代との著しい相違を形成し、強靭な思索力の源泉を成していると思われる。また、ナチズムへの関心は、近代と異なる現代的現象を内在的に理解できる端緒をつくったと推察される。また人間の情念への理解に独特の理解と解釈をもちえているのもこのためであろう。

戦争で陸軍に召集されながら台湾に赴いてすぐ病気となり、終戦までを病院で過ごしたことは、偶然のことながら、永井氏の例外的強運を物語るエピソードである。

昭和二十年四月、東京大学法学部政治学科に入学、復員して学窓に戻ることになる。永井氏が大学を卒業するのは昭和二十五年であるが、戦争と病いと戦後の混乱のためとはいえ、ながい大学生活を送れたことも、成熟した英知と判断力を養う上に寄与したはずである。

学生時代、当時新進気鋭の政治学者として令名を高めていた丸山真男助教授のお宅に遊びにゆき、話題がユダヤ問題に及び、丸山さんも昂奮して便所に行って態勢を立て直して議論に応じたという。いかにも二人の姿が彷彿とするエピソードである。

昭和二十五年、永井氏は大学に残り、政治学原論を講じておられた堀豊彦教授の下で助手となり、三年後の昭和二十八年、北大の講師として北海道に赴く。この北海道生活は十三年のながきに及んだが、このこともまた、東京の空気に流されず、永井政治学を豊かに培養した一因であったろう。

II　処女論文「政治を動かすもの」

この処女論文は、昭和三十（一九五五）年に書かれ、ふつうの基準でいえばおそい方であるが、それだけに最初から成熟した視野と判断によって、政治学界で令名高い作品となった。

永井政治学は一貫して、現代の大衆社会、大衆デモクラシーの問題性に焦点が当てられてゆくのだが、この処女論文も、「現代の大衆デモクラシーの条件のもとで、反体制的諸勢力を内に含む動態的均衡を達成するための政治的諸条件――特にその政治的中間層の意識と行動を解明したもの」である。

永井氏は昭和三十七年、ハーバード大学に客員教授として招かれ、一年間、アメリカに滞在することになるが、この渡米前に書かれた論文は左の通りである。

「認識の象徴と組織化の象徴」　昭和三十一年
「マス・デモクラシーと政治的大衆運動」　昭和三十二年
「現代政治とイデオロギー」　昭和三十三年
「組織のなかの人間」　昭和三十三年
「二大政党制の理論と実態」　昭和三十四年
「大衆社会における権力構造」　昭和三十四年
「政治学の基礎概念」　昭和三十五年
「圧力政治の日本的構造」　昭和三十五年
「イデオロギーと組織象徴」　昭和三十六年

「日本人の政党イメージ」　昭和三十六年

いわば、永井政治学の枠組と方法、現代日本政治への視点は、ほぼこの期間に基本的には出来上っていたといってよい。永井氏の滞米生活は、いまだ未完成の留学生生活ではなく、成熟した学者としてのアメリカ体験だったのである。

Ⅲ 『政治的人間』

永井氏には『政治的人間』（平凡社、昭和四十三年）という編著がある。これは「権力と倫理の根本問題を中核として、収録した現代政治思想の代表論文・アンソロジー」であるが、永井政治学の性格を理解する上で、もっとも適切で興味深い著書となっている。

そこには坂口安吾の「堕落論」や丸山真男の「肉体文学から肉体政治まで」も収められているが、カール・シュミット、ハンナ・アレント、エリック・ホッファーといった癖の強い思想家が肩を並べており、いわば政治の毒を醒めた眼で洞察した劇薬の一覧表といった趣きを呈している。最初に収められた永井氏自身の〝政治的人間〟論と合せて、おそらく最高の政治学の入門書ともなっている。

永井氏には、別に篠原一氏との共著である『現代政治学入門』（有斐閣、昭和四十年）がある。そこでは「技術官僚や行政官僚ではなく、〝政治家〟の手で解決しなければならない社会問題とは何か」という問いから出発して、政治と政治学の本質に迫ったものだが、とくに、〝状況・制度・機構〟の循環的構造を指摘して政治社会の歴史的発展を考える上で、きわめて示唆的である。けれども、永井政治学への入門としては『政治的人間』がもっともふさわしいのではないかというのが、私の感想である。

時代状況のなかで

こうした年譜を眺めてくると、私が永井氏との接触を深めていった昭和三十九年から四十年にかけてのころは、永井氏が第一回の滞米生活でハーバード大学客員教授としての仕事を終えて帰国した直後のことであったことを改めて感ずる。

不思議なことに、高坂正堯氏の場合も、ハーバード留学直後、萩原延壽氏の場合も、オックスフォード留学直後に接触が始まっており、留学生活の余韻を、問わず語りににじませた気鋭の人々から、私は無形の感化を受けたことを、人生の幸せであったと思う。

永井氏自身、書かれていることであるが、キューバ危機に際してハーバード大学におられた永井氏は、ソ連のミサイル撤去を要求して、「撤去されない場合、全面戦争をも辞さない」というケネディの強硬声明にショックを受けて、国際政治の現実に急速に関心を深めていかれるわけであるが、その新鮮な問題関心が、永井政治学を、これまでの政治現象一般から、国際関係にまで拡げてゆく契機となり、『平和の代償』に結晶していったことになる。

吉野作造賞の選考委員会で、蠟山政道、松本重治、笠信太郎（のちに中山伊知郎）の三選考委員が、

「日本外交における拘束と選択」には、まったく圧倒された面持ちで、即座に授賞が決った瞬間を印象深く覚えている。

笠信太郎氏が、

――こうした方法で、ソ連をも分析してくれる人が出るといいね。

と感想をもらされていたが、笠さん自身、この論文に教えられることが多かったのであろう。

やがて、一九六〇年代の終り〝学生反乱〟の季節が訪れる。アメリカ、ヨーロッパ、日本と、同時併行的に先進国社会に吹き荒れた嵐は、いまだによく説明しきれていない現象であるが、折りから始まった中国の文化大革命とも重なって、まことに現代人を混乱と混沌と困惑に陥し入れた大事件であった。

東京では、東大と日大がもっとも紛争の規模も大きく、その度合も激烈であったが、永井教授の勤める東京工大も例外ではなく、また私の勤める中央公論社も、光文社についで大学紛争と同質の労使紛争がエスカレートしていったのであった。

これまで、報道し、批評し、論じていればよかったジャーナリズムや大学知識人が、紛争の過程で、自らの存在基盤を揺がされ、対応を迫られることになった。これまで観客として批評していた人種が、無理矢理に舞台に押し出され、演技者になったようなものである。それぞれの組織のなかで、政治と戦闘と秩序回復が計られねばならなかった。

しかし、多くの大学知識人は全共闘に自らを同一化したり、絶句して言葉を失ったり、立場を失って大学を去る人々が続出した。

こうした状況下で、永井教授はもっとも永井氏らしい能力を存分に発揮したのである。東京工大の現場で、紛争対処の作戦参謀として活躍すると同時に、こうした暴力現象がなぜ起り、その本質は何か、を思想家として真正面から問うたのであった。

昭和四十三（一九六八）年五月、高まりゆく学生反乱の熱気のなかで、『中央公論』（七月号）は〈〝学生の反逆〟と現代社会の構造変化〉と題するシンポジウムを行なった。混沌とした状況のなかで、誰か一人がこの事態を明晰に論ずることは不可能な進行形の事態が続いていたためである。

出席者は、いいだもも、菊地昌典、高橋徹、永井陽之助、萩原延壽の五氏であったことも当時の状況を反映しているといえよう。

その出席者の永井さんを出迎えるために、私はハイヤーで大学まで出向き、会場までの道すがら、学生反乱について語り合った。車が高速道路を走り、霞ヶ関ビルの脇を通ったときのことであった。

――そうだ、柔構造社会だよ。

永井さんは一瞬、閃いたように叫んだ。霞ヶ関ビルは、地震の際にしなやかに揺れを吸収してゆく柔構造設計であることが喧伝されていた。旧い硬構造建築は硬いがために、地震に際してもろい。この霞ヶ関ビルの姿を眺めながら、永井さんは先進国社会では、多元的社会として、反体制運動をさまざまに吸収してゆく柔構造社会なのだ、と悟ったのであった。

当時の日本社会は、一面では高度成長を謳歌した繁栄と日常が持続しており、全国に飛火した学生反乱の嵐と好対照を成していた。六〇年安保闘争が、大学から国会へと拡がっていったのに反して、七〇年安保（それは六〇年と同様な展開が予想され、期待されていた）は、大学自体が闘争の場となり、師弟関係が崩壊し、大学が解体してゆくかに思われたが、そのエネルギーは、不思議なことに一向に国会へとは拡がらなかった。当時の佐藤政権はむしろ大学紛争によって救われた形となった。この繁栄と日常と、反乱と祝祭（非日常）とのコントラストは、考えてみると奇妙な図柄であった。

——あんまり助走期間がながすぎて駄目になったんではないかね。

とは萩原延壽氏のユーモラスな観察であり、

——日本ではともかく大学を出れば、青空がある。北京の大学人に比べて幸せですよ。

とは中嶋嶺雄氏の述懐であった。

ともかく、それからかなりの期間、〃柔構造社会〃は流行語となった。それはかつて〃拘束と選択〃（もっとも拘束の方は日本人は好まないようだった）が流行語となったと同様に。

このシンポジウムを契機に、永井さんは状況の根本命題に挑み、

「柔構造社会における学生の反逆」（『中央公論』昭和四十三年学生問題特集号）

「ゲバルトの論理」（『中央公論』昭和四十四年五月号）

を書き上げる。それは、アメリカ社会の構造変化を分析し、ショッキングな話題となった「解体するアメリカ」（『中央公論』昭和四十五年九月号）、また『政治的人間』の解説と共に『柔構造社会と暴力』

（中央公論社、昭和四十六年）という記念碑的書物に収められている。

理論的深化

大学紛争の嵐が去ったのち、一九七〇年代は、奇妙な十年間であったといえようか。かつての直線的な高度成長が終ったことは明白であった。ニクソン・ショック、石油ショックが、国際環境、資源・エネルギーの制約を実感させた。

大学紛争とベトナム戦争の終焉は、アメリカン・イデオロギーとしての近代化理論を挫折させたが、同時にマルクス主義的歴史観の終焉でもあった。ひとびとは散乱した価値観のなかで、白々しい現実に直面し、道化と笑いに脱出口を求めた。

このころ、永井陽之助氏は、状況を越えて、より基礎的な理論研究、歴史研究に想いを潜めることとなった。

それは文部省の特定研究「国際環境に関する基礎的研究」というプロジェクトの一環として行なわれることとなるが、細谷千博、本間長世、中嶋嶺雄といった諸氏と共同し、さらにシカゴ大学の入江昭氏と連絡を取り、イギリス、アメリカの気鋭の専門家と京都の比叡山ホテルで国際シンポジウム（昭和五十年）を開くといった、本格的プロジェクトとして進行したものであった。

この特定研究は林健太郎氏を主査として、そこから生み出される研究成果は、〝叢書・国際環境〟

として中央公論社から、公刊されていった。おそらく、戦後日本でもっともオーソドックスで、国際的性格をもったプロジェクトとして、これほどのものは、あまり見当らない。

――わが国は、東西対立の狭間にあって外交選択の自由を実質的に奪われていた時代から、自らの責任によって微妙に変動する米ソ中関係のなかで自己の役割を規定し対処していかねばならない時代を迎えている。それには、今日かくあらしめた国際環境の諸要因を的確に把握し、その歴史的認識を通じて不確実な未来への展望をひらく以外にその道はないこともあきらかである。

（『冷戦の起源』序文）

この研究は、当時、『中央公論』を退いて、『歴史と人物』の編集に従事していた私の仕事とも重なって、

「現代史の神話――冷戦史研究余滴（一）」（『歴史と人物』五号、昭和四十八年）

「原爆投下の決定――冷戦史研究余滴（二）」（『歴史と人物』八号、昭和四十八年）

二回、およそ余滴とはいえない重量感ある論文を二度頂戴することとなった。

やがて、昭和五十三（一九七八）年、『冷戦の起源』としてまとめられたこの基礎研究は、今後、ながく国際関係論史のなかで、画期的位置を占めることとなるであろう。

それは「交渉不可能性の相互認識に立った非軍事的単独行動の応酬」という冷戦の定義に立ってアジアにおける冷戦の歴史過程、アメリカ政府の決定過程の第一次資料による分析――であるが、とくにアメリカ社会に根強い疫学的発想――異物排除の思想――を、孤立した大陸帝国アメリカの土着神

話の中核にあるものである、という判断から、冷戦論争のアメリカ的性格を浮き彫りにした点で、単なる歴史研究を越えた思想性を備えている。

永井氏はこのプロジェクトの中心メンバーとして、基本アイデアの構築と組織運営に情熱を傾けながら、自ら単なるボスとしてでなく、研究者として自らの責務をみごとに果たしたのであった。


こうして基礎的研究に想いを潜めた結果であろう。永井氏の思索はやがて、時間論・空間論という形而上学的世界に向うことになる。翌昭和五十四(一九七九)年、『時間の政治学』(中央公論社)にまとめられることになる、一連のテーマは、改めて永井政治学の深さを証明することになる。

とくに『中央公論』(昭和四十九年十二月号)に発表された「経済秩序における成熟時間」、『中央公論』(昭和五十年七月号)に発表された「政治的資源としての時間」は、きわめて刺戟的で未踏の世界に踏みこんだ論文といえよう。

前者は、コインロッカー・ベービーというショッキングな嬰児殺しにみられる今日の風潮の考察からはじまる。それは今日の母親たちにとって、育児というながい時間をかけた営みが、高度成長という社会的時間と比較したとき、あまりに報いの少ない労働にみえてくることから起る。彼女たちも社会的労働に従事すれば、今日では当然報酬が得られるからである。

現代社会の経済秩序が要請する時間は、人間本来の成熟を破壊してゆく性格をもっているのではないか? この問いは経済成長のもたらす社会的不均衡――公害・環境問題――を越えて、人間学的次元での根本的問題提起となっているのである。

また、後者はベトナム戦争への反省として、米国が通信可能空間と統治可能空間を錯覚したことにあり、アメリカと北ベトナムとの間の非対称性、またアメリカだけが意志決定が公開されることによって起る不利を指摘して今日の戦争の難しさを指摘した点で、新しい理解を切り拓いている。

その思想的性格

これまで見てきたように、永井陽之助氏は単なる政治学者ではない。時代状況を正面から見据えて自らの課題を設定する意味で、永井氏は批評家であるが、その批評がつねに、思想的枠組をもち、哲学的・歴史的洞察に裏付けられている点で、二十世紀に屹立するユニークな思想家と呼んで過言ではない。

その素養は哲学・歴史・文学への豊富な造詣に基礎づけられており、また時代状況のなかでの諸科学の発展に敏感に反応し、数学・物理学・社会学・社会心理学・精神医学・人類学といった諸分野の動向を察知し摂取してゆく。

かつて私との何げない会話のなかで、

――これからの社会科学は、マルクシズムやプラグマティズムではなく、実存理論によって基礎づけられるべきだ。

と洩らされたことがある。

まさに永井陽之助氏の発想の根底には、人間の情念をも含めた実存感覚があり、人間社会の未来に対する偶然性、不確実性への鋭利な洞察に満ちている。人間社会における主体を拘束する諸条件を冷厳に見極めながら、しかも、決断によって選択すべき自由の存在を確信し、それに賭ける主体的情熱に溢れているところに、永井政治学の人を魅了して已まない魅力の根源があるといってまちがいあるまい。こうした点についての理論的展開はまだなされていないが、永井政治学の理論的完成のために、いつか筆をとられることを切望してやまない。

第二に、永井陽之助氏はアフォリズムの大家であることであろう。日常生活から世界情勢に至るまで、およそ森羅万象、永井氏の洞察の対象とならぬものはなく、直観的閃きと学殖が自在に結びついて、多くの名言を生んでいる。

たとえば、古くは「恋愛と政治」というコラムでの短文では、恋愛現象と政治現象の類似性を指摘して、迂回的アプローチの効用を説くことなどは傑作の一つであったが、多くの論文のなかで、〝弱者の恐喝〟〝無為の蓄積〟〝自己充足的予言〟〝全能の幻想〟〝死の接吻〟といった言語群が、読者にある陶酔感を与えていったことは否めない、また『時間の政治学』（一九七九年）のなかに収められた〝他人の経験〟という短文集があるが、

――愚者は自分の経験に学び、賢者は他人の経験に学ぶ。

というビスマルクの言葉からきた表題である。今日の日本で、戦争体験とか自分史といった私の経

験に執着している知的風土のなかで、こうした古人の言葉を提出することはある壮快さを覚えるといってよいであろう。

永井氏の思索がつねに普遍的な理論の枠組を志向し、歴史的叙述の場合にも、つねに一定の理論的仮説に基いて記述されるのが原則だが、しかし、同時にこうした現実に対する繊細な直観に絶えず裏打ちされていることが、多くの読者の感性を刺戟し、とくに福田恆存や三島由紀夫といったすぐれた文学者の感性に訴えることのできた理由であったろう。

ふたたび状況のなかで

こうした永井政治学の豊かな体系を、戦後日本でもちえたことは、同時代の日本人が国際的に誇ってよいことである。

われわれはその全著作を熟読することを通して、無限の教訓と示唆を学びとることができる。永井氏が最初の処女論文を発表して以来、三十年の歳月が経ち、本格的にジャーナリズムに登場して以来、二十余年の歳月を経ている。

その間に状況は大きく変った。かつて永井陽之助氏の主張は、進歩的知識人をきびしく批判し、知識人や青年に対して、冷厳な国際政治の現実を認識せしめた。しかし、日中平和条約締結の頃から、覇権条項を含む条約に疑問を呈した永井氏の主張は、外務省の見解とも距りを生じ、戦後日本の非核・

軽武装・経済大国の利点を生かして日本の役割を考えてゆこうとする立場は、軍事力を重視する新しい著作家群からの攻撃の対象となりつつある。戦後の世相の変遷を省みるとうたた感慨なきを得ない。

しかし、こうした変化は永井氏が変ったのではなく時代状況が変ったのである。永井氏は早くから、知識人の役割を、主体的浮動層として定義し、自立した知識人として自由な批判精神に生きることを主張されていた。時に左を批判し、時に右を批判することは、こうした自由で自立した立場からできることである。それは体制・反体制といった硬直的枠組で捉えることはできない。

永井陽之助氏自身、豊かな感受性の持ち主だけに、時として激して言動がラディカルになりすぎることもある。しかし、その豊かな才幹を感情的な反撥の次元で、もてあそぶことは、戦後日本のなかでの歴史的業績を無視した無知から来ている。永井陽之助氏の全業績と戦中派の重い体験を無視することは、これからの日本に災厄をしかもたらさないであろう。

永井氏自身の自愛とこれからの豊かな道行きを祈ると同時に、同時代人の学問への敬意を喚起するために、この小文は綴られたのである。

（永井陽之助『二十世紀の遺産』文藝春秋、一九八五年）

永井陽之助さん追悼——壮大・華麗な思考の社交家

永井陽之助さんが亡くなられたという。五、六年前まで、中嶋嶺雄さんや私との勉強会を楽しんでおられたのだが、あるときからプッツリ外界との関係を断ち、われわれも連絡がとれなくなってしまった。

一九六〇年代後半から七〇年代前半にかけて、永井さんの舌鋒は圧倒的な迫力をもち、壮大・華麗な体系的思考を展開して、論壇の中心的存在となった。歴史畑出身の人が多かった政治学界で、政治理論、政治社会学、政治意識論などを専門とされた。キューバ危機で米ソの正面衝突を危ぶまれた米国での経験を機に、国際政治に関心を移していかれた。

私は北大時代から、永井さんと接触があり、編集者として、当時流行だったD・リースマンとW・ミルズの比較論を『思想の科学』に掲載した。やがて高坂正堯、萩原延壽など、新しい感覚の欧米帰りとの交わりは、私にとって〝職業上の青春〟といってよい。原稿を読むたびに、読み手の私が興奮し、高揚し、新しい想念の刺激を受けた。『平和の代償』の諸論攷は、文学的感性を刺激し、福田恆存は「論壇のバラバラ事件」と評し、三島由紀夫は即座に面会を申しこんだ。以後『柔構造社会と暴力』『冷戦の起源』など、またアンソロジーの傑作『政治的人間』が当時の読書人の意識を変えた。永井政治学の魅力は斬新な理論的枠組にあった。またヨーロッパの正統派、R・アロン、S・ホフマン、C・シュミットなどを深く読みこみ、アメリカとヨーロッパの幸福な融合を自分のモノとしていた。

永井さんは警句とジョークを愛していて、若い女性とのたわいない会話を楽しんだ。読書はその合い間に集中的にやるらしく、われわれは社交人永井氏を存分に味わった。警句では、ビスマルクの「愚者は自分の経験に学び、賢者は他人の経験に学ぶ」という言葉を好み、つねにヒントにしていた。

今日、社会科学者は政府の審議会のメンバーであり、大きな対立もなく、論壇も総合雑誌も影が薄くなった。細分化された思考はますます専門化し、素人には見えない世界になってしまった。永井政治学の壮大と華麗を想い起こすのも、今日の意識と言語とを省みるひとつの方法かもしれない。

(『読売新聞』二〇〇九年三月十九日)

高坂正堯

追悼・高坂正堯氏——歴史を愛した物静かな強い意志

はじめに

この六月十八日、平和・安全保障研究所主催で、高坂正堯氏を偲ぶ午食会と講演会が催された。午食会には恩師である猪木正道氏や元首相の中曽根康弘氏なども出席されて故人を偲んだが、講演会では、東大の田中明彦氏が高坂政治学の特質について話された。田中氏は高坂氏を私淑していたひとりであったといわれるが、その田中氏が講演中に面白いエピソードを語った。

「高坂さんは、アメリカの一九七〇年代、八〇年代の政治学界の動向にはまったく関心を示さなかった」

田中氏は先輩にアメリカの動向についても少しは関心をもってほしいという文脈のなかで話されたのだが、私には関心を示さなかった高坂氏の在り様が、なるほどと合点がいって面白かったのである。

戦後五十年、日本の政治学界でも、科学としての政治学が果して進歩したのだろうかという疑念を抱くことが私にはある。戦争直後アメリカから入ってきた社会科学の力作群は、政治学、社会学、経済学、社会心理学、精神医学、人類学と、あらゆる分野にまぶしいほどの輝きをもっていたが、やはり、一九四〇年、五〇年、六〇年代までがピークで、それ以降はかつての輝きを失っていったように思われる。あるいは、ある年齢に達すると、新しい方法論、あるいは新しい書物自体に、よほどのことがないとあまり新鮮な魅力を感じなくなるのかもしれない。日本でもアメリカでも新しい世代、新しい政治学がより優れているという保証はない。

高坂政治学の古典主義的性格

高坂氏が年来温めてきた、彼の学問の出発点でもある『古典外交の成熟と崩壊』(中央公論社)を公刊したのが一九七八年、この書物のなかに、彼の学問の性格、外交論、国際関係論の原型ともいうべき世界がはっきりと明示されている。この書物はその年の吉野作造賞を受賞したが、選考委員の一人

であった中山伊知郎は、

「こうした考えは経済学の世界でもいわれていることで、古典的世界が成熟し、崩壊してゆくという発想は貴重であり面白い」

と評価された。同様のことは、文学史、美術史、音楽史にも見られるかもしれない。

近代世界の外交は、近代ヨーロッパにおける十八世紀の勢力均衡論《バランス・オブ・パワー》に基礎があり、とくにナポレオン戦争後のウィーン会議とそのウィーン会議で決められたウィーン体制でヨーロッパの秩序は再建された。その体制が長く十九世紀ヨーロッパを支配することでヨーロッパの平和が維持されたわけだが、第一次世界大戦の勃発という破局に至る過程は、ウィーン会議での勢力均衡が成熟・変質し、やがて崩壊してゆく過程であることを論じたのが同書である。

高坂氏はまさに正統的なヨーロッパ主義者であると同時に、その考え方は、ある時代のある形こそ古典的姿であり、そこに規範的目標があるが、にもかかわらず、現実の歴史は成熟してゆくと同時に変質し崩壊してゆくものであるという、古典主義的ペシミズムに貫かれているところに根本的特徴があるといってよい。

こうした外交観の背後にある歴史観を考えてみると、ながい間、進歩史観、あるいはその亜種である社会主義史観が支配的であった戦後の日本では、きわめて例外的な少数派であったといってもよいかもしれない。

『古典外交の成熟と崩壊』という書物のなかを流れる主調音は、ウィーン会議とそれを主催するメッテルニヒの社交と会話、十八世紀文明のかぐわしさと遊戯性である。高坂氏はJ・ホイジンガの『ホモ・ルーデンス』をしばしば援用しながら、遊戯的人間、遊戯的世界の衰亡のあとに「ホモ・ファーベル」が登場し、労働と生産の世紀が訪れることによって古い秩序が崩壊してゆくことを指摘する。

その正統性と稀少性

思えば、世紀末の今日、眠っているヨーロッパに対してアジアこそ活気の中心であり、これからはアジアの世紀だとする声が高い。また『古典外交の成熟と崩壊』が扱った第一次大戦までの時代こそヨーロッパが中心だったが、第一次大戦から第二次世界大戦後まではアメリカの世紀だったのであり、高坂氏のヨーロッパ主義はいかにも古い。ある人々にとってはアナクロニズムに映ずるかもしれない。しかし私は、それこそが近代学問の正統であると思う。近代的知性、それは理性主義とも合理主義ともいえるながい思考方法の構築であり、それが普遍主義的な近代的学問を築き、近代科学文明の基礎を築いたのである。アメリカ文明もその延長線上のもので、アジアの活力も近代文明に参画したことで生まれたのであり、別種のものではない。

近代文明と学問を身につけようとする社会や民族は、一度はヨーロッパの達成した業績に参画しなければならない。それは経済と技術の次元ではすまない、総合的なものである。

高坂政治学が正統的性格のものだというのはその意味においてである。

しかし、さらにもう一つ高坂政治学を際立たせるものは、十八世紀の勢力均衡、あるいはウィーン体制を、近代外交の古典的世界、古典的姿として捉えていることである。日本の知識人のある世代が、フランス革命やロシア革命（あるいは中国の毛沢東革命）を自らの規範（もしくは理想）として捉える態度とは著しく異なる。また明治維新以降、文明開化を目指し、富国強兵を目指し、欧米先進帝国主義に伍することを目指した近代日本人の大方の姿勢とも根本的に異なる。

古典主義は本来、文学史上の概念で、古代ギリシア・ローマを規範と考える態度をいったものだが、より広くは、古典古代としてギリシア・ローマ、中国などを人類にとっての古典的規範と考え、それに近づこうとする思想的・文学的態度を総称するといってもよいだろう。

さらに拡大してゆけば、ヨーロッパ近代の古典、二十世紀の古典といった発想につながる。古くから時代を越え、社会（民族）を越えて読みつがれ、語りつがれる書物、あるいは思想・文学・芸術といえるかもしれない。

高坂氏が、十八世紀あるいはウィーン体制で再建された勢力均衡がよく機能した時代のヨーロッパ外交を古典外交として捉えたことは、外交論としてきわめて正統的な態度であるが、それだけでなく、学問、思想、芸術といった世界にも拡がりをもつ古典主義の香りのする態度につながってゆくような気がする。そしてこうした古典主義は、進歩を信じ、新しいものを信ずる態度とは往々にして異なる。高坂氏が七〇年代、八〇年代の新しい政治学に興味を示さなかったということは、二十世紀の古典、あるいはヨーロッパ近代の古典的世界、あるいは古典古代に思いを寄せていた高坂氏の当然の帰結だったのではなかろうか。

趣味としての英国史

「英国史は私の趣味なんや」と、高坂氏は口癖のように語った。私もよく聞いていたし、他の編集者も聞いていたらしい。いまから考えると、いかにも高坂氏らしい趣味であった。

英国史には、保守と進歩、自由主義と社会主義、大英帝国への膨脹過程と植民地支配、二度の大戦を経ての植民地からの徐々なる撤退、そしてその巧みなバランス感覚と妥協による調整能力など、あらゆる政治権力と政治技術の操作の経験が語られていて、成熟した政治的態度と判断について汲めどもつきない教訓が溢れていたのだろう。チャーチルやイーデンの個性や役割、伝記的事実やその教訓については高坂氏の会話の端々から自然に洩れてきたが、ディズレリーやピットについて、ヴィクトリア朝やエリザベス朝については、まとまった判断を引き出す機会を失ってしまった。

英国史はフランス史と違って、フランス革命の華やかさもなければ、ベトナムでのディエンビエンフーの悲劇もない。そうした極端なドラマを避けてゆく英国人の政治的英知が、高坂氏には好ましかったのかもしれない。

印象に残った会話を二つ。

「植民地支配の経験というものは、本当の他者を知る意味で貴重であり、その経験をもつ民族はどこかちがいますね」「大英帝国は、その最盛期においてすら、全帝国を防備するに足る軍備はもっていなかったんですよ」

誤解しないで頂きたい。高坂氏は帝国主義がよかったといっているのではない。帝国の時代に生きた経験がそののちに生きてくる場合があることを、感想として述べているのである。こうした微妙な歴史の襞を何げなく語って相手を思索に誘いこむところに、高坂氏の会話の卓抜さ、楽しさがあった。高坂氏の近代日本史についての認識は十分文章化されたことはなかったが、講義では述べられていたのであろう。私も一度だけ紀伊國屋ホールの講演で聞いたことがあったが、じつに細部を押えたしっかりした構造的認識をもっていることを感じさせるものであった。

しかし、高坂氏の場合、歴史は哲学に代る位置をもっていたのかもしれない。私が父君（高坂正顕氏）を含めた京都学派のすぐれた業績に言及するとき、彼は悲しそうに沈黙をまもった。戦後の父親の追放というドラマを身近に見ていただけに、父親への尊敬とは別に、時代状況への認識を誤まらせた哲学への不信が根底にあったのかもしれない。

哲学への不信という言葉は適当でないのかもしれない。哲学への過度の期待を自戒していたのかもしれない。高坂氏には父親譲りの観念の明晰化への已みがたい欲求があり、時代のなかの思考の怠惰に対する強い反撥があった。それが彼の言論の批判性の出発点だったように思う。

『古典外交の成熟と崩壊』の結語のなかでも、「この書物は歴史的考察を行っているが、歴史の研究書ではない」と述べている。高坂氏は認識や判断を豊かにする基礎として歴史の世界を基礎的素養と考えていたのである。哲学は歴史の具体的事実のなかにはめこんで考える必要があり、哲学はそれ自体の抽象的思考が独り歩きしてはならないのである。

高坂氏の書物には歴史や政治の具体的記述と共に、思想家、哲学者の言葉が豊かに散りばめられている。プラトン、ルソー、モンテスキュー、カントといった名前は、高坂氏の認識の血肉として生きているのであるが、そうした哲学が自家中毒を起こしていない。

だから、高坂氏の歴史観は、基礎的素養としての歴史の尊重なのであって、科学としての実証史学を自ら志していたわけではない。このことは、転じて政治学の場合にもいえるかもしれない。彼にとって大切なことは具体的事実としての政治史であり、抽象的理念としての政治哲学であって、科学としての政治学ではなかった。

人文主義者の帰結としての文明論

こうした歴史観に立つ高坂氏が、やがて文明論の領域に踏み込んでいったのは、当然といえば当然であった。

『文明が衰亡するとき』（新潮社）が公刊されたのは、一九八一年、『古典外交の成熟と崩壊』が刊行されてから三年後のことであった。

今日も版を重ねているロングセラーを、著者自身は、オムニバス形式の歴史散歩だと謙遜しているが、一九八一年といえば、ベトナム戦争を経たアメリカが、いささかかげりを見せはじめたころであり、日本の繁栄は絶頂期に向いつつあったものの、その浮かれた様子が却って不安を増幅しはじめたころであった。

ローマ、ヴェネツィア、アメリカと経巡りながら、通商国家日本の運命を考えることは、時代の雰囲気に左右されず、時代の徴候に敏感だった高坂氏にしてはじめて達成できた仕事であったかもしれない。

この時期、塩野七生さんも『海の都の物語』(正・続、中央公論社、一九八〇・八一年)でヴェネツィアの歴史を本格的に書きはじめているが、高坂氏は彼女との間で、ヴェネツィアやローマについて何回か対話を重ねており、二人の人文主義者が交歓し、共感し、問題を確認していったことは想像に難くない。

高坂・塩野両氏の書物が、共に世紀末日本への最大の警告の書となっていることは識者の等しく識るところである。

『古典外交の成熟と崩壊』において、古典外交が形成、成熟、変質、崩壊の過程を辿ったという認識は、人間の社会や歴史は、一度は成長・成熟しながら、やがて崩壊・衰亡するものであるという認識から遠くない。

それは、無限の進歩を信ずる科学文明とは異なり、人間の生と死を見つめるペシミストの眼であろう。しかし、そのペシミズムをくぐり抜けて、死滅と甦りを語るのもルネサンスと人文主義者の説くところである。
われわれは、文明の衰亡を説く高坂氏のペシミズムに賢者の警告を聞きながら、彼の物静かな強い意志を想い出すとき、衰亡と死滅のあとの甦りを模索すべきかもしれない。

（『季刊アステイオン』一九九六年秋）

高坂正堯の世界

〝怖るべき子供〟

四歳年下だったせいもあるが、高坂正堯という存在は、最初から最後まで、私にとっては童顔の若々しい子供という印象が離れない。それは当然、〝怖るべき〟という形容句がつくのであるが。その上、やわらかい京都弁が幸いして、かなりきつい内容の言葉でも、やんわりと対者の胸中に入ってゆく。

彼の邪気のない表情から発せられる言葉は本来、高度に洗錬された、学問的に吟味を経た観念であり、言葉である場合でも、無意識な日常語のように響く。だから、多くの人々は、その深い内容に気づかずに聞き流してしまう場合が多い。

それまで、私の場合も東大法学部系統の、丸山真男周辺の若手学者との出会いと交際が多かった。印象的な人々をあげると、橋川文三、藤田省三、松下圭一、いずれも、私より年長であり、高畠通敏氏だけが、年下のシャープな秀才であった。

それだけに、京大法学部、猪木正道門下のハーバード大学帰りの高坂氏は、異質であり新鮮であった。私は高坂氏の台詞を新しい音楽を聴くように聞きほれた。しかし、私にとって抵抗のなかった彼の京都弁も、関東育ちの老学者には、小生意気に映る場合があったようで、間に入った私も困惑したこともあった。関西弁は本人にその気がなくても、東京では、ひとを小馬鹿にしたように聞える場合がある――。

もうひとつ、高坂正堯の語り口には、断定的な結論はついに一度も聞かれなかったことである。彼の場合、かりにはっきりした主張がある場合でも、「そうではないですか」という問いかけになることである。彼はつねに対話的方法を好んだ。「そうどすか、……とちがいまっか?」、京都弁がまた対話的に出来上がっており、高坂正堯の体質になじんでいた。

同時に、高坂正堯は懐疑主義者であった。思考を停止させるための懐疑ではなく、思考を進めるための方法的懐疑とでもいうべき思考が身についていた。

生涯、大学人として生きた高坂正堯にとって、雑誌編集者、新聞記者、TVプロデューサーなどは、かなり異質な人種だったであろう。そうした、かなり乱暴な出会いの場合、彼は内心どのように思っていたか知らない。しかし表面では、空っとぼけることが多かった。

まだ、お互いに若かった一九七〇年代、文藝春秋社の『諸君！』の編集者と一緒になることが多かった。『諸君！』の東眞史君と三人で、祇園の夜を徘徊したとき、三人それぞれお気に入りの店に案内しようということになった。最後になった高坂君が案内した店は、オムレツを食わせる店であった。この〝オムレツ騒動〟はのちのちまで、東君と私の間の笑い話となり、童顔の高坂君の〝子供っぽさ〟を象徴した。

しかし、実は高坂君は空っとぼけていたのかもしれない。酔っ払いの編集者二人は高坂君にからかわれていたのかもしれない。

とぼけることと同時に、物おじしないのも高坂君の特徴だった。丸山真男と毎晩のように議論して（ハーバード大学で）その対立点を堂々と文章にするなどということは、普通の二十代の若者にはできない。また、引退して大磯に隠棲していた吉田茂と、三時間にわたって面談して質問を浴びせ続けるなどという芸当も、普通の人間にはちょっとできない。

ジャーナリズムに登場した高坂正堯は初期の段階で、何事も何人も怖れない度胸を身につけてしまっていたのである。

現実主義

論壇へのデヴュー作『現実主義者の平和論』（一九六三年）は不朽の名作だと思うが、この文章にも〝怖るべき子供〟の特性は如何なく発揮されていて、一見、無意識のうちに書かれているように見える行文も、しっかりした古典的知識に裏打ちされている。一九五九年、京大助教授になった年に「ウィーン会議とヨーロッパ」という「古典外交」考察の論文を『法学論叢』に発表した上での行為だった。しかし、それ以上に、私には『現実主義者の平和論』の発想の全体に、E・H・カーの『危機の二十年』（井上茂訳、岩波現代叢書。原題は〝二十年の危機〟で邦訳と逆である）の発想と影響があるように思うのだがどうであろうか。

いうまでもなく同書は、国際政治学を成り立たしめた名著である。第二次世界大戦を前にした時点で、E・H・カーが、全身に危機感をみなぎらせながら英国外交への警告として書かれたものであるが、一方でチェンバレン外交の理想主義的迷妄（?）に警告して、軍事力・経済力をもっと重視すべき現実主義を説いた文章だが、もう一方で、当時の社会科学の最良の書物を総動員して書かれたもので、読者は知的興奮を禁じえない。

K・マンハイムからP・ドラッカーまでけんらんたる知的武装の上に展開された書物なのである。とくに理想主義《ユートピアニズム》と現実主義《リアリズム》の相対化は、マンハイムの『イデオロギーとユートピア』を基礎としており、ユートピアニズムとリアリズムの相対化の上に、リアリズムの必要を説いたのであった。しかも、軍事力、経済力に加えて世論を国際政治の動因として認め、三つの力のからみ合いを構造的に分析してみせる。その力量は大戦直前の英国民を奮い立たせたことであろう。

高坂正堯は、当時の日本のドイツ観念論的理想主義に疑問を呈したのであった。そしてそこに吉田茂流の現実主義、保守主義と、南原繁流の理想主義の対立の根幹があったのであった。

もうひとつ証言しておきたいことは、高坂正堯は論争相手の坂本義和氏に最後まで礼をつくし、礼を失しなかったことである。『中央公論』編集部としても、私個人としても、坂本義和氏の反論を望んだし、また反論が難しければ対談はどうかと坂本氏に提案したのであった。あるいは誌上での対論を望まれないなら、席を設けますから、お会いになりませんかとまで提案したが、坂本氏はそのすべてを拒否し「もし高坂氏が会いたければ、私の研究室までこい」とのことであった。これは年長者とはいえ、論争相手にずいぶん失礼な話である。しかし、高坂正堯は、その指示に応じ、東大法学部の研究室まで出かけていったのである。編集室で待っていた私は、帰ってきた彼にどうでしたと声をかけた。

――やはりだめでした。あまり隔たりが大きくて共通点を見つけられませんでした。

本当に、高坂正堯の姿は肩を落としているように見えたのである。

その後、『朝日ジャーナル』誌上で、高坂正堯は坂本義和編の国際政治学の講座の一冊を書評したことがある。その末尾を

——私は敬意と共に異論を称えたい。
という文句で結んであった。私は粛然とし腹の底から湧き上る感動を押えることができなかった。〝言論の自由〟はまさにこうした態度の上にのみ成立する。しかし、戦後の日本はこうした態度と論争は、拡大・深化してゆかなかった——。

古典外交

古典外交とは、含蓄のある言葉である。それは、微妙であると同時に曖昧さを許容する不安定かつ不確実な観念である。

高坂正堯は、古典外交という観念を正確に定義はしていない。しかし、ナポレオン戦争以後、ウィーンに集まったヨーロッパ列強の首脳たちに抱かれた〝勢力均衡〟の観念、第一次世界大戦によって破局を迎えた諸国家間の協調、勢力均衡を基礎とした秩序と自由の慣習的取り決めの体系を、古典外交の名でくくっている。

それは、第一次大戦によって始まる二十世紀の現代外交と対比しての古典外交であったといえるであろう。

それは二十世紀の国際関係が始まる以前、ヨーロッパ列強の間で抱かれていた諸観念に、いわゆる近代外交の古典的命題が生まれ、成長・成熟していったのであり、それは今日でも活かされ重視されるべき諸観念を含んでいることを自覚したテーマであったといえるだろう。

こうしたテーマの立て方は、近代文明におけるヨーロッパの優位を前提とし、そこに古典と形容できる近代外交の原型があったことを認めることである。それを単に近代外交といわず、古典外交と称したことは、まさにそこに規範とすべき価値を含んでいることを物語る。

同時に、こうした古典外交が成熟すると同時に崩壊していったという冷厳な認識が基調にある。中山伊知郎教授が、吉野作造賞の選考委員会の席上、「これと同じような現象は経済学の方でもあるんだな」と感想を洩らしながら高坂正堯『古典外交の成熟と崩壊』を推薦して下さったことは、印象的な事実である。

多少、場面は異なるが、永井陽之助『政治学入門』に、状況（組織）・制度・機構という変化の図式があるが、人間社会の状況変化を捉えるすぐれた諸概念といえるであろう。

たしかに、ビスマルクの叡智の中に、古典外交の最後の輝きがあり、カイゼルの若さと傲慢がその古典外交の世界を崩壊させたのである――。

＊

ところで、『古典外交の成熟と崩壊』の〝あとがき〟には、この書物は「ウィーン会議の歴史的考察であって歴史的研究ではない」という意味深長な言葉がある。この書物が出たころ、高坂はドイツ語文献を読んでいない、とか、実証研究の体をなしていないといった陰口が囁かれた。しかし、著者はすべてを自覚した上で、研究ではなく歴史的考察の分野に広大な領域が存在していることをはっきりと認識していたのである。

ヨーロッパにはウィーン体制に関する古典的著作から実証研究に至るまで山を成しているのであり、日本でも明治以降、西洋史と外交史の分野で、研究と翻訳が重ねられてきた。「必要なことはむしろ歴史に対する解釈である」という判断が、筆者には自己主張として存在したことであろう。

歴史の世界は研究だけではない。多くの史談と史論の上に研究はある。研究が充実しても、史談・史論の独自の面白さは消えないのである。今日のひからびた研究室の学者たちの貧困さはそうした世間知らずに由来する——。

*

もうひとつ、具体的なエピソードを紹介しておこう。高坂正堯『宰相吉田茂』には、ウィーン会議に出席したフランス代表タレーランの言葉「戦争に敗けて外交に勝つこともありうる」を敗戦日本の外相・首相を経験した吉田茂が想起して交渉に臨んだことが書かれているが、これは、吉田茂首相の脳裏にも、それを目ざとく書き記した高坂正堯にも、古典外交の英知が生きて共有されていたことを物語る、と私は思う。

文明の衰亡――高坂史学の基本的枠組

『文明が衰亡するとき』は新潮社の編集者山田恭之助氏の仕事であるが、高坂さんは「私の年来念願していたような書物ができた」と喜ばれたという。ちょうどそのころ、塩野七生さんも『海の都の物語』でヴェネチアの盛衰を描いていたころで、英国の戦略研究所にいた高坂さんは、イタリアに渡って、塩野さんとイタリア人医師の夫君と会い、文明の盛衰について、長時間の対話を交わしている。

両者が文明の盛衰という視点から歴史を考え始めたということは、戦後日本が進歩主義一色に蔽われ、成長と成熟の繁栄を謳歌していた世相のなかで考えてみると、かなり深刻な意味合いをもっている。

鋭敏な歴史感覚をもった同世代の知性が、共に滅びへの予感を抱き始めていたことがすぐれている。戦後日本では、マルクス主義史観も、アメリカの離陸《テイクオフ》の近代化論も進歩主義の範疇で歴史を捉えており、衰亡という事実を予見もできず、なじめなかった人が多かった。

しかし、考えてみれば、十九世紀から、文明の衰亡史は形を変えて、数多く出ていたのであり、日本でもそれに触発された思考も十分存在していた。戦後日本が米ソの進歩史観に蔽われていたにすぎない。

塩野七生の場合は、ローマ史、高坂正堯の場合は英国史が、主として思索の素材であった。「英国史は私の趣味や」とは高坂正堯の口癖であった。彼の該博な英国史の素養は、十分な成果を生まぬまま、生涯を終えてしまったが、全著作の下地となり、素養となっているのは英国史なのである。

洛北高校の時代、彼はすでにA・バーカーの『英国政治思想史』を読んでいたという。普通は大学の教養課程で読まれるべき書物である。高坂正堯の早熟ぶりを語るエピソードだが、ではなぜこれほどまで、早くから、英国史に対する関心が生まれたのか。

これは私の推測であるが、父親正顕氏の挫折を身近に見ての、切実な教訓ではなかったか。あれほど高度の教養を身につけた哲学者、しかも歴史哲学に関心が集中していたにも拘らず、その素養の中核がドイツ語であり、アングロサクソンの真の強さを実感として摑んでいなかった。

おそらく正堯氏の英国史への接近は、父親正顕氏の直接の示唆によるものか。あるいは正堯氏自身の判断によるものか。ともかく、敗戦とその後の試練の教訓は、そこにあることを痛感したことが、英国史への関心の出発点であったろう。

＊

ここまで論じてくると、高坂政治学が、早くから『海洋国家日本の構想』を打ち出していたことも、その深い意味と共に想い出されてくる。

海洋国家vs.大陸国家という観念は、有名なマハンの地政学以来のものであろうが、ここにもまた、古典外交とつながる古典的観念がある。それは時代を越えて通用し、活きている観念なのである。

ところが高坂氏が『海洋国家日本の構想』を発表したとき、若手の某政治学者は激怒したという。現代政治学の先端をいっているつもりのその人には、日本や中国の政治思想史や日本と中国の近代化の比較は視野にあっても、前世紀の海洋国家と大陸国家といった発想は有効ではなく、また地政学はナチズムに利用された学問で危険である、といった理由からだったのだろうか。

ただ当時の若手官僚などは、早速、海洋国家という発想に立って通商政策を立案するといった話も入ってきた。高坂政治学は古典外交とか、海洋国家とか、古い政治の枠組を尊重し、今日に活かそうとする、それ自体、古典主義、保守主義の性格をもち、その本道をゆくところに真骨頂があったように思う。

文明が衰亡するとき――こうした発想は、近代史の範疇からはなかなか出てこない。ルネサンス、宗教改革、啓蒙主義、フランス革命、アメリカ独立、産業革命とくる近代史像は全体として進歩主義の発想をなかなか抜け出せない。

古代史への反省と教訓と真剣に取り組むときアテネやカルタゴの滅亡、ローマの歴史は、近代とは逆に、共和制から帝政へ移行したのであり、版図を拡げ過ぎた帝国はやがて蛮族の侵入のために解体してゆく――。こうした史実を見据えるとき、文明の衰亡はリアルな実感として迫ってくる。そうした実感を基にしながら、ヴェネチア、英国、そしてアメリカと日本の場合を凝視する――。

まさに歴史好きには、ぞくぞくするような話題である。

世界史という観念

ところで、高坂正堯の発想には、終始、世界史という観念が、無意識であるかのように自然に多用されている。それは一九六八年に書かれた『世界地図の中で考える』から、『一億の日本人』（一九六九年）そして遺著ともなった『世界史の中から考える』（一九九六年）まで、つねに世界史的思考が貫いている。これは高校の西洋史が世界史と呼ばれるようになったからといった、無自覚のものとは、私には思えないのである。

「世界史とは対象ではなく構想である」とは史家鈴木成高の名言であるが、同時に父高坂正顕も、カント研究から歴史哲学・世界史の理論に思索の中心を移していかれた哲学者である。

高坂正堯は、父親のことを私などには滅多に語らなかったが、父親を生涯尊敬していた。そして父親の世代が陥った〝形而上学の過剰〟について、自分の学問の仕方の上で警戒していた風がある。私が〝京都学派〟についての郷愁を語ると、高坂さんは悲しそうに沈黙を守った。そんな彼があるとき、戦時中のザラ紙の『歴史的世界』を持ってきて、「差し上げますよ」と私の前に置いた。その書物はいまも私の書棚にある。

話がそれた。高坂正堯はかなり自覚的に世界史という観念、世界史という言葉を使っていたと思う。そして〝京都学派〟の世界史の意識と連続していたと思う。

政治思想や国際政治学は、哲学と連続する側面をもっている。これは私の実感であるが、高坂正堯は、父親たちの世代が形而上学の過剰に陥った教訓に学び、国際政治学を専攻したように思う。

しかし、実際には、高坂正堯は、哲学的素養を無意識のうちに身につけていた。西欧の政治学者、歴史学者と共に、カントやルソーが、時として自然に援用されることがある。父親だけでなく、父親と交友していた京大哲学科の学者たちの、言語と風貌が、高坂正堯の幼いときから素養として生きていたと思う。

このことは、地球が狭くなり、人類という観念が、実感的に使われる今日、人類という観念は人間の観念と接近し、歴史といえば、世界史が連想されるようになったのである。

囲碁

父・正顕は、幼い正堯・節三兄弟を早くから藤田塾に通わせ、本格的な修業につかせた。二人は京大囲碁部の重要人物である。

高坂さんと知り合って、令名も高まったころ、日ごろのご厚意に感謝して、「何か、ご希望があれば、好きなことをおっしゃって下さい」と申し上げると、「升田幸三と碁を打ってみたい」と宣もうた。将棋の升田幸三が囲碁についてもプロ級の腕前であることは、その世界では知られていた。私もこれは面白いとこの対局の実現に夢中になった。

同僚の綱淵謙錠氏（直木賞作家）が升田幸三と親しく、山本玄峰禅師との対談などをやっておられるのを、側で見ていたので、綱淵さんを通して、升田幸三の意向を打診してみると、「結構だ」との返事。二人の対局が虎ノ門の福田家で実現した。

升田幸三は終始、ジョークと駄じゃれで、女中さんをからかいながら、人生の達人ぶりを発揮していた。若い高坂君はやはり、対局席では子供ぶりが目立った。

しかし、その中に升田幸三のおしゃべりがとまった。盤上の戦いが緊迫して鼻歌を歌っていられなくなったのであろう。

中盤のクライマックスを迎えたとき高坂君が、「ええい、ひとついきますか」と華麗な振り替りに出た。〝怖るべき子供〟は、見せ場をつくって賭けに出る、勝負師の真骨頂を心得ていたのである。

勝負は、高坂さんの勝ち。升田幸三は首を振りながら意外な結末が納得できなかったらしく、もう一番、とさらなる対局を所望した。ところが二局目も高坂さんが勝った。

盤側で、独りだけの観戦者であった私は、生涯で一度ともいえる、最高の碁の醍醐味を味わったのである。

下賀茂の家

高坂氏の下賀茂の家は、戦前の京大教授たちの品格ある邸宅のひとつで、いかにも、学者の住まいらしい構えと書斎を中心とした家であった。

高坂さんの母上は、父上に劣らぬ賢夫人であり、賢母であった。高坂兄弟のしつけにはこの母上の薫陶が大きかったようである。この母上の聡明な判断と指示で、正堯さんは両親から、この家を買い取った。ご両親は東京に本拠を移され、下賀茂の家は名実共に、正堯氏のものとなった。そのとき、中央公論社も少しばかりご用立てをしたことから、そうした事情を私は知ったのであった。

「下賀茂に住まう京都人として死にたい」とつぶやいた予期せぬ病いに侵され、母上に先立って死ぬことを強いられた、正堯さんは、母上に先立つ不孝を詫びた。健在だった母上は期待した息子の死を、どんな気持で迎えたことだろう。

私は、編集者としての出立のころ、この京都生まれ、京都育ちの〝怖るべき子供〟に出会えたことを、心から神に感謝したい。

(『アステイオン』二〇〇五年六三号)

小島直記

碁苦楽交友記

小島直記さんは、最近ますます自在の心境に達してきた。近作エッセイ集『出世を急がぬ男たち』『逆境を愛する男たち』『志に生きた先師たち』の三部作（いずれも新潮社刊）は、小島さんの好む型《タイプ》を簡明に表現しつくしており、またそれがそのまま最上の処世訓ともなっている。しかも、小島さんの一種のリズム感が豊かに呼吸している感じである。三部作がいずれもエッセイ集とも思えぬ好調ぶりを示しているのもまた当然といえよう。

その小島さんはまたこよなく碁を愛す。その碁キチぶりは、『ヨーロッパ《碁苦楽》旅行』（毎日新聞社刊）で存分に語られている。飛行機のなかで、ヨーロッパの現地で、風物を楽しむ間もあらばこそ、碁を打ちつづける姿は滑稽である以上に涙ぐましい。『君子の交わり紳士の嗜み』（一九八五年十一月、新潮社刊）はもと、『新潮45＋』に「碁苦楽交友録」として連載され、当時の雑誌のキャラクターの一つを形成していた。碁に興じ、人生を語り、処世訓を引き出し、人物を論ずる。まさに至上の楽しみ、至福の境地という他はない。

碁を楽しむ人々は、人生の余裕の尊さを知っている。一局の碁そのものが人生であり、社会であり、勝負であり、偶然であり、対者に応じ、事に即して発する石の響きに、自らの芸と技の巧拙を学ぶ。盤面の奥行きと拡がりの無限に、人生の奥行きと拡がりを悟る。

しかし、小島さんはこうした儒教的見方を越えて、老荘的見地で碁を楽しんでおられるようである。碁の別名〝爛柯《らんか》〟という言葉を愛する所以《ゆえん》を説明して、碁を見物していて時間の経つのを忘れた木樵の話の故事をあげている。空々漠々、酔生夢死、一局の碁にすべてを忘れて放下する境地こそ最高なのかもしれない。

ここに登場した三十六人、詩人、画家、作家、経営者、医師、ジャーナリスト、碁会所経営者、ギタリスト、能楽師、いずれも碁の境地を愛する君子であり紳士である。四十五歳までサラリーマン生活を経験し、多くの実業家の伝記を手がけてきた小島さんは、企業社会に多くの友人、知己をもっている。その交友範囲の広さに驚くが、同時に小島さんが町の碁会所で出会ったさまざまな町の隠者をも等しく愛していることが、小島流の心性というものであろう。

先日、久しぶりに駿河平の山荘から呼び出しがかかり、秋の半日を楽しませていただいた。ヨーロッパから帰って数日、時差ボケが直らないとこぼしながら、久しく石を手にしない小島さんが四勝三敗、ザル碁に寧日ない私の方が無残な仕末であった。早射ちマックの異名を取る小島さんの実力は、悪癖の出ないときは数段の開きがある。心境の澄んでいる証左であろう。

今回のヨーロッパ旅行は、中央公論社から出るという氏の伝記文学全集のための書き下しの取材旅行という。ドゴールの故地をめぐり、現代史の回想を交えながら、「遠い母」の面影を語りたいという。新境地の出現を期待したい。

（『波』一九八五年十一月号）

『一燈を提げた男たち』序に代えて

硬派の文士

小島さんは硬派の文士である。森銑三氏によれば、明治時代には軟派の文士と硬派の文士は拮抗して、文士の世界を構成していた。それがいつしか、文士といえば軟派の文士に限られていったことを指摘して、近代日本文壇史の急所を衝いたことがある。

森銑三氏にしたがえば、明治時代、北村透谷、島崎藤村、尾崎紅葉といった作家だけではなく、福沢諭吉や中江兆民、徳富蘇峰や三宅雪嶺、陸羯南《くがかつなん》や池辺三山、山路愛山や福本日南といった人々までが文士のなかに入る。

今日でいえば、論壇、思想界の人々をも文士といったのである。昔の文学という観念は広かった。日本文化は古来、純化されると同時に痩せ細る。戦後の文芸雑誌などは、詩も戯曲も隅に押しやられ、小説中心になってしまった。

小島さんは、明治以来の正統的な硬派の文士である。人間の生き方、社会の在り方に対する情熱と信念が筆を取らせる。日本における近代精神の権化である福沢諭吉に始まり、小林一三や松永安左ェ門といった企業家精神を体現した人々、また『異端の言説・石橋湛山』にみられる真の言論人の生涯を描き切って、日本における民間優位、在野精神、そして真の自由主義の王道をドラマとして日本の読書人に提示してみせた。これは小島さんが本来の思想家としての面目を有《たも》っていることを問わず語りに雄弁に物語っている。大学の講壇から説く学問が思想なのではない。民間の在野の売文業者として、文士として、思想の価値を痛切に知っているのである。小島さんほど戦後の日本で自由主義の正統を説き続けた言論人を私は知らない。

伝記文学の世界

小島さんがいわゆる純文学という名の文壇と訣別したのは、昭和三十年、芥川賞を石原慎太郎の『太陽の季節』と争って敗れたことによる。この当選作は風俗壊乱的話題によって新しい世代の登場を語っているが、同時にそれまで真剣に文学を志した人々を失望させ、文学の世界から去らせた。

小島さんの場合は純文学から伝記文学の世界に赴かせた。日本では文学の世界でも、歴史学の世界でも、伝記という分野が不当に低く見られているが、これはおかしい。『プルターク英雄伝』や『史記』に始まる、伝記の世界こそ、歴史の世界を人間の物語として語り、文学の世界を現実の中で活かす舞台なのである。伝記の傑作を多く所有することこそ、その社会の成熟度を物語る。小島さんは日本の伝記文学に市民権を与えるために悪戦苦闘した先駆者である。

駿河平に小島直記の記念館ともいえる「小島伝記文学館」がある。小島さんは苦心して集めた蔵書をそこに寄付してしまった。

――自伝信ずべからず、他伝信ずべからず。

その記念館の碑文であるが、この微妙な境地に達するまで、小島さんはどれだけの血を流したことか。

文芸記者としての本格的経験をもたなかった私が、編集者としてしてきたいくつかの文学上の仕事は伝記であったことに最近気づいた。それは日本の文学概念に対するながい間の疑念であり、小島直記さんとの交友と対話と同時併行していた所業であったことをしみじみと思う。

男たちシリーズ

小島さんは本格的長編の他に、雑誌『選択』で、「古典からのめっせいじ」と題して長期連載されておられるが、これまで『出世を急がぬ男たち』『逆境を愛する男たち』『回り道を選んだ男たち』『老いに挫けぬ男たち』と続く軽妙なエッセイ集がある。今回の『一燈を提げた男たち』はシリーズの五冊目である。最初の刊行から二十年になる。

考えてみると小島さんほど、男たちを描き続けた作家は他にいない。それは小島さんが女たちに興味がないことではないし、小島さんの女性に対する感受性も面白いテーマである。しかし小島さんは男たちを語りつづけ、描きつづける。そして、それは常に男たちの生き方への問いかけとなっていることが特色である。小島さんの眼識や批評にギクリとした読者も多いにちがいない。

今回、小島さんが度々取り上げた竹之内静雄氏は、生涯を筑摩書房に捧げた人である。京大文学部中国哲学出身、吉川幸次郎門下、若いころ書いた「ロッダム号の船長」が芥川賞を井上靖と競った。古田晁社長の下で女房役として個性の強い〝筑摩文化〟を支えた。退職後は、母校から教壇に立たないかと誘われたが、「その資格なし」と断わり、読書と酒と碁に専念して余生を送った。

私の身元引受人でもあっただけに、小島さんの竹之内静雄への思い入れは身にしみてありがたい。また、その竹之内静雄氏が語った小島祐馬という古代中国研究の碩学の肖像は、私も隠生後、高知にお尋ねした思い出があり、小島さんと共に、よき日本の先人への思慕を共有できることは本当にありがたい。

癌を克服したのちに

小島さんはまた、癌と戦い抜いた人である。直腸癌の手術をしたあと、耳下腺に腫瘤ができ、手術は無理だからという医者の判断で、化学療法で散らす療法を採った。ところが奇跡的に完全に治ってしまった。

その過程をかたわらで見ていて、医者の判断と治療もよかったのであろうが、小島さん自身の気魄と元気に私は圧倒された。気力で病に勝ったのである。多くの人々は癌と宣告された段階で気力を失ってしまう。戦う前に敗けてしまうのである。

小島さんは病中も「人生時刻表」など、原稿を書きつづけ、筆を折らなかった。この気魄はどこから生まれてくるのだろう。さまざまな理由もあろうが、そこには無法松にもつながる九州男児の血がさせる技ではないかと思う。

小島さんの郷土愛はきわめてつつましい形で表現されているが、それだけに郷土への愛着を感じさせる。かつてご交際が始まった『中央公論』編集部時代、すでに小島さんの風貌姿勢に魅せられていたのだろう。あるとき、小島さんが、

――「ふく源」の親爺のことを書かせてもらえないか。

とのことである。早速、書いて頂いたのが「ふぐ一代」という同郷の料理屋の親爺の一代記であった。まだグルメなどという言葉もないころだったが、おのずからなる色気に溢れた絶品のエッセイであった。

＊

いま、小島さんは、自らの命を知って悠々と生きておられる。諦念に立った強さといえよう。名誉欲、権勢欲を潔癖に嫌い、一介の文士として生きてきた自分に自足されている。

しかし、小島さんには、おそらく最高の美徳を備えたゆかり夫人が静かにつきそっておられ、三人の礼節をわきまえた息子さんたちが立派に生きている。人生の至福は小島直記氏の掌中にあるといえようか。

（小島直記『一燈を提げた男たち』新潮社、一九九九年）

Ⅳ　教えられたこと

松本重治先生

「世界は動いても隣の人は……」

松本重治という名前を最初に記憶したのは一冊の書物の訳者としてであった。社会思想研究会出版部刊行の、チャールズ・A・ビーアド著『共和国』はA5判の上下二冊本として、昭和二十四、五年に刊行されている。それは岩波から出た、リリエンソール『TVA』、G・ケナン『アメリカ外交50年』などと共に、学生時代の私の乏しい、しかし新鮮なアメリカ像を形成している。けれどもそれはあくまで抽象的な名辞としてであって、松本重治氏について何ら具体的像をもっているわけではなかった。

昭和三十年、中央公論社に入社して以来、嶋中社長や諸先輩の後について、鳥居坂の国際文化会館に赴き、また外遊から帰国される氏を羽田に迎えるという経験を何回かもった。日本人としては並外れた長身、柔和な目と通った鼻筋、手放したことのないパイプ……。それは洗練された英国ふう紳士であり、一見、近づきがたい貴族の風貌であった。ともかく抽象的な名辞が、はじめて具体的な相貌をもって眼前に出現したのである。雑誌『中央公論』としても、政治問題に関しては蠟山政道氏、外交問題に関しては松本重治氏、経済問題に関しては中山伊知郎氏や東畑精一氏といった方々に、事に触れてその識見や判断を仰ぐという漠然とした慣習が成立しているように思えた。伝統ある総合雑誌編集の輪郭と構造がほのかに垣間見える感があった。

そんな松本重治氏に急速な親しみを覚え出したのは、夏の軽井沢での経験だったろうか。昭和三十三、四年ごろ、中央公論社は新しい社会科学講座を企画していた（それはある事情から実現しなかったが）。蠟山政道、中山伊知郎、尾高邦雄の三先生の監修になる、気宇壮大な野心的な試みであり、若手の気鋭の学者が続々と参加した。事務担当の私は企画の進行のために軽井沢に出向き、ときとして諸先生の旧軽でのゴルフにもお供して、クラブ・ハウスでの清談なども拝聴していた。

南原の蠟山邸と松本邸はごく近い。ある朝お二人は同じ車でゴルフ場に向かうことになった。

——今度、中央公論社で社会科学講座を企画していてね。ひとつ世界を動かす野心的なものにしたいものだ。

蠟山先生ご自身、半ば冗談を交え気負いをこめて語られた。と、

——世界は動いても隣の人は動かない、ということわざもありますからね。

松本重治氏は交ぜ返した。謹厳な蠟山先生も苦笑され、やがて和やかな談笑となった。助手席の私

はおかしさを噛み殺しながら、松本さんのジョークを反芻《はんすう》していた。ほかでもない、世界各国を股にかけて活躍している人の言葉である。その人が同時に、日常的な人間関係の機微をわきまえた反語的洞察の所有者でもあった。

松本さんは美食家でもある。というより多くの要人と会食のうちに会話を楽しみ情報を接取する作法を、長いジャーナリストとしての生活と海外生活を通して、完璧なまでに身につけてしまっている感がある。連合（のちの同盟）通信の上海支局長として、西安事件のスクープを実現したときも、最初の場面は中国の要人を日本料理屋「新月」に招待し二人で鶉鍋をつついているところから始まる。松本さんの驚くべき記憶力は、つねにどういう場所で誰とどのようにして会い、どのような会話を交わしたか、という具体的な情景と共にある。

——粕谷君、こんどの会合は銀座のレンガ屋でやろうかね。

——おや、松本さんはどうしてあそこをご存じですか？

——なにをいってるんだ。君が一度連れていったじゃないか。児島襄君とあそこで会ったんだよ。

このときほど私は赤面しながら自らに絶望したことはない。

繊細な包容力、知性の尊重

松本さんの原稿は多くの場合（お若いころは別として）、親しい数人の人を前にしてまず口述される。

具体的な聴き手を前にして話が対話ふうに平明になる効果を狙われたものであろうか。そこで出来上がった速記をモトにしながら、ほとんど完全に書き直される。

回想録『上海時代』の最初の速記録は、実際に活字にされる十年ほど前にかなりの部分が出来上がっていた。蠟山芳郎氏と中央公論書籍編集部の努力によるものである。ところが松本さんご自身の気分が熟さなかったためか、速記録はそのまま放置されてあった。昭和四十五年『中央公論』の編集を退いた私は『歴史と人物』の創刊を委された。そのとき、真っ先に念頭に浮かんだのはこの速記録のことであった。松本さんはしかし再び口述という最初の作業から始められた。蠟山芳郎氏、秘書の加固寛子さんという得がたい人々との共同作業であった。

国際文化会館で、赤坂の福田家で、邪魔の入らない静かな場所を選んで、朝の九時ごろから正午過ぎまで、週一回の口述の作業が延々と続いた。それは何気ない口調で淡々と語られていったが、松本重治という存在が、どのように豊かな背景と土壌の上に形成されていったかを垣間みる得難い経験であった。けれども、その作業が継続されている間、果たして回想録が文章として実現されるものかどうか、私にも全く自信はなかった。国際文化会館理事長として氏に要請されている役割と仕事がいつ回想の時間を中断するか、慎重な松本さんご自身の気持ちが変わられるか、薄氷を踏む一歩、一歩の感があった。

——もう大丈夫だ。

私自身、「上海時代」という回想録が実現するであろう自信を得たのは、最初の文章が雑誌に活字となったものを、現実にわが手に握りしめたときであった。

近代日本の名門の家柄に生まれ、神戸一中、一高、東大を経て、アメリカ、ヨーロッパに遊学し、よき先輩、知人の温かい眼差しの中で育った松本重治氏の環境はそれ自体得がたいものである。けれどもそうした環境をバネとして、米国の雑誌『ネーション』への寄稿と、「日米関係とは中国問題である」というビーアド教授の名言に示唆されて、国際ジャーナリストたることを志した氏の歩みは、その後一筋の道であった。戦前は同盟通信を舞台とし戦後は国際文化会館を舞台としているが、国際場裡で鍛えられ、ジャーナリストとして内外の人間関係の中で生きてこられた氏の姿勢には、学者とは異なった繊細な包容力と俠気と野性味すらが感得される。逆に政治家や財界人とは異なった〝知性の尊重〟と客観性への節度がある。

昭和四十年、ベトナム戦争が激化しアメリカの介入と日本の反米感情が極点に達しようとしたとき、「日米関係の将来を憂える」(『中央公論』昭和四十年十一月号)という文章を発表された。

それは感情的な反米プロパガンダとアメリカの強引な自己過信ともいえる行動の間にあって、アメリカを知り、日本を憂える者の、切々たる批判的忠告であった。当時大使として日本にあったライシャワー氏は、その直線的使命感のためか、大森実氏のベトナム報告にクレームをつけたと同様、親しいはずの松本氏の発言にも反発する気配がみえた。何年かたちベトナム戦争が終わったころ、帰国したライシャワーの、自らの不明を日本知識人に詫びるという発言が、日本の新聞にも報道された。私にはそれは松本氏に詫びている言葉のように思えた。

――あのときはいささか覚悟したね。

ポツリと松本さんが洩らされたのは最近のことである。

松本重治という存在はこれまで語られたもの、書かれたものよりもはるかに大きく深い。それは今日一般には失われてしまった美徳であり、くめども尽きぬ味わいの源泉なのだが、戦中の近衛時代、戦後の吉田時代について、他者にはうかがい知れぬ歴史の証言を遺されることは、氏の義務であるはずなのだが……。

(『毎日新聞』一九七八年十月十八・十九日夕刊)

ある日の小島祐馬先生

十余年前、萩原延壽氏のお伴をして高知に赴いたことがあった。氏の評伝「馬場辰猪」の連載を開始するにあたって、馬場辰猪の郷里を一度踏んでみたい、との氏の希望によるものだった。氏の馬場辰猪への傾倒は永く、米国のフィラデルフィア、英国のオックスフォードと、留学されたところも、馬場の足跡を辿るという狙いがあったようだ。高知訪問は萩原氏にとって、いわば総仕上げの意味があった。私自身はその数年前、一度だけ、高知を訪ねており、得難い歴史家平尾道雄氏の面識を得ていたので、案内人として多少役に立つだろうかという気持だった。

幸い平尾氏の御厚意で馬場辰猪自体の周辺は楽にカバーすることができた。その中に萩原氏が、

「たしか、小島祐馬《おじますけま》先生が高知市の郊外に隠棲されているはずだが、折角の機会だから、お尋ねしてみたい」

という発案をし、私自身も即座にそれに唱和した。平尾さんは、

「ああいう偉い方は怖いから私は御遠慮申し上げます」

とニコニコ笑いながら、同じ高知新聞の中島老を紹介頂き、中島老がわれわれ二人を小島先生宅まで案内して下さった。中島老は、小島先生を囲んで何人かで漢籍の講読をなされていたことがあるという。

萩原氏は敗戦直後の三高の学生として、小島先生を三高校長にという運動を起したことがあるという。私自身は筑摩書房の竹之内静雄氏、西洋史の鈴木成高教授から、なにかと小島先生の存在を伺っていた。

＊

タクシーで二十分もかからなかったろう。小さな橋を越えると広々とした耕地が続き、その耕地の彼方、丘の麓の高台に、白壁の堂々たる旧家が、秋空に映えていた。高知周辺の旧家をいくつか尋ねていた私にも、その小島先生のお宅の結構は、歳月と格調をたたえた豪農の家として、滅多にない見事なお宅だった。

門を入って案内を乞うと、家人がお出になり、先生は野良仕事に出ておられるという。中島老は改めて先生を探しにゆかれた。敗戦後、周囲のあらゆる推めを断って高知に隠棲されてしまったという逸話は竹之内氏から伺っていたが、八十歳を過ぎた先生がいまも野良仕事をしておられるという事実が無言の圧力となってわれわれの緊張を倍加させた。

まもなく戻られてわれわれの前に現われた小島先生は、体軀堂々、容貌魁偉、文字通りの山のような巨人に思われた。

――年を取ると、夢と現の境いがさだかでなくなりましてな、昼も夜も、茫々漠漠たる生活です。

それは、一点の虚飾もない語り口であった。萩原氏の来意を知ると、即座に書庫に立ってゆかれ、馬場辰猪の著作の初版本数冊を萩原氏に示された。それは書庫が完全に整理され、先生の頭の中にすべてが収まっていることを暗示するような敏速な動作であった。御専門の中国史とは別に、中江兆民を愛し、河上肇と親交のあった先生にとって、馬場辰猪も、明治二十年代の自由民権運動も、昨日のような同時代史のごとくであった。土佐での自由民権運動の姿は先生の脳裏に鮮明な映像として残っていた。

ひとわたり、話がすんだところで、私自身おそるおそる質問を出した。

――弘文堂のアテネ新書、アテネ文庫で『中国の革命思想』『中国共産党』というご著書を出されていますが。

――ああ、あれはつい筆が滑って、物議をかもしてしまって。

――あれから十五年近く経っていますが、中国の将来をどう思われますか。

私が萩原氏の発案に即座に唱和したのは、このひとことを質問してみたいためだった。

先生の御返事には、つねに多少の時間が要ったが、この質問への御返事には数分の沈黙が続いた。ついにたまりかねて萩原氏が助け舟を出すように尋ねた。

――毛沢東の文章をどう思われますか。

私は自らの愚問を恥じた。先生の口がやっとほころびた。

――古来、革命家の文章といわれるものは、後になってみないと、果して彼自身のものかどうかわからない。

――中国共産党の中で、本当にマルクス主義を理解しているのは劉少奇ぐらいのものではなかろうか。

先生は考え込むようにして、ポツリポツリ語られた。

数刻にして先生の宅を辞去したわれわれは、過度の緊張から逃れ出たかのように顔を見合わせながら、

「ああいう人は、昔だったら、バッサリひとを斬れるかもしれないな」

と愚にもつかない冗談をつぶやいていた。

＊

やがて『中央公論』に「馬場辰猪」の連載が始まった。小島先生のところへも雑誌を届けていたが、あるとき、萩原氏が昂奮した面持で一通の毛筆のはがきを見せた。小島先生からのものである。萩原氏の文中に引用された漢文の読み方が、一か所、おそらく引用した原文の誤りであろうがと、返り点の誤りを指摘してあった。

萩原氏も私も、この世の中には、こうした怖い読者が居るのだという想いに身震いを覚えたのであった。

小島先生の訃報に接したのはそれから暫らくしてからだった。先生の御厚意はおそらく若くして夭折した馬場辰猪の、鋭い頭脳と感受性、浪漫的亡命者としての生涯への、中江兆民に対する以上の愛惜があったのではないか、というのが萩原氏の推測である。

同じころ、大磯に吉田茂氏を尋ねて、小島先生とは別種の、ウィットとユーモアに煙にまかれた経験をもった私は、同じ高知出身の、同世代の巨人の軌跡を追いながら、近代日本の多彩な群像を想った。その小島先生は晩年、鈴木成高氏に、

――近代日本で政治家として二人を挙げれば、原敬と吉田茂だろうか。

ともらされたという。含蓄のある言葉だと思う。

＊

ところで私の愚問を誘発したのは他でもない。先生自身の前述の書物の中の文章であった。『中国の革命思想』（現在、筑摩叢書）のなかの結論部分に次のような言葉がある。

「……されば今日の中国革命がはたしてプロレタリア世界革命の一環として成功するか、それとも中国古来の革命の一環へと逆転するか。われわれは今しばらくその断案を下すことを差し控えたいと思う」

この文章は一九五〇（昭和二十五）年に書かれているのである。革命成立直後、毛沢東の新民主主義論が華々しく報道されていた頃である。中国古代以来の政治思想と現代マルクス主義に精通された小島先生の言葉としてこの予言的考察は限りなく重い。しかしこの碩学の言葉との対話的発展を試みた中国研究者の文章を寡聞にして私は眼にしたことがない。とすれば、共産中国の神話と現実の間を右往左往してきた日本人の戦後三十年とは、一体、何であったのだろうか。なぜ日本人は先達の言葉を生かそうとしなかったのだろうか。毛沢東の死と文革四人組の逮捕の報に接して私の念頭をよぎったのは、地下の小島先生の声謦であった。

（『選択』一九七六年十二月号）

京都学派ルネサンス

再評価の動き実証研究通じて

昨年十月公刊された竹田篤司氏の『物語「京都学派」』（中公叢書）は、「京都学派」に関心のある者にとっては、ある種の感慨を呼び起こす書物であった。

この書物では京都学派の思想や哲学に関しての価値評価は極力抑制されており、京都学派の「人間ならびに彼ら相互の人間関係」を新資料に基づいて構造的に解明したものである。

その資料は、京都学派最後の人というべき下村寅太郎が、一九九五年、九十二歳で死去したあとに、書斎や書庫から発見された厖大な文書、未定稿、書簡などである。竹田氏は下村寅太郎氏に師事し、死後、書斎や書庫の整理にあたった一人である。

下村寅太郎が科学哲学、科学史専攻であったため、田辺元との縁が深く、この書物も田辺元周辺の記述がもっとも光彩を放っている。リゴリストの典型と思われた田辺元が、江戸っ子で、アララギ派の歌人であり、晩年隠棲した北軽井沢で、野上弥生子との間に、恋愛関係を思わせる厖大な往復書簡があったことなど、驚くべき新事実の発見といえよう。

ただ、『物語「京都学派」』はそれだけが孤立したものではない。この数年、さまざまな西田幾多郎や京都学派の再評価の動きのなかの出来事なのである。

そのもっとも大きな流れは、京都の一燈園の出版部門である燈影舎が、一昨年から刊行しつづけている、上田閑照監修の京都哲学撰書(全三十巻)であろうし、その上田閑照氏自身が西谷啓治直系の宗教哲学者として、静かに続けられてきた著作活動であり、編纂活動であろう。

とくに『西田幾多郎——人間の生涯ということ』(同時代ライブラリー、岩波書店、一九九五年)は平明な文章と深い思索で版を重ねて読まれている。上田さんは昭和二十年、戦争末期に一高から京大哲学科に入学した稀有な世代であり、いまや後世代への最高の語り部の観がある。

さらに京都哲学撰書の編集者の一人としてこのプロジェクトの書記長格ともいえる大橋良介氏が、最近『京都学派と日本海軍』(PHP新書)を公刊した。これも田辺元の最後の弟子であった大島康正氏の書斎から未公開のメモが発見された。そのメモは京都学派と海軍の折衝にあたり、大島氏が書記を務めたという経緯があった。そのメモによれば、かつて「戦争協力」の名の下に断罪された「世界史的立場と日本」(『中央公論』)のシンポジウムに出席した高坂正顕、高山岩男、鈴木成高、西谷啓治の四人の哲学者の行為と心情は、もっと複雑なもので汚名は濯《そそ》がれるべきものだった。

かくして京都学派は新しい実証研究の基礎の上に甦ってきているのである。

＊

戦中・戦後、圧倒的影響力をもった京都学派はその晦渋な文章表現と観念の過剰の故にカリカチュアライズされ、戦争協力の故に追放され、否定された。

しかしそのあと論壇を独占したマルクス主義はドグマを重ね、マルクス主義退潮のあとは、楽天的な科学主義と進歩史観と、哲学の不在、神の不在がつづいたのであった。

死滅と再生は歴史哲学の根本命題であるが、京都学派の運命の中に、この根本命題が具体的な形で現れていることに、私は感無量の想いを噛みしめているのである。

優れた人材引き寄せた特筆すべき西田の魅力

新しい実証研究で明白になったことは、京都学派とは、京都という古都の風土の上に、京大哲学科の創設の過程で形成された哲学の流派のことである。西田幾多郎という天成の教育者、人間を魅惑する親和力の持ち主が、無私の態度ですぐれた哲学の資質の持ち主を日本全国から京大に招き、相互の対話、相互の刺激、相互の影響を繰り返し形成された小さな濃密な学問共同体のことである。

この西田幾多郎の能力は、彼の独創的かつ晦渋な西田哲学とは別に評価されるべきことだろう。朝永三十郎（ノーベル物理学賞、振一郎氏の父）というこよなき協力者を得て、二人がまず招聘したのは、当時早稲田大学にあった波多野精一であった。『西洋哲学史要』や『基督教の起源』という名著を公刊していたケーベルの最初の弟子である。波多野は学風からいえば、西田と対立する古典教養派であったにも拘わらず、その能力を公正に評価して宗教哲学の講座担当として招いたのであった。

田辺元も、数理哲学、科学哲学上の業績をつぎつぎと挙げている実績を評価して東北大学から呼んだのであった。さらに『ニイチェ研究』『ゼエレン・キェルケゴオル』を若くして世に問うた和辻哲郎は、半ば東京の文壇人として活躍していた著作家であった。その和辻に対しても西田は礼をつくして招いた。そして後年、東大哲学で和辻と同期であった秀才・九鬼周造をフランスから招いたのである。

こうした人々が京都大学哲学科に揃えば、若い学生たちから見れば、まぶしいくらいの光景だったろう。東京の一高から京大哲学科へというコースが一種の流行になったのも解ろうというものである。三木清、谷川徹三、林達夫、高坂正顕、木村素衛、戸坂潤、西谷啓治、下村寅太郎、田中美知太郎、唐木順三、高山岩男……。

皆、京大哲学科出身である。

こうした京都学派を含めた近代日本の哲学は、同時代のヨーロッパと比べて遜色のないものであった。日本人は儒教、仏教の受容に示した思想的能力を西洋哲学の受容と創造においても発揮したのであった。

*

今日の日本人も戦前・戦後の歩みの延長上に自らのアイデンティティーを確立すべきである。かつて吉田満が戦中派の死生観を問いつづけたのも、高坂節三氏が父正顕、兄正堯の生涯を振り返り「昭和の宿命を見つめた眼」と称したのも、自らのアイデンティティーの確認のためであった。

戦中・戦後(一九三〇年代―五〇年代)のように哲学の過剰も判断を誤つが、今日のように哲学の不在もより深刻な矛盾と不安を惹き起こす。専門分化した現代社会にとって、哲学・歴史・文学という古典的教養がいまほど必要なときはない。しかしあらゆる学問は自らの生活から出発すべきであって、その生活も書斎にこもっての読書と思索ではなく、生きた街や村、人間世界、生物世界の生態のなかに問題の所在があることは、戦後の今西・梅棹学派の発展が物語るところである。

今の日本の混乱と混迷を脱却するためには日本語への新鮮な感受性と表現力を養うと共に、ものごとの根源への問いを考えぬく思考力が必要である。人文・社会・自然科学のどの分野でも、根底に哲学的命題が存在している。日本人はどんな危機にも揺るがない骨太な哲学を、戦前・戦中の哲学的遺産を継承しながら構築すべきだと思う。

(『読売新聞』二〇〇二年三月五・六日夕刊)

波多野精一の体系——世界観の所在

もう一つの世界

倫理という人生の根本に拘わる問題の結論を得たわけではないが、問題の所在がどこにあるかについて、和辻倫理学は明確に示唆してくれた。しかし、倫理の問題を越えてもうひとつ解らない世界があることを私は漠然と予感していた。

それは宗教であり、信仰の領域だった。私が波多野精一の『宗教哲学』（岩波全書、一九三五年、改版一九四四年）を手にしたのは半ば偶然であるが、無意識の選択が働いていたといえるかもしれない。和辻哲郎の『人間の学としての倫理学』（岩波全書、一九三四年）が、独立の作品として他の和辻さんの作品を読まなくても読めるように、波多野さんの『宗教哲学』も独立した書物として読めたし、和辻さんの倫理学と同様、正面から、体系的に思索を進めていることが、正面から宗教哲学を学びたいという私の欲求にあっていたのである。

『宗教哲学』の内容に入る前に、また若干周辺的な話題に触れておこう。波多野精一の著作はそれ以前に、明治三十四（一九〇一）年に出た『西洋哲学史要』（大日本図書）と明治四十一（一九〇八）年に出た『基督教の起源』（警醒社）が大ロングセラーとして読み継がれ、戦災のあとの戦後の神保町にも広範に出廻っていた。私は警醒社版の『基督教の起源』を手に入れ、古風な文体にも拘わらず、新鮮な感動を受けた。読んだのが『宗教哲学』とどちらが先だったか。いまとなってははっきりしない。

和辻さんの場合、青春遍歴がながく、哲学者として倫理学体系の構築を目指す以前、広い関心の下に、ニーチェ、キェルケゴール研究の他にエッセイ、評論、美術研究、古代史研究の仕事を手掛けている。実際には、古典古代の古典に親しみながら、自らを〝著作家〟と称した。『偶像再興』（岩波書店、一九一八年）という著作の面白さは、体験と思索、思索と芸術、芸術と文化というように、自らの体験に固執しながら客観的対象に広がってゆくその過程にある。

波多野さんの場合、こうした著作家としての自由さはないが、日本の西洋哲学研究の正統を歩みながら、広範な読者をもち、近代日本の哲学的思考を単に専門家の間ではなく、広く読書階層の間に植えつけたことである。それは、西田幾多郎『善の研究』（岩波書店、一九一一年）、出隆『哲学以前』（岩波書店、一九二九年）も同様である。戦後の哲学界には、そうした広い読者をもつ文章力のある思想家がいない。『術語集』（岩波書店、一九八四年）を書いた中村雄二郎氏などは例外的存在といえよう。田中美知太郎や鶴見俊輔といった存在も例外的存在であり、お二人の仕事は、哲学の解体の方向に作用していると思う。

読書階層や市民層に、波多野精一がどの程度浸透しているか私は知らないが、かって文芸評論家・小説家の竹西寛子さんが、『西洋哲学史要』の思い出を語っていて、彼女の理知的な文体の秘密の一端を知ったように思ったし、政治家の大平正芳氏が『時と永遠』のファンで、自分の柩の中に同書を入れさせたというエピソードを私は印象深く覚えている。

編集者出身の文士高田宏さんに哲学についての感想を尋ねたとき、「日常言語から離れた哲学に興味はもてませんね」と明言された。私自身、その意見にまったく賛成である。記号論理学や論理実証主義は素人を遠ざけるための学問のように思われる。数理経済学や数理社会学と同様、日常生活から離れたとき、その学問は死ぬ。

衝撃

波多野さんの宗教哲学体系は、『宗教哲学序論』『宗教哲学』『時と永遠』の三部作として構成されているが、面白いことは本論の『宗教哲学』が最初に書かれ（昭和十（一九三五）年）、『序論』が昭和十五（一九四〇）年に、『時と永遠』が昭和十八（一九四三）年に書かれていることである。まず、本論を書き、方法論的検討をあとで補強し、本論中の究極の主題を『時と永遠』として取り出し、詳述したのは、いかにも波多野さんらしい。

私自身、一冊を挙げるとすれば『時と永遠』となるだろう。その感動は私の生涯を通じて持続してきている。しかし、本論の『宗教哲学』で受けた衝撃もまた強烈なものがあった。それは、『宗教哲学』の第一章が、実在する神で始まること自体のなかにあった。

この第一章は、神は実在するという声高らかな宣言なのであるが、その際、最後の論敵として挙げたのが「かのやうにの哲学」のファイヒンゲルなのである。波多野さんは断乎として「かのやうに」のようなあやふやな態度を退け、これを爆砕した感がある。このことは同じころ鷗外に熱中していた私にとっては、頭がクラクラするような体験であった。

もちろん、波多野さんは鷗外のオの字にも触れていない。鷗外の「かのやうに」が書かれたのは、明治四十五年のことであり、『宗教哲学』は、昭和十年の出版である。戦後の読者であった私には明治と昭和は別世界のように感じられていた。しかし、よく考えると明治四十五（一九一二）年と昭和十（一九三五）年とは、二十三年の歳月しか経っていない。鷗外が紹介し、仮りに自らの依って立つ哲学に出来るかもしれないと暗示したファイヒンゲルを、現代哲学の代表として取り上げ、それを徹底的に批判したことが、そのころの二十歳前後の若僧にすぎなかった私にはショックであり、途方に暮れる体験であった——。

そして私自身は、信仰の道に惹かれながら、鷗外の自由さも捨てがたく、正直なところ、今日に至るまで最終的結論を得ていないのである。

自己実現から他者実現へ

しかし、『宗教哲学』と『時と永遠』を通して、私が深い衝撃と共に学んだことは、この世界が、自然、文化、愛という三層の世界から成り立っていること。これまで個人主義の人格主義が称えていた〝人格の成長〟とか自我の発達という観念は、自己実現としての文化の世界のことであり、真の人格主義は愛の世界にあって、他者実現を目指さねばならない、と説いていることであった。

このことは和辻倫理学が近代の個人主義の自我の哲学の根本的超克であるのと同様、別の角度からの根本的批判と超克ともいえるものであった。和辻さんの世界がより現世的・人間的であるのと比べて、波多野さんの世界は、当然、キリスト教的特質をもった信仰と愛の世界であるが、人格を中心とした人間世界の構造分析において、和辻・波多野の哲学体系には共通する部分があるような気がしたのである。そうしてこの感じは今日でも持続している。この点専門家のご教示を得たいと思う。

ともあれ、愛とは「他者との生の共同」であるという命題に始まり、人格・象徴・アガペーとして愛、そして永遠と時、創造と恵み、啓示と信仰といった観念について、文字通り厳密な定義を私は初めて学んだ。

たとえば、「表現は自己実現の活動の基本的性格をなすに反し、象徴は実在的他者との交渉を成立たしめる原理である」（『時と永遠』一七五頁）といった言葉に接すると、文化の世界と愛の世界もしくは信仰の世界との画然とした違いを認識する。文士や芸術家は自己表現ということを自らの生命と感じ考える。しかしそうした文学や芸術作品も、社会（他者）に奉仕するものでなくてはならない。そうした他者は実在する他者として、究極的には実在する神につながる。

人格の成長・発展こそ人生究極の目標であるとする近代の個人主義的人格主義に、薄い膜が張ったように納得できなかったのは、まさに愛の世界・愛の行為としての他者実現が視野に入っていないからであった。人間の活動として、自己表現としての文化（自我）の世界よりも、愛としての他者実現の方が重い価値をもつことを明言した波多野哲学と出会って、私はある安らぎを初めて感じたのであった。

世界観の構造

しかし、波多野精一の体系に出会って衝撃と回心を経験した私は、それから教会に出かけるという行為にはつながらなかった。キリスト教に入信した吉田満氏は、入信は結論ではなく「すべての始まりだ」と快活に語ったという。それが正道かもしれない。それに比べて私は怠惰だったのだろうか。それもあるだろう。同時に、波多野さんの宗教哲学体系は必ずしもキリスト教の教えではなく、普遍的な宗教哲学として書かれたリベラルな性格をもっているように思う。

では私は何を学んだのであろうか。それは世界観の構造を学んだのだといえるかもしれない。波多野さんは自らの自然、文化、愛の三段階の構造をパスカルに学んだと語っているが、たしかに愛としての信仰の世界を抜きにしては世界観の構造、仕組みはわからない。別の表現でいえば、神は実在するかという命題を抜きにしては世界観とはならない。だから逆にいうと、「無神論としての唯物論」(林達夫)が唯物論の基本命題になってくる。マルクスの無神論、あるいはアナーキストであった「唯一者とその所有」のシュティルナーの急進性がそのことで理解できてくる。同時に神を否定した人々の傲岸さもわかってこよう。

世俗化の極致までいった現代人こそ自らの不遜さを恥じてもう少し考えるべきテーマがここに存在するように思う。

近代日本の哲学

和辻哲郎『人間の学としての倫理学』が一九三四年、波多野精一の『宗教哲学』が一九三五年、一九三〇年代は、日本の近代哲学の完成期であった。戦争が拡大しやがて敗戦という破局を迎える時代のなかで戦争を越える日本人の精神的営みがあり、いくつもの哲学体系が完成されたことはもっと注目され、議論されてよい。日本人はそのことを誇ってよい。谷崎・荷風の文学、島崎藤村の『夜明け前』、中島敦の諸作品と同様である。

それらは日本の近代哲学の完成であると同時に西欧近代の形成した近代的原理への根本的批判となっていることも共通した性格である。かつて〝近代の超克〟が性急に叫ばれたことは不幸であったが、近代的原理が多くの問題をはらみ、病理を生んでいることは厳たる事実である。

明治思想の巨人たち、福沢諭吉、内村鑑三、岡倉天心などは、文明という次元で今日でも新鮮な問題提起がある。西周や中江兆民には西洋哲学を移植した人々の苦心がある。それに比べて第二世代の大正世代は、芥川も和辻もともに文化が問題であった。和辻さんの体系は文化から出発して文化を越えた社会的存在としての人間の発見であった。

それに比べると波多野さんや西田幾多郎は漱石・鷗外と同世代の明治人であり、その哲学徒としての出発は哲学の第一世代と称してよいであろう。

漱石、鷗外は明治末から大正にかけて文学的青春を描き、また「普請中」の文明への参加と懐疑を語った。しかし同世代の波多野精一は、それから四半世紀後に世界的に誇ることのできる宗教哲学体系を完成したのであった。それはK・バルト、E・ブルンナー、R・ニーバーなど、世界の神学者・哲学者と比較してなんら遜色ない。その文体は、いささか古風で、戦後の世代には一種の文語文のようにむずかしいという感想を聞いたことがある。しかし少し辛抱すれば読めるみごとな文章である。今日の日本の衰弱は、こうした日本の古典を学び、それを継承する努力が欠けているために起っている。

知識人自体、西欧や米国の流行を次から次へ追うことを止め、自分という存在がどこに位置しているのかという認識から出発すべきではないだろうか。

（『創文』一九九八年四月号）

唐木順三と鈴木成高——中世再考

ある日のこと、『歴史と人物』編集部に電話がかかってきた。

——お前さんのところの雑誌に適当だと思う原稿があるんだが、載せる気はないかね。

お名前を伺うと唐木順三だという。電話を取ったH君は、飛び上って緊張した。

——はい、頂戴致します。

H君は幸いなことに唐木氏の崇拝者であった。のちに唐木氏は、

——Hも粗忽者で、編集長に相談もしないで載せますもないもんだ。

と笑っておられたが、私にはH君の独断が嬉しかったし、また、地味な雑誌づくりに腐心していた私として、唐木氏のような方に原稿を載せてみたい、という食欲をもって頂いたことが無性に嬉しかった。筑摩書房と縁の深い唐木氏であり、当時は『展望』が健在であったころである。けれどもまた、大家の方の原稿は難しいとの予断から、足を運ばなかった自らの不明を恥じる気持も湧いてくるので

あった。

それは昭和四十七(一九七二)年秋のこと、私が『歴史と人物』編集長三年目のことである。そのとき頂いた原稿が「実朝の首」(同誌昭和四十八年二月号)であり、以後、『あづまみちのく』(正・続、中央公論社刊)に収められた氏の晩年の暢達の文章の多くを頂戴することができた。

氏の関心は、日本史のなかでの未開拓な〝あづまみちのく〟に集中しており、西行のごとく、芭蕉のごとく飄々《ひょうひょう》と旅を楽しんでおられた。

――私共もお供いたしましょうか。

高齢のことでもあり、多少の危惧もあって申し出ると、

――いや、連れがあると酒ばかり飲んで駄目だ。独りがいい。

と言い切って豪快に笑われた。

翌四十八年、『歴史と人物』七月号にやはりH君の努力で鈴木成高氏が、「生きている中世」という珠玉のような文章を書かれた。氏が愛好してやまない日本とヨーロッパの小さな町を尋ね歩いた紀行文である。おそらく寡黙な氏が何年ぶりかで雑誌に筆を取られたものではなかったか。そして翌八月号には、唐木順三・鈴木成高対談「歴史の顔」が実現した。

そこには、かつて京都史学界に強烈な影響力を及ぼした数々の名著を書かれた鈴木成高氏が、老来、筆を取ること稀になってしまったことへの、唐木氏の友情ある不満が秘められていたようである。

――少し、鈴木成高を引っ張り出して、ハッパをかけなけりゃいかん。

そうつぶやきながら、唐木氏は自ら対談の場所として鎌倉の瑞泉寺を指定し、親しい関係にあるらしいその住職に交渉して、奥座敷を開放させ、森閑とした雰囲気のなかで、寺の精進料理と般若湯を味わいながら、対談は行われた。

話題は戦後の日本やドイツを支配する経済優先の俗物主義、大衆・技術・デモクラシーの問題性、両大戦間に現われたヨーロッパの危機意識と二十世紀的なるもの、近代の破綻と中世の再発見、歴史家と歴史学者、と縦横に展開して尽きるところを知らなかった。

おそらく、こうした問題意識と視点は、戦後の歴史学者や社会科学者の間で、絶えてもたれなかった性格のものである。

この唐木順三・鈴木成高両氏の間柄に、私はもっともよき時代に京都大学文学部に学んだ同世代の、反時代的・反戦後的に生きた学匠の、秘められた連帯感、問わず語りに通い合う共感と自負が、脈々と生きていることを感じ取ったのであった。

けれどもまた、誌面には出なかったが、二人の間に微妙に主張の食いちがう一点があることもほのかに推測された。それは、近代の破綻と中世の評価をめぐってのことだが、

――おれは〝新しい中世〟などとはいわん。

と唐木氏がつぶやいたのに対して、

――いや、おれは〝新しい中世〟という主張を捨てんぞ。

と鈴木成高氏が切り返したことであった。

そこには、戦後三十年近くを生きてきた両者のそれぞれの姿勢が隠されていたはずである。

唐木順三は明治三十七（一九〇四）年長野県生れ、鈴木成高は明治四十（一九〇七）年高知県生れ、年齢と京大卒業の年次でいえば、唐木順三の方が先輩にあたる。けれども、唐木順三は、早く『現代日本文学序説』を著わしたものの、本格的な論壇へのデヴューは戦後のことである。唐木順三の場合、京大卒業後、長野県・千葉県の中学に奉職しながらの長い彷徨時代がある。唐木順三という存在は決して鋭い才気をもった人間ではなく、自らの資質を探り当てるためにも、かなりな歳月を必要としたのであろう。

これに対して、鈴木成高は、京大卒業後、研究室に残り、京大講師、三高教授（昭和十一年）、京大助教授（同十二年）と順調にアカデミーの階梯を昇り、名著『ランケと世界史学』（教養文庫、弘文堂）を著わしたのは、昭和十四年であり、有名な「世界史的立場と日本」（『中央公論』昭和十七年一月号）、「近代の超克」（『文學界』昭和十七年九・十月号）に出席して、自らの歴史的立場を明確に確立していた。〝新しき中世〟への基調音はこのときから始まっているのである。けれども、この重厚でありながら、絢爛たる才能の発揮が、戦後の明暗を分けた。知識人の戦争協力として占領軍から追放され、戦後ジャーナリズムから、京都学派の戦争責任として中核的存在と見做されたのである。高坂正顕・高山岩男・鈴木成高・西谷啓治という気鋭の哲学者たちが敗戦を迎えたとき、その人々は四十歳前後であったこと（鈴木成高は三十九歳である）は銘記されてよい。

唐木順三は、長野県の松本中学から松本高校に進んでいる。臼井吉見、古田晁と同窓であり、その縁で後年、筑摩書房というユニークな出版社の基本的性格を共に形成し、自らの文筆家としての性格をも形成していった。西田幾多郎を慕って京大哲学科に進み、三木清の強い感化を受けて、若い頃はマルクス主義への傾斜もみられる。「芥川龍之介の思想史上の位置」(『思想』)が処女作であり、『現代日本文学序説』(昭和七年)が処女出版である。平野謙はこの本によって、近代日本文学史への眼を開かれたという。

けれども、アカデミズムに籍をもたず、閉塞する時代状況のなかで、唐木順三の模索の期間はながい。もし昭和十五年、生涯の友・古田晁が筑摩書房を創立しなかったならば、唐本順三の後年の豊かな開花が、あれほど伸びやかな展開を見せたかどうか疑問であろう。ヨーロッパを吸収しつつ、独自の面目を保った明治の精神、その典型としての鷗外を論究した『鷗外の精神』(筑摩書房)が出版されたのは昭和十八(一九四三)年である。

敗戦によって平和が訪れ、〝言論の自由〟が復活したとき、創刊された『展望』(昭和二十一年一月号)の第二号に、「三木清といふひと」(二月号)を書いたのが、唐木順三の戦後の出発であったろう。

三木清は明治三十(一八九七)年生れ、唐木順三の七歳年長であり、その抜群の哲学的能力と絢爛たる批評活動は、唐木順三の前景にあって屹立した存在であったろう。獄死という非業の死を前にして、唐木順三が戦後の第一の仕事として『三木清』（筑摩書房、昭和二十二年）を書き上げたことは当然の義務であると共に、彼自身が彼自身となるための作業でもあった。当時は獄死という事態もあって、三木清をマルクス主義の闘士として仕立てる文章が氾濫したが、今日になって省みるとき、唐木順三の『三木清』こそ、三木清への最も深い理解を示し、その生涯と哲学的業績の輪郭を描いて正鵠を射たものたることを、ひとびとは認めざるを得まい。

三木清を描いて自らを取り戻した唐木順三は、『現代史への試み』（筑摩書房、昭和二十四年）を書くことで、かつて鷗外のような明治の世代にあった型が、大正教養派では個性に取って代えられ、そうした型の喪失こそ、近代日本の衰弱の過程ではなかったか、という鋭くユニークな問いを投げかける。その唐木順三が、それから三年、『詩とデカダンス』（創文社、昭和二十七年）を著わす。それは当時の文学界・思想界にあってほとんど類例をみない性格と方向性をもっており、はっきりと反戦後的な道を選択した第一歩であったといえるであろう。当時の状況は、「戦後民主主義」の予定調和が信じられていた昂揚期であり、近代主義とデモクラシーと社会主義の幸福なる結婚が成立していた時期である。

名著といわれる『中世の文学』（筑摩書房、昭和三十年）はそれから三年後のことであり、それ以後の唐木順三の道は一直線上にあるといえるだろう。なぜ唐木順三はこうした道を選んだのか、なぜ老いゆくに従ってますます澄み切った多産な晩年を送ることができたのか。

余談になるが、ちょうど『詩とデカダンス』を書かれた昭和二十七年ころ、学生であった私は一度、

明治大学の研究室に唐木氏を尋ねたことがあった。談、偶々三木清に触れて、

——三木清のアントロポロギー（人間学）を現在の状況下でどう思われますか？

と尋ねたとき、氏は即座に、

——君、ヒューマニズムはもう終りだよ。

と、ある含蓄と昨日の世界への惜別を兼ねた表情で断定されたことが、未だに私の耳底に残っている——。

『詩とデカダンス』はこうして唐木順三の戦後の出発点として、貴重な意味をもつが、その中には、氏がその後志向した道へのモチーフがさまざまな形で散りばめられている。

〈デカダンスとはダンディズムとニヒリズムの中間である〉

〈デカダンスは高貴なものの下降・頽落である〉

〈世紀末のデカダンは、つねに時間の外へ出ようとした。時間のそと、世の外へ出ようとした〉

〈デカダンは中間の、過渡のものである。過渡の時代、過渡の時の恐ろしい空虚のなかにある〉

敗戦後の状況のなかで、デカダンスを語って自らのデカダンスへの傾斜を隠さなかった氏は、その敗戦の状況をどう見ていたか？

〈近代戦は総力戦といふ形をとらざるを得なくなつてゐる。すべての人間と資材を戦争目的のために動員する。大量の動員とそれの急速な戦力化のためには強力な統制が必要である。（略）人員と物資の全動員は、それを可能にするための精神的な支柱、乃至は魔術を必要とする。ところで我々の場

合、統制による秩序化、魔術による一体化の極限において崩壊した。そしてそれは二週間後の被占領によつてうけつがれた。魔術の魔術性が自覚的に意識されるとともに、占領政策によつて意識的に暴露が企画された。魔術性を暴露する魔術が統制的計画的に遂行せられたわけである〉

〈世界的規模の戦争の終結と殆ど同時に、世界内に新しい対立が生じ、それが日に日に激しくなつてゐる。（略）戦後がいつの間にか新しい戦前になり、平和は戦争への一戦術として受取られてゐる。世界的規模の動員が既に始まつてゐるのである。動員への誘ひ、動員への力、新しい魔術師が既に久しく登場してゐる。島国の魔術師よりは悠揚としてはゐる。またそれだけの底力をもつてゐる。自由、平等、博愛はもとより、文化、幸福、個性、進歩、啓蒙、何ひとつ許さないものはない。許した上で、操作してゐるわけである〉

〈戦争といふものがもたらすべき廃墟、従来の価値の崩壊による無秩序化が、急速に立ち直ったといふ事実のために、我々の崩壊感覚、自己喪失が一時の感傷にとどまり、感傷は直ちに同色の、即ち統制された自己欺瞞に移つてゆくといふ現状において、イロニイやシニシズムの出現すべき条件は備つてゐる〉

ところで筆者は資本主義の祖国アメリカに新たな魔術師をみているだけではない。自己の時代を平均人の時代、大衆とジャーナリズムの時代として規定したキエルケゴールと共に、人間関係を商品化した時代の革命を考えたマルクスは、共にニヒリズムの克服を志したが、ソヴィエトもまた〝国際戦争の前夜においては、機構は統制の強化のために必然的に魔術的なものとなる。これは自覚しないニヒリズムである〟という。

〈自己がニヒリズムを体現してゐながらそれを自覚しない時代こそ文字通りデカダンスの時代である。人間の頽落、堕落、頽廃の時代である〉

〈現代の頽廃を呪咀し、現代の平均化、商品化を外側から呪咀し、さういふ社会から意識して脱落し、離在し、余計者、風来人、風狂人、例外者、地下室人、異邦人として自らを規定することがデカダンであり、ニヒリストであり、受動的レジスタンスであり、また批判（なのである）〉

〈発狂、逃亡、泥酔、窮死、自殺といふ運命が彼等のものであつたことは、彼等の外側からの抵抗、彼等の精神の高所、高貴からする低俗なるものへの絶望的な、また徹底的な抵抗をものがたつてゐる〉

かくして、ヴァレリーによって、現代文明の〝事実と虚構〟を考察してきた筆者は、最後を次の言葉で締めくくる。

〈西洋を宗とした近代が、世界的規模において故郷を喪失し、従来の価値崩壊にねざすニヒリズムの風潮が社会を掩つてゐる現在、事実を根源とし、虚構に従つて、人為の価値に着することを否定した東洋の態度は、新しい意味をもつて世界の表にたつべきGeschickをもつてであらう〉

唐木順三の〝風狂〟と〝風流〟への旅立ちはこうした背景と動機をもっていたのである。

芭蕉、一休、蜀山人と遍歴しながら、やがて『無用者の系譜』（昭和三十五年）で、はっきりと自己のスタイルを確立する。〝身を用なき者と思ひなした〟在原業平、遊行の捨聖・一遍上人、あるいは近く文人としての荷風に想いをひそめて、自在に遊ぶ境地は、ついに〝雲がくれ〟という一篇の随筆で、寒山拾得風の神仙の域に達している。

過去の価値秩序が崩壊し、現代文明の進行にニヒリズムを看取して、未だ来らざる新しき価値秩序の見えない過渡の時代に、自らをデカダンスの境地において、無用者として自在に旅を続けた唐木順三の行路は、その存在自体が文明批評の遂行だったのである。

唐木順三の生涯が、長い模索の果てに、晩年において豊饒であり多産であったのと比べると、鈴木成高の場合は青壮年期において鋭利であると同時に重厚であり、その識見と学殖は群を抜いていた。けれども太平洋戦争の敗北とその精神的挫折感が、戦後の歳月のなかで、鈴木成高を寡黙にし、寡筆にしたと思われる。同時に、かつて絢爛たる学問の精華を誇った京都大学という基盤と雰囲気が喪失したことも大きな要素であったろう。

けれども、その精神的挫折は、鈴木成高がその歴史家としての存在を賭けた歴史的認識の放棄でもなければ、転向でもない。戦後の進歩的知識人の右往左往ぶりと比べて、京都学派の人々が、京都大学を去って後の、戦後の時世に処した姿勢は、それぞれに首尾一貫して見事という他はない。

太平洋戦争開始直前、高坂正顕、高山岩男、鈴木成高、西谷啓治の四氏によって『中央公論』誌上で開催された「世界史的立場と日本」、そしてその後、引き続いて太平洋戦争下で催された「東亜共栄圏の倫理性と歴史性」(同誌昭和十七年四月号)、「総力戦の哲学」(同誌昭和十八年一月号)は、明らかに、太平洋戦争を大東亜戦争として思想史的に意義づけたものであった。その意味で、この人々は知識人としての政治責任を免れることはできない。それによって多くの青年学徒は、自らの死を意義づけ納得しようとして戦地に赴いたのであるから。

けれども、それは戦勝国によって裁かれるような戦争犯罪ではない。戦後史のながい行程のなかで、それは後に戦中派の上山春平氏が「大東亜戦争の思想史的意義」(『中央公論』昭和三十六年九月号)として論じたように、それぞれの国家には、それぞれの国家利益を反映した戦争理由があった。ヨーロッパの世界支配としての帝国主義時代の末期に、日本がアングロサクソンの世界支配に抗して挑戦したことには、ながい歴史の行程があり、戦争が開始されたとき、多くの日本人が、戦争目的の明確化という一点で、ある解放感を生理的に感じたことはそれなりの理由があった。京都学派の四人の人々が行なったことは、日本民族と日本国家の行動に、広い世界史的方向性を与えようとしたのであり、戦争が開始されたからには、それを極力理性的たらしめようとしたことであったろう。

それは政治的判断としては間違っていた。〝アジア十億の民を解放〟すべき日本が、現実に行なったことは、ヨーロッパ帝国主義と同質の行動であり、それを遂行した政治支配層、軍部の実態はあまりにお粗末であった。京都学派の人々は、歴史の方向と理念を見つめて、現実の分析を怠った。担い手としての指導層への判断が欠如していたのである。

近代日本外交史の教訓として考えれば、日本は吉田茂の洞察のごとく、アングロサクソンを敵に廻すべきではなかった。けれども、戦争行為そのものは、絶対平和主義者は別として、国家主権の発動として合法性をもっていたのであり、マルクス・レーニズムの場合にも、〝帝国主義戦争を革命に転化させる〟意味で、戦争自体を当然のプロセスとして受け取っており、絶対否定していたわけではない。
「いわゆる正義の戦争よりも不正義の平和の方がいい」（井伏鱒二『黒い雨』）という叫びは、核兵器の出現とともに人間の真実の叫びとなったのであり、それ以前の歴史を、今日の道徳的尺度で計ることは、歴史理解を妨げる結果になる。

高坂正堯氏の指摘するように、太平洋戦争は、太平洋をめぐる日本とアメリカの覇権の争いであり、それに日本は敗れたのである。それ以上でも以下でもない。

鈴木成高が、その歴史家としての識見に基いて、一九三〇年代に説いた主題は、二つあった。主として『歴史的国家の理念』（昭和十六年十二月刊）に拠ってその輪郭をみてみよう。

第一は、ランケの世界史観を基礎として、独自の世界史の構想を提出していることである。世界史は単なる世界の歴史ではなく、あるいはヨーロッパ、印度、中国といった特殊な世界の歴史でもない。それは普遍的統一と普遍的関聯を基礎とした歴史でなければならず、それは東洋においては存在しなかった。ローマ風・ゲルマン風共同体世界が、超民族的普遍的な世界史を支えていたヨーロッパにのみ固有のものであり、過去において世界の多元性は空間的にのみ存在していて、同一な歴史的時間によって媒介的に統一されていなかった。

今日「世界史的世界」が成立してきたのは、明らかにヨーロッパ世界の膨脹を通し、非ヨーロッパ世界のヨーロッパ化という、近代史の趨勢を媒介して、世界の一元化と非ヨーロッパ世界の能動性と自主性とが、同時に成立してきたものである。したがって世界史の構想は次のような図式となる。

（1）地中海的世界の段階（古代）
（2）ヨーロッパ世界の段階（中世）
（3）ヨーロッパ世界の膨脹の段階（近代）
（4）世界史的世界の段階（現代）

鈴木成高は、高山岩男の文化類型学を背景とした特殊世界史の併存から、世界史的世界へという「世界史の哲学」に疑義を提出し、歴史におけるヨーロッパの優位という認識を固守している。それは当時の安易なアジア主義とも民族主義・国家主義とも遠いものである。

第二が「新しき中世」の主張である。

ヨーロッパの近代がルネサンスと宗教改革に端を発していることは定説であるが、両者が共に中世を否定してみずからの典拠を古代に求めたことでは共通している。宗教改革は原始キリスト教に帰らんとし、ルネサンスは異教的古代に帰ろうとした。かくして近代精神は古代の相続者として生れ、近代は古代に連続して中世には連続しない。近代人は中世を古代よりも遠い過去として遮断してしまった。

けれども現代の中世研究は、中世の新しい相貌を捉えつつある。それは中世を、民族を越えた統一体としてのヨーロッパを成り立たしめたその文化的基底として把握する。ヨーロッパの基礎としての中世の意義は、超民族的な文化共同体であったことである。

筆者の挙げる史家は、N・ベルジアエフであり、C・ドウソンであり、ジルソン、ブルダッハ、ホイジンガの精神史的研究であり、ドプシュ、フォン・ベロウ、ピレンヌの社会経済史である。

ヒューマニズムはひとびとを統一する原理たりえず、真の共同体を産み出すことができなかった。人間がその存在の究極目的を単に人間そのものにおくということは、ただ空虚なる目的をもつにすぎない。ルネサンスは超人間的底礎の喪失であり、底礎から離れた近代の人間は、パーソナリティを喪ったアトム的存在として、機械的に平均化されてしまった。それがデモクラシーであり資本主義であり、また社会主義でありヒューマニズムである。中世に帰ることは究極においては宗教に帰ることであり、人間の内面に帰ることであり、精神的秩序に帰ることである。中世においては、宗教はまさに文化の原理であり、精神生活の原理であったのみではなく、社会および国家の原理でもあった――。

きわめて簡略化した要旨であるが、こうした歴史認識に、偏狭な国家主義やアジア主義の影はまったくない。『歴史的国家の理念』という書物は、第一部として、世界史と大英帝国というテーマを扱っており、そこには大英帝国の性格と構造、成立と崩壊を描いた見事な歴史叙述がある。そこで筆者は第二次大戦を通して勝敗に関らず大英帝国が崩壊するであろうことを予見しているが、その予見はほぼその通りになったのである。

また、第二部の第一章が、表題の〝歴史的国家の理念〟を扱ったものだが、自然法国家に対するものとしての歴史的国家の性格を語ったものである。歴史的国家は、個別的具体的なものであり、生命体としての国家、自己目的性をもち、成員の生死交替にかかわらない自己同一性をもつという。そこには国家理性が働き、権力国家であると同時に法と道徳に支えられたモラリッシュ・エネルギーがある、という。

こうした国家観については、戦後の日本では全面否定される傾向がある。けれども、一九三〇年代、自由主義、個人主義、あるいは議会政治や市場経済が、頽廃と崩壊に瀕したとき、ソヴィエト、ファシズム、ナチズムだけでなく、ニューディール、あるいは遅れてドゴールの第五共和制が、すべてその克服を目指して志向した二十世紀国家の形態であった。

むしろ、筆者は注意深く、ビスマルクの例を挙げ、無内容な権力主義に警告を発しているのである。鈴木成高の主題は、〝近代の終焉〟であり、〝近代の超克〟という、当時ヨーロッパを中心として世界の知識人が模索した主題であったのである。

敗戦後十年、〝近代の確立〟を称えた戦後知識人は、近代を確立しない日本での〝近代の超克〟を嘲笑した。そして次の十年、日本人と日本社会は、近代的合理主義を目指して驀進した。十分に近代化し先進国の仲間入りをした日本は、三十年の後に、改めて〝近代の超克〟の問題に直面していないであろうか。

今日のデモクラシーは鈴木成高が好んで語るAristocracy for allという実態を備えたであろうか。

戦後の鈴木成高は、しかしながら、追放と混乱のなかで、独自の生き方を選びながら自らの歴史家としての義務を見事に果した。

大著『封建社会の研究』（弘文堂、昭和二十三年）はその専門的業績であり、『産業革命』（アテネ新書）は、当時、資本主義対社会主義の概念で頭が一杯だった知的状況のなかで、資本主義・社会主義に共通して進展する産業革命の性格を、鮮かに叙述した先駆的啓蒙の書である。

けれども、鈴木成高の真骨頂は、学者としてよりも、識見と洞察に満ちた高度な編集者として発揮されたと考えられる。

敗戦直後発刊されたアテネ文庫の発刊の辞は、鈴木成高の文章に成るといわれるし、そのなかには多く、氏のアイデアと選択になる作品が多いことだろう。さらに、創文社の顧問として、現代史講座、現代宗教講座、新倫理講座、あるいはフォルミカ選書、名著翻訳叢書と、日本の知的土壌を養う独自の奥行と拡がりをもった世界は、地下水のように、戦後日本の高貴な文化を支えているはずである。

とくに、鈴木史学が、それと共に育ち、思索したヨーロッパの巨匠たち、ランケ、ブルクハルト、ホイジンガ、ピレンヌといった人々が描いた歴史的世界は、われわれが、自らの歴史的イメージを育ててゆく上のこよなき刺戟剤である。

戦後日本におけるマルクス主義の知的独占が崩れたとき、哲学において現象学が復活したように、史学においても、ランケ以下、多様な史観が復活してよい。

個人的体験を語ると、ランケの「それぞれの時代は直接神につながらなければならない」という命題を学んだことで、私は学生時代、マルクス主義に対する批判的視点を獲得することができた。それは抽象的な遠い世界の問題ではなかった。多くの学友たちが、明日のプロレタリア革命を信じて次々と身を投じていった。けれども、その明日はいつまでも来なかった。革命という歴史的時間と、人間個人あるいは世代の時間の落差が無視されているように思われた。

――過渡期に生きる人間も、それ自体、直接神につながる自己目的性をもってよいではないか！

それは言語不通の学友たちに対する私の内心の叫びであった。

もちろん、私たちの眼前で、先行世代は、偏狭な国家主義によって、散華《さんげ》することを強いられた。

それへの痛恨の想いと学友たちへの歎きは、私の場合、同じ比重で肩にかかってきたのであった。

唐木順三は、近代主義謳歌の季節に、自らデカダンスに身を沈めることで、独り中世への旅を歩みつづけた。鈴木成高は、雄渾な構想力と驚くべき識見によって、〝近代の終焉〟と〝新しき中世〟を歴史の彼方に観た。両者に共通する学問的素養は、いまはなき京都学派の濃密なる学問の土壌に育ったものである。
その文人唐木順三は、戦後において例外的に挫折することなく、孤独でありながら豊饒な晩年を生きた。鈴木成高は、戦後の逆風のなかで、寡黙な姿勢のなかに、自らの世界史像と世界史観を堅持した現代日本最後の史家と呼ぶにふさわしい。
その二人が微妙に食いちがう一点があることはすでに述べた。
――おれは新しい中世などといわんぞ。（唐木）
――いやおれはその主張を捨てんぞ。（鈴木）
それは、〝新しき中世〟という呼称に、唐木順三は政治を見たためであろう。自分は、一切政治的主張はもたない。ただ、自分自身が生きてゆくだけだ。これが唐木順三の言い分であろう。そこには政治への非介入で挫折することのなかった自己への自負があったであろう。

これに対して、鈴木成高は、〝新しき中世〟に政治ではなく、文明批評をこめた文化の姿を見ているはずである。その政治的挫折にも拘らず、鈴木成高自身の存在を賭けた史家としての洞察と予見を語っていたはずである。

幸いにして、戦後日本は国家としての政治的使命から降りたはずである。それは防衛論議が華やかとなりつつある今日でも基本的には変っていない。

われわれは、日本人の生活様式の変革志向として〝新しき中世〟を考えることができる。大衆の時代、欲望の肥大の時代の後に、高貴なるもの、敬虔なる態度を復活させるために。そしてその場合、鈴木成高氏の世界史学が教えるように、ヨーロッパの現実がどのように矮小化しても、死者の共同体としてのヨーロッパの巨大な遺産と歴史的流れを、われわれはつねに対話の相手として失ってはならないのである。

(『文化会議』一九八〇年十一月号)

鈴木成高と歴史的世界

川勝平太氏の『文明の海洋史観』（中公叢書）が今年度の読売論壇賞を受賞した。同書は藤原書店が精力的に翻訳したフェルナン・ブローデルの『地中海』の影響の下に生まれた作品である。簡単にいえば、マルクス・梅棹忠夫・ブローデルの三題噺といえないこともないが、その自在な発想の活力は川勝平太という人の素顔が如何なく発揮されていて面白い。

こうした世代の活躍を眺めると、戦後の歴史学も幾星霜を経たことを実感する。マルクス史学の退潮で自由な発想が多様に輩出してきて喜ばしい。思えばながい不自由な時代を過してきたものだと思う。その不自由な時代、私は隠れキリシタンならぬ、隠れ非マルクス主義者として過してきたように思う。なぜそのような道を辿ったのかを述べておきたいと思う。

＊

敗戦によって勤労動員を解除され、解散のとき、二十円を支給されて、まだ学校生活も始まらなかった中学三年の秋のころ、私は焼残った鬼子母神の周辺で間借生活をしていた。その鬼子母神参道の角に古本屋があり、そのおやじは結核だったのか、いつも青白い顔をしていた。ご多分に洩れず敗戦直後に山をなしたエロ雑誌も置かれていたが、結構マトモな本も並んでいた。モーパッサン・広津和郎訳の『脂肪の塊』(新潮社、一九三八年)が伏字だらけの(しかもその伏字をていねいにペンで復元した)珍本を手に入れたが、鈴木成高著『歴史的国家の理念』(弘文堂、一九四一年)もその店頭で見つけたのである。戦争中に発行された本だが、その中に「大英帝国の没落」という論文があって、敗戦直後に読んでも説得力を失わず、連合国は勝利したが、大英帝国は明らかに没落過程にあると思った。

その後、鈴木成高という京都の歴史学者が、いわゆる京都学派(高山岩男・高坂正顕・西谷啓治・鈴木成高)の一人として、大東亜戦争開始直後、「世界史的立場と日本」を『中央公論』一九四二年一月号誌上で語って、戦争を合理化した戦犯であるとして、京都大学を追放されたことを知った。

しかし、世を挙げての戦犯追放騒ぎのなかで私は妙に醒めていた。占領軍と共産党が一緒になって戦犯追放を叫んでいたのである。私自身、サイパン陥落以後、このままいけば日本は敗ける！　どうしたら日本は救われるのかという問題に幼い胸を痛めていた。敗戦になって、戦時中のことが何もかも悪かったようなジャーナリズムの報道に懐疑的であり、あの戦争中のすべてがまちがっていたのだろうかという問いがながく私の脳中を支配していた。

だから、京都学派の人々の書物を、追放されたあとも私は古本屋で見つけると買って眺めていた。鈴木成高氏の『ランケと世界史学』（教養文庫、弘文堂、一九三九年）や翻訳のランケ『世界史概観』（岩波文庫、一九四一年）も手に入れた。鈴木成高氏の文章は渋いが流麗でリズムがあり、読んでいるとある快感があった。そして世を挙げてマルクス様々のとき、マルクスとちがう価値体系のランケの世界が私には新鮮だったのである。

——それぞれの時代は直接神につながらなければならない。

というランケの命題ほど、共感をもった言葉はない。なぜならマルクスの唯物史観では神につながるのは社会主義しかないからであり、資本主義社会はその前段階にすぎない。われわれ学生も革命のために奉仕しなければならないというが、われわれ個人にも固有の人生があってもよいではないか！　私は学生運動に飛びこんでゆく友人たちを見ながら、繰り返し、ランケの命題を想い出していた。

こうした関心は大学時代にも継続していて、私は駒場の図書館で『ヨーロッパの成立』（筑摩書房、一九四七年）という敗戦直後に出た書物を発見して面白く読んだ。とくに西洋史のいわゆる古代・中世・近代という時代区分が地中海世界の時代（古代）、ヨーロッパ世界の時代（中世）、ヨーロッパの世界的膨張の時代（近代）という三区分であることや「世界史観の歴史」という論文が面白かったことを覚えている。

また「アテネ新書」として出た『産業革命』（弘文堂、一九五〇年）が途轍もなく面白く、産業革命が何次かにわたって高度化してゆく過程を鮮かに描いていて、まさにこれが近代社会の中核であって、資本主義・社会主義の問題が混入するために議論が混乱するのではないかと思った。

私は早稲田大学の客員教授をしながら創文社の編集顧問をしている鈴木成高氏を直接尋ねて、創文社からはわれわれの同人誌『時代』の表紙裏に「現代史講座」の広告を頂いたり後輩の学生を連れて長者ヶ崎のご自宅を訪問して、海を眺めながら終日話しこんだこともあった。

＊

考えてみると、鈴木成高氏は歴史家であり歴史思想家（もしくは歴史哲学者）であっただけでなく、卓越した出版プロデューサーではなかったかという想いが近年になってますます強まっている。それはおそらく京都大学を追われたことも作用したものであろう。

鈴木成高氏は創文社の編集顧問になる以前、創文社がそこから分かれた前身の弘文堂ですでに出版演出家の役割を果たしているのである。

——明日の日本もまた、たとい小さくかつ貧しくとも、高き芸術と深き学問とをもって世界に誇る国たらしめねばならぬ。「暮しは低く思いは高く」のワーヅワースの詩のごとく、最低の生活の中にも最高の精神が宿されていなければならぬ——。

アテネを範として明日の日本を考えていた鈴木成高氏の悲願は、今日から眺めるとき、最高のアイロニーの表現となっているが、アテネ文庫を手にした当時の学生たちは、まことにその通りだと考えていたのである。

自分の『産業革命』を「アテネ新書」として出した鈴木氏は同時にさまざまな学者の書き下しを企画しているが、そのなかに、自分の岳父・小島祐馬の『中国の革命思想』（弘文堂、一九五〇年）が含まれていたことは貴重なことである。

この書物は小島さんが口述したものを鈴木さんが筆記し整理したものだそうで（鈴木氏の直話）、中国の政治思想史のエッセンスが明晰に平易に語られていて、二人の達人にかかるとこれほど立派な書物ができることを実証したような書物である。三民主義の孫文がマルクスを評して「彼の体系は社会生理学ではなく社会病理学である」と語ったことを紹介していたのが印象的だったが、私にとっての最大のショックは、「毛沢東中国の将来が世界共産主義運動の一環として発展するか、中国古来の易姓革命と同様、王朝交替の歴史となるかはいまだ予断の限りではない」と明言されていたことである。

当時の毛沢東中国への信仰熱が高かった雰囲気のなかで、この発言は冷厳な学者の態度がどのようなものかを教えてくれた。現代中国研究の若手たちがこの発言を問題視したというが、私はこの書物で共産中国の問題の核心を教わった。同時にこの「アテネ新書」に書かれた猪木正道氏の『ドイツ共産党小史』（一九五〇年、それは『ロシア革命史』『共産主義の系譜』と三部作を成す）と共に、共産主義に非同調という私の基本的立場を形成した一因となった書物なのである。

＊

鈴木成高氏の活躍はそれだけではない。「現代史講座」（全七巻、創文社、一九五三―五五年）では、日本の歴史学者を総動員しただけではなく、全巻シンポジウムという別巻では林健太郎や竹山道雄といった保守派だけでなく、上原専禄、丸山真男、都留重人といった進歩派も登場させ、戦後の歴史でもめずらしい自由で白熱した討議を展開させることに成功している。

しかし、鈴木さんの真価ともいえる企画は「名著翻訳叢書」（創文社）の発足であろう。とくに一九五八（昭和三十三）年に出たJ・ホイジンガ『中世の秋』と一九六〇（昭和三十五）年に出たアンリ・ピレンヌ『ヨーロッパ世界の誕生』があたえた影響は永続的であり、冷戦後、ブローデルの『地中海』（藤原書店、一九九一―九五年）が話題になったことの先駆的性格をもっている。アンリ・ピレンヌの翻訳は一橋大学の増田四郎氏の監修になるものだが、中世史家として増田氏と鈴木氏の間の共通の認識がこの場合、出版の前提としてあったと思う。J・ホイジンガについては、ランケ↓ブルクハルト↓ホイジンガの系譜を鈴木さんはいつも強調していた。非マルクス主義の大きな流れが創文社周辺で伝統的に生き続けたことの意味は大きい。

＊

鈴木史学の独自性は、非マルクスという意味だけでなく、日本における近代歴史学の東京派と京都派の系譜を鳥瞰したときにも際立っている。私は当時東京派の今井登志喜・林健太郎編の『西洋史学入門』(大月書店、一九四八年)を学生時代読んでおり、林健太郎氏の若々しい新鮮な時論にも惹かれたし、その恩師である今井登志喜氏の都市研究、とくに『近世における繁栄中心の移動』(誠文堂新光社、一九五〇年)はその発想の自由さが面白かった。

しかし、京都派には思想的深みがあり、思索の個性があることに惹かれたといえようか。哲学での京都学派の活躍が圧倒的であったが、歴史学の世界でも日本史の西田直二郎、東洋史の狩野君山・内藤湖南・小島祐馬、西洋史の坂口昻や原勝郎といった存在は、学界のみならず読書人の間で圧倒的だった気がする。鈴木さんは原勝郎とその作品である『東山時代における一縉紳の生活』(筑摩書房、一九六七年)をしきりに話題にされることが多かった。晩年になって、「いろいろ考えてみたが〝東山〟という作品は原さんの西洋史研究とは関係なくそれ自体で出来上ったらしい」と結論のように語っておられた。

その鈴木史学はその思索の深さ、流麗なレトリックと強靭な論理で京都派のなかでも独特な位置を占める気がする。

戦後専門分野の『封建社会の研究』(弘文堂、一九四八年)を公刊されて話題となったが、周辺ではそれと対になる『中世精神史研究』の完成を期待していたのであるが、なぜか死後に身辺の整理に当った方の話ではその草稿に当るものもなかったという。それに関しては私たちにも口を閉ざして語らなかったが、おそらくあるときにある心境から断念されたものだろう。

その代りに『中世の町――風景』（東海大学出版会、一九八二年）というヨーロッパ紀行の随筆集が残された。それは鈴木さんの心境を何程か暗示しているかもしれない。

京都学派の四人の方々に関心を抱きながらも、私がもっとも深くおつき会いを願ったのは鈴木成高である。それはおそらく歴史への関心が一番強かったためのように思う。

田辺元氏の晩年の弟子であった大島康正氏が『時代区分の成立根拠』（筑摩書房、一九四九年）という面白い書物を書いた。私はたいへん啓発されて東京に出てこられた大島氏を成城のお宅に尋ねたこともあった。この書物も一九三〇、四〇年代の京大哲学の雰囲気を伝えた最後の書物のように思われるが、鈴木さんをはじめ、先輩たちは、大島さんの東京での華やかなジャーナリスティックな活躍にはきびしい見方をしていて、先輩とはこれほどきびしいものかと思った。

ともあれ、京都学派の方々は戦後の逆境の中でそれぞれに立派に生きられた。鈴木さんは弘文堂・創文社を通して出版のプロデューサーとして生きられた。

それは三木清と岩波書店、小野二郎と晶文社の事例と比較しながら出版文化史として研究に値する事例であると思う。

近ごろでは出版社がメディア時代に対応できず、どこも腰が浮いてしまった例が多いが偉大なる出版プロデューサーは今後とも不可欠であることに変りはない。

（『創文』一九九八年八月号）

〈解説〉

「声低く」語られた叡智の言葉

新保祐司

戦前の思想という錘《おもり》

粕谷一希氏は、一般には、総合雑誌の月刊『中央公論』の名編集長だった人として知られているであろう。四十八歳で退社した後も、『アステイオン』や『東京人』の編集長であったが、一方すぐれた人物論や歴史評論、そして鋭利な時代批評を書く評論家でもある。

編集者として、特に中央公論社から出ていた『中央公論』『歴史と人物』『中央公論経営問題』のような雑誌の編集者として生きたことの「幸福」については、本巻に収める「中山伊知郎と東畑精一」の冒頭に、「編集者として、とくに中央公論社のような伝統と格式のある出版社で半生を送ったことの幸福は、なんといっても、すぐれた文人や学者を間近に眺めることができたこと、その方々のある人々と、ささやかな会話を交わして直接、接することができたことであった」と書かれている通りであろう。

昭和五年に生まれ、今年八十四歳を迎えた粕谷氏は、この「幸福」の中で、さまざまな人物を肉眼で見、その声を聞き、その著作を読むことで、人間の真贋を確認したのである。また、時代の状況を雑誌の編集という現場で把握したのである。だから、晩年の粕谷氏には、何か「賢者」といった風が感じられる。知識人や学者は、戦後の日本では事欠かないが、「賢者」という印象を与える人は少ない。学問がますます専門化したことや人間が矮小化したことなども関係しているかもしれないが、粕谷氏は、本と研究室の中に頭を突っ込んでいる「大学知識人」などにはならず、その知性を常に生《なま》の人間と時代の現実にぶつけていることで鍛えあげたのである。今や、「翁」のような風格が出て、その言説には、深い叡智といったものさえ感じられるに至っている。それは、この三月に出た『生きる言葉』などによく滲み出ている。

それと、氏に「賢者」の風を体得せしめたものは、氏の戦後という時代との関係である。もう少し詳しくいえば戦後の軽薄な時代思潮に対する決して同調しない態度である。そして、それと裏腹の関係にあるが、戦前の思想に対する深い敬意と造詣である。それは、「京都学派」に対する評価にもうかがえる。

粕谷氏にとって、西洋史学の鈴木成高はとても重要な存在だが、その鈴木について書いた「鈴木成高と歴史的世界」の冒頭で、戦後の歴史学はマルクス史学の強い影響下にあったが、その退潮でやっと自由な発想が出て来たことを喜んでいると書いた上で、長い戦後の不自由な時代に自分は、「隠れキリシタン」ならぬ「隠れ非マルクス主義者」として生きてきたように思うと振り返っている。「マルクス主義」が圧倒的であった日本の戦後の言論の中では、編集者としては「隠れ非マルクス主義者」として生きるしかなかったであろう。しかし、この時代思潮との距離が、時代の言説に埋没することなく、粕谷氏の言説を筋が通ったものとしたのであり、時流に左右されずに、「賢者」の趣を得さしめたのである。

それと、第Ⅱ巻に収録される河合栄治郎や和辻哲郎、あるいは九鬼周造などについての文章からもうかがわれるように、戦前の思想家についての理解と愛情の深さが、戦後の価値観にとらわれた戦後知識人と粕谷氏とが一線を画すところである。氏は前述したように、昭和五年生まれだが、同世代の文学者や学者が戦後の時代思潮に色濃く同調していったのとは違って、戦前の思想の錘《おもり》がかなり氏の思索には作用しているように思われる。これが、氏の思想を戦後の華やかな活躍をした言論人たちに比べて、一見鈍重に見せる要素であるが、今日になってみれば、時代の風に吹き飛ばされてしまった流行の言論よりも、錘による重厚さが伴っているのである。

随想という方法

ここで、印象主義的な批評をするならば、粕谷氏の顔は、随分前から、私には栗本鋤雲《じょうん》に似ているように感じられていた。筑摩書房の明治文学全集の第4巻『成島柳北　服部撫松　栗本鋤雲』の口絵にある鋤雲の肖像は、鋤雲といえばこの写真なのだが、これを見たときから、そう感じた。栗本鋤雲は、幕府の医官の子であり、江戸っ子である。幕末には外国奉行、勘定奉行となり、遣仏使節としてフランスに赴き、パリに九ヵ月滞在したが、維新の変革のために、急遽帰国した。この幕末維新期の鋤雲は、島崎藤村の『夜明け前』の中に、「喜多村瑞見」という名で登場している。若き日に晩年の鋤雲を訪ねた藤村によって、鋤雲の人となりが活写されている。

幕府瓦解とともに節を守って、帰農して小石川大塚に隠居した。時に鋤雲、四十七歳。粕谷氏が東京都立五中（現・小石川高校）出身であり、鋤雲の引退した年齢が粕谷氏が中央公論社を退社した年と近いのも何か不思議な気がする。栗本鋤雲は、明治七年に、報知新聞社に聘せられ、主筆となる。名文をもって知られ、『曉窓追録』などの著作がある。後半生の鋤雲も粕谷氏と同じくジャーナリストとして生きたともいえるであろう。そういう意味で、近代日本におけるジャーナリストの系譜を考えるならば、粕谷氏は、池辺三山、滝田樗陰、徳富蘇峰などにつながる存在であるといえるのである。

鋤雲は、自らを「白髪の遺臣」と称した。幕府の遺臣ということであるが、単なる幕府という政権の遺臣というよりも、それを超えて江戸文明の真髄の遺臣という意味合いがあるように感じられる。粕谷氏には、「賢者」の風があると先にいったが、粕谷氏には、「遺臣」らしさも漂っている。何の遺臣なのであろうか。日本の近代の戦前まで続いていた、良質な教養の伝統の遺臣のように感じられるのである。粕谷氏の戦後の、特に退社した後からの日本に対する思いには、鋤雲が明治に対して思っていたものと近いものがあるといえるのではないか。透徹した眼力とともに深い諦念も感じられるのである。栗本鋤雲翁という意味で、粕谷一希翁と呼びたい気がする。そして、「節を守る」ということが、氏の人物論の要になっていることはいうまでもあるまい。

こういう粕谷氏のような人間によって、随想というジャンルは、はじめて書かれうるのである。今日、随想が書ける人は少なくなった。随想は、随筆、あるいは現在本来の意味を失ってエッセイと呼ばれている雑文とは本質的に違うのである。味も素っ気もない学術論文とたわいもない雑文があふれている現在では、折々の事象や様々な思想に触発されて、即興的に文章を創造する随想という形式は極めて稀になった。しかし、日本語の文章で思想、あるいは哲学を語れるのは、この随想という形式であるようにも思われる。粕谷氏の文章を集めたものを、あえて「随想集」と銘打った所以である。

この随想という方法の冴えをよく示しているのは、一群の対比列伝であろう。小林秀雄と丸山真男、安岡正篤と林達夫、東畑精一と今西錦司といった対比の妙は、読む者をして唸らせるものがある。こういう組合わせを思いつくには、深く広い教養を要するのである。特に一高時代に同級生だった安岡と林の対比は、戦後の知識人の通念の虚を突くもので、この対比を粕谷氏は「一見奇異な挙」といっているが、それをあえてやったのは、二人を「バラバラに受容している現代日本の思想と社会の側に」問題があると考えるからだとしている。そういう「〝知〟の社会的構造」が戦後思想の欠陥なのである。そして、粕谷氏は、「現在必要なことは、二人の思想家を同一の舞台に乗せ、そこで描き出される思想的風景を眺めることで、われわれ自体の内なるドラマを喚起することではないか」と問うている。

「悲劇の感覚」

粕谷氏の戦後に対する疑惑は、『戦艦大和ノ最期』の吉田満に対する深い共感となってあらわれている。本巻の巻頭に収められた「『戦艦大和ノ最期』初版跋文について」は、『戦艦大和ノ最期』の初版が昭和二十七年八月三十日創元社から刊行されたときに付された五人の跋文について書いたものである。『吉田満著作集』全二巻が文藝春秋から発行されたのは、吉田満の死（昭和五十四年、五十六歳）

の七年後の昭和六十一年のことであったが、上巻の月報には、この五人、吉川英治、小林秀雄、林房雄、河上徹太郎、三島由紀夫の初版に寄せられた跋文が再録され、最後にこの粕谷氏の「初版跋文についいて」が載っている。この文章の冒頭に、次のように書かれている。

『戦艦大和ノ最期』が陽の眼を見たのは、占領が終ってからである。そしてその初版に寄せられた諸氏の跋文ほど、当時の文壇、ジャーナリズム、そして日本人の精神状況を逆照射しているものはないであろう。

今日の若い人々には信じられないほど、敗戦と占領に直面した日本人は、打ちひしがれ、卑屈になり、自己崩壊を起こしていた。

戦時下に逼塞していた社会主義者たちは、反対に居丈高になり、時節到来を軽信した。戦時下に大勢に便乗した人々が、ふたたび戦後の時世に便乗して右往左往した。

そうしたなかで、ここに跋文を寄せられた人々は、戦後の風潮に同調しなかった人々であり、自らの生を生き抜いた人々である。そして吉田満という存在、『戦艦大和ノ最期』という作品が、この人々と響き合っていることが、巧まぬ暗合であり、日本人がアイデンティティを貫いて生きることの意味を、豊かに語りかけているのである。

そして、吉川英治と小林秀雄の跋文を紹介した後で、次のように粕谷氏は「悲劇の感覚」という重要な言葉を提出している。

昭和に生きた人々、とくに差し迫った国難を所与として生きた戦中派の人々に、他にどのような生き方がありえたろう。『戦艦大和ノ最期』の記録が永遠に感動を呼びおこすのは、戦士の美徳を真摯に描いているからであり、それが民族敗亡の美学たりえているからである。

『平家物語』は平家一門の盛衰を描いた物語である。清盛の傲りは一族を滅ぼした。しかし、重盛や維盛の姿があって、ひとびとはその滅亡に涙する。「海の底にも都はあり申そうぞ」との一句に胸を衝かれる。

帝国日本もまた自らの傲りによって自滅した。しかし、その中にも美しく見事に生き、死んだ人々の存在を確認することなしに、悲劇の感覚は生れない。大日本帝国の暗部を告発することは、日本人の自省のために必要であった。しかし、その栄光と美学を確認することなしに、その時代の鎮魂は果たされない。

戦後日本に欠落したものこそ、この「悲劇の感覚」であり、大東亜戦争を振り返るとき、悲惨といって、悲劇といわないのである。粕谷氏の七歳年上の吉田満に対する深い共感は、逆に戦後という時代に対する深い違和感に通じているのである。

そして、粕谷氏はついに、『鎮魂——吉田満とその時代』（文春新書）を平成十七年に上梓するに至る。

本巻の「吉田満の問いつづけたもの」は、その序章である。そこには、吉田満の重要な文章「戦後日本に欠落したもの」が、粕谷氏の依頼で『中央公論経営問題』に載ったものであることが書かれている。その「吉田満の問いつづけたもの」の中で、吉田の「戦後日本に欠落したもの」を問うた文章を引用した上で、粕谷氏は「後に残ったわれわれは、吉田満の問いかけを継承する義務があるように思われる。それがいかに当世風でないにしても」と書いている。そもそも、この新書は、雑誌『諸君!』での昭和六十年三月号から翌年の十二月号までの断続的な連載をもとにしているが、この新書の前書きに、「ある事情から、連載を中断して今日に至ったものである。私自身、人生の最終段階を迎え、意を決して」後半の部分を書き下ろしたと書かれているが、吉田満、あるいは戦後日本に対する批判の核心は、それまで編集者として、「当世風」をそれなりに慎重に考慮しなければならなかった粕谷氏が、「人生の最終段階を迎え、意を決して」書いたことなのである。

その点からいっても、『諸君!』に載った吉田満と鶴見俊輔の対談「『戦後』が失ったもの」を読んで鶴見俊輔への「異論を展開」している「鶴見俊輔氏への手紙——戦後史の争点について」は、興味深いものである。冒頭で「省みれば、私の編集者生活の最初の仕事のひとつは、『中央公論』に連載された「日本の地下水」という、鶴見さんと武田清子、関根弘氏と共同の、サークル誌評を担当することでした」と回想しているが、中央公論社版の『思想の科学』の編集を三年間、手伝っていたとき、「一面ではある種の違和感を感じ」ていたと書いている。この「違和感」は、「戦後」に対するものでもあるが、「あれから二十年近い歳月が経ちました。さまざまな事件やさまざまな問題が、鶴見さんとの距離をつくってきてしまいました」とあるように、粕谷氏と、鶴見氏との間には、随分「距離」があるのである。「戦後」に対する「距離」が広がっていき、それに反比例して、吉田満に対する共感は、「人生の最終段階を迎え」て、ますます深まっていった。それは、近年書き下ろした『反時代的思索者――唐木順三とその周辺』で、唐木の「反時代的」な姿勢について示した共感に通じているが、唐木についての関心は、本巻に収める、鈴木成高と対比して論じた文章「唐木順三と鈴木成高――中世再考」に見られるように、長く深いものである。

吉田満に対する共感は、吉田が「宗教的人間」であることにもある。「吉田満の問いつづけたもの」の中で「大和の特攻出撃の体験を、敗戦直後に記録に止めた彼は、死線を越えた自らの生の偶然、不可思議の情を問いつめ、「死・愛・信仰」（『新潮』昭和二十三年十二月号）への思索を深めて、昭和二十三年には、キリスト教に入信している。彼はなによりも敬虔なキリスト者として宗教的人間であった。文学もビジネスも、彼にあっては、信仰によって生かされた部分であったかもしれない。彼は宗教的人間たることによって全的に生きたのであった」と書いている。『戦艦大和ノ最期』初版跋文について」の方では、「愛も欲も、出世も奉仕も、人間的なすべてをさらけ出しながら、しかし、宗教的人間として自己抑制に生きた」という風に書いている。

この「宗教的人間」は、「欲」に生きるとしても、「エゴイズムの正当化」を知らないのである。この「エゴイズムの正当化」があることに、粕谷氏の戦後への「違和感」の根本がある。「鶴見俊輔氏への手紙――戦後史の争点について」の中で、次のように書くとき、粕谷氏は吉田満という「宗教的人間」を対置しているのである。

私たち多少下の世代から眺めていますと、戦後の論理には、〝醤油を飲んで徴兵を逃がれた〟、いってみれば醤油組の天下といった風潮がありました。『きけわだつみの声』の編集方針も、意識的に反戦的学生の声だけが集められました。愚劣な戦争に駆り出されて、無駄な死を強制された。だから二度とこうした戦争を起させてはならない。もう『僕らは御免だ』、ドイツの戦没学生の手記も訳されて、戦後の反戦感情・反戦運動は盛り上げられてゆきました。それは半面では正当に思われました。けれども微妙なところで、何かエゴイズムの正当化といった作為的な思考のスリカエがあるように思われて、当時から私にはなじめなかったことを記憶しています。

戦後は、「醤油組の天下」だったとは、痛烈な批判の言葉である。また、この「エゴイズムの正当化」を嫌悪するところに、粕谷氏の「宗教的人間」的な面が出ているのである。

本巻には、高坂正堯、永井陽之助、萩原延壽、松本重治、小島祐馬などの思い出が収録されているが、このような多くの人物について的確な人物論を物するというのは、たんに才能の問題ではない。粕谷氏の名編集者としての仕事と深い人物論を可能にしたのは、実は粕谷氏の精神の姿勢によるのである。

「他者実現」としての編集

本巻に収める「波多野精一の体系――世界観の所在」は重要な文章である。粕谷氏の青春時に深い影響を与えたのが、近代日本最高の宗教哲学者・波多野精一であることは、粕谷一希論の核心である。この文章の中で、波多野の宗教哲学体系が『宗教哲学序論』『宗教哲学』『時と永遠』の三部作として構成されていることをいった上で、「私自身、一冊を挙げるとすれば『時と永遠』となるだろう。その感動は私の生涯を通じて持続してきている」と書いている。この波多野の宗教哲学の何が、粕谷青年に衝撃を与えたかといえば、次のような文章にうかがえるであろう。

しかし、『宗教哲学』と『時と永遠』を通して、私が深い衝撃と共に学んだことは、この世界が、自然、文化、愛という三層の世界から成り立っていること。これまで個人主義の人格主義が称えていた〝人格の成長〟とか自我の発達という観念は、自己実現としての文化の世界のことであり、真の人格主義は愛の世界にあって、他者実現を目指さねばならない、と説いていることであった。

(中略)

たとえば、「表現は自己実現の活動の基本的性格をなすに反し、象徴は実在的他者との交渉を成立たしめる原理である」(『時と永遠』一七五頁)といった言葉に接すると、文化の世界と愛の世界もしくは信仰の世界との画然とした違いを認識する。文士や芸術家は自己表現ということを自らの生命と感じ考える。しかしそうした文学や芸術作品も、社会（他者）に奉仕するものでなくてはならない。そうした他者は実在する他者として、究極的には実在する神につながる。

人格の成長・発展こそ人生究極の目標であるとする近代の個人主義的人格主義に、薄い膜が張ったように納得できなかったのは、まさに愛の世界・愛の行為としての他者実現が視野に入っていないからであった。人間の活動として、自己表現としての文化（自我）の世界よりも、愛としての他者実現の方が重い価値をもつことを明言した波多野哲学と出会って、私はある安らぎを初めて感じたのであった。

だから、粕谷氏が名編集者であったということは、単に普通の意味での編集能力が高かったというような次元の話ではないのである。氏の編集者としての人生の選択も、編集者としてのすぐれた業績も、この「安らぎ」に基づいているのである。氏の「賢者」のような風格も、この「愛としての他者実現の方が重い価値をもつ」という「信仰」によるのであり、氏にとって編集という仕事は、「他者実現」としての仕事であった。「エゴイズムの正当化」などは、最も嫌うところであった。ジャーナリズムという「時」の中に生きて、「永遠」を望む精神であったのである。

氏は、戦後の多くの文化主義者たちと交渉があったし、一見、文化主義者のように見られているかもしれないが、実は「隠れ非マルクス主義者」であったように、「隠れ非文化主義者」だったといえるであろう。氏は、文化主義者の如く、文化を変に高く考えることはないし、文化の中に自足している不潔さがない。「文化」の上に「愛」の世界があることを波多野に学んだからである。文化主義者とは、「エゴイズムの正当化」を文化的な装飾でうまくできる人間に過ぎない。

この粕谷氏の精神の姿勢は、「河上徹太郎の姿勢」という文章にも、よくあらわれている。粕谷氏は、河上徹太郎の生涯の友、小林秀雄よりも河上の方に共感を示しているのである。

今日、一般的には小林の方が評価が高いであろうし、いわゆるファンも多いであろう。小林は、偶像化されやすい要素を持っているが、河上には、そういうものはない。それは、中原中也との青春の劇とか風貌とかの単に表面的なことによるのではなく、そこには重要な相違があるのである。やはり、「エゴ」の問題である。粕谷氏は、次のように書いている。

小林秀雄の語り口や文章は、強烈なエゴの存在を実感させ、その独特の発想や論理は読者に一種の苦行を強いる。苦行に耐えることで、閃光のようなヴィジョンを共有する。小林秀雄の歩行とつきあうことは、この軽業師のような綱渡りのスリルを味わうことであろう。通念や常識が否定され罵倒され、意表を衝く論理が、ぎりぎりの脳髄の働きとして絞り出されてくる。(中略)「他人をダシにして己れを語る」小林秀雄の批評のスタイルは、小林秀雄の天才をもってして初めて可能なのであって、その模倣者からは、倨傲と独善だけが残る。多くの文学青年が死屍累々たる惨状を呈したのは、この天才の毒もまたいかに強烈であったかを物語る。

ただ、もっとも面白い事実は、この小林秀雄のもっとも身近なところに、河上徹太郎が座っていたことであろう。この穏かで芯の強い個性が、小林秀雄と共に歩み、その圧力のなかで、自らを開花させ熟させていったことは改めて再考する価値のある主題である。おそらくそこに展開された心理劇は、両者が言葉に表現している以上のものがあったにちがいない。

その河上さんの批評の方法が、「己れをダシにして他人を語る」見事な対象への即自性をもっていることである。読者は、小林秀雄の文章に接して、語る対象よりも小林秀雄の姿の方に意識がいきがちである。ところが、河上さんの文章に接するとき、読者は後景に退った筆者の淡い姿を意識しながらも、あるいは筆者の存在を忘れて、対象に見入ることができる。それは河上徹太郎の対象への愛、他者への愛を無言のうちに語っていないだろうか。おそらく、批評とは何かという問題は、この小林対河上の、無限にデリケートな対話のなかに潜んでいるように思われる。

「穏かで芯の強い個性」というのは、粕谷氏にも通ずるものであろう。そして、「対象への愛、他者への愛」という言葉は、まさに波多野精一の徒のものである。

戦後日本という、この騒がしい混迷の時代における知識人たちの演じた悲喜劇の目撃者として粕谷一希氏という「穏かで芯の強い」知性があったことの重要な意味は、恐らくこれからますます大きくなっていくであろう。戦後日本とは果たして何であったかが、そこに浮かび上っているからである。

林達夫についての文章に、「声低く語れ、とは林さんの名言のなかの一つである」とあるが、戦後の追い風に乗って声高く叫ばれた思想は、結局消え去り、「声低く」語られたものが残っていくのである。粕谷氏は「声低く」語り続けた人である。この随想集から、その「声低く」語られたものを聴き取らなければならない。

（しんぽ・ゆうじ／文芸批評家）

初出一覧

I　吉田満の問いつづけたもの

『戦艦大和ノ最期』初版跋文について（初版跋文について）『吉田満著作集　上巻　月報』文藝春秋、一九八六年

吉田満の問いつづけたもの（序章　吉田満の問いつづけたもの）『鎮魂　吉田満とその時代』文春新書、二〇〇五年

II　先人たち

小林秀雄と丸山真男——青春について（青春について——小林秀雄と丸山真男）『諸君！』文藝春秋、一九七九年七月号（のち『対比列伝——戦後人物像を再構築する』新潮社、一九八二年所収）

河上徹太郎の姿勢『河上徹太郎著作集　第4巻　月報』新潮社、一九八二年

保田與重郎と竹内好——ロマン主義について（ロマン主義について——保田與重郎と竹内好）『諸君！』一九七九年九月号（のち『対比列伝』所収）

花田清輝と福田恆存——レトリックについて（レトリックについて——花田清輝と福田恆存）『諸君！』一九七九年十一月号（のち『対比列伝』所収）

東畑精一と今西錦司——学風について（学風について——東畑精一と今西錦司）『諸君！』一九八〇年五月号（のち『対比列伝』所収）

中山伊知郎と東畑精一（良宵清談に宜しく）『サントリークォータリー』サントリー、第一二号、一九八二

年「碩学交遊抄4」

安岡正篤と林達夫——知の形態について　（知の形態について——安岡正篤と林達夫）『諸君！』一九七九年一月号（のち『対比列伝』所収）

林達夫の生涯　『サンデー毎日』毎日新聞社、一九八四年五月二十日号「サンデー時評」（のち『東京あんとろぽろじい——人間・時間・風景』筑摩書房、一九八五年所収）

大宅壮一と清水幾太郎——思想と無思想の間　（思想と無思想の間——大宅壮一と清水幾太郎）『諸君！』一九八〇年三月号（のち『対比列伝』所収）

清水幾太郎——『わが人生の断片』（解説）清水幾太郎『わが人生の断片』文春文庫、一九八五年

田中美知太郎——『ツキュディデスの場合』（『ツキュディデスの場合』田中美知太郎著）『環』藤原書店、二〇〇八年春（三三号）「名著探訪」

猪木正道氏の業績　『サンデー毎日』一九八五年三月三日号「サンデー時評」（のち『東京あんとろぽろじい』所収）

『竹山道雄著作集　第3巻　失われた青春』（解説）『竹山道雄著作集　第3巻　失われた青春』福武書店、一九八三年

竹山道雄先生の死　『サンデー毎日』一九八四年七月八日号「サンデー時評」（のち『東京あんとろぽろじい』所収）

Ⅲ　同時代を生きて

鶴見俊輔氏への手紙——戦後史の争点について　（戦後史の争点について——鶴見俊輔氏への手紙）『諸君！』一九七八年十月

鶴見俊輔論　『現代思想』青土社、一九七八年十二月号

萩原延壽さんを悼む　『読売新聞』二〇〇一年十月三十一日夕刊
追悼・萩原延壽——思想と政治のジレンマに生きた男　（思想と政治のジレンマに生きた男——〈追悼〉萩原延壽）『中央公論』中央公論新社、二〇〇二年一月号
永井政治学の思想的性格　（解説）永井陽之助『二十世紀の遺産』文藝春秋、一九八五年
永井陽之助さん追悼——壮大・華麗な思考の社交家　『読売新聞』二〇〇九年三月十九日
追悼・高坂正堯氏——歴史を愛した物静かな強い意志　（歴史を愛した物静かな強い意志——追悼・高坂正堯氏）『季刊アステイオン』TBSブリタニカ、一九九六年秋
高坂正堯の世界　『アステイオン』阪急コミュニケーションズ、二〇〇五年六三号「世界の思潮」
碁苦楽交友記　『波』新潮社、一九八五年十一月号「ブックプレート」
『一燈を提げた男たち』序に代えて　（序に代えて）小島直記『一燈を提げた男たち』新潮社、一九九九年

Ⅳ　教えられたこと

松本重治先生　『毎日新聞』一九七八年十月十八・十九日夕刊（上・下）「めぐりあい」
ある日の小島祐馬先生　『選択』選択出版、一九七六年十二月号「状況’76」
京都学派ルネサンス　『読売新聞』二〇〇二年三月五・六日夕刊（上・下）
波多野精一の体系——世界観の所在　『創文』創文社、一九九八年四月号「乏しき時代の読書ノート3」
唐木順三と鈴木成高——中世再考　（中世再考——唐木順三と鈴木成高）『文化会議』日本文化会議、一九八〇年十一月号（のち『対比列伝』所収）
鈴木成高と歴史的世界　『創文』一九九八年八月号「乏しき時代の読書ノート7」

著者紹介

粕谷一希（かすや・かずき）

1930年東京生まれ。東京大学法学部卒業。1955年，中央公論社に入社，1967年より『中央公論』編集長を務める。1978年，中央公論社退社。1986年，東京都文化振興会発行の季刊誌『東京人』創刊とともに，編集長に就任。他に『外交フォーラム』創刊など。1987年，都市出版（株）設立，代表取締役社長となる。現在，評論家。

著書に『河合栄治郎——闘う自由主義者とその系譜』（日本経済新聞社出版局），『二十歳にして心朽ちたり——遠藤麟一朗と「世代」の人々』『面白きこともなき世を面白く——高杉晋作遊記』（以上新潮社），『鎮魂　吉田満とその時代』（文春新書），『編集とは何か』（共著）『反時代的思索者——唐木順三とその周辺』『戦後思潮——知識人たちの肖像』『内藤湖南への旅』『〈座談〉書物への愛』『歴史をどう見るか』『生きる言葉——名編集者の書棚から』（以上藤原書店），『作家が死ぬと時代が変わる』（日本経済新聞社），『中央公論社と私』（文藝春秋）など。

粕谷一希随想集《かすやかずきずいそうしゅう》　（全３巻）
１　忘《わす》れえぬ人《ひと》びと

2014年５月30日　初版第１刷発行©

著　者　粕　谷　一　希
発行者　藤　原　良　雄
発行所　株式会社　藤　原　書　店
〒162-0041　東京都新宿区早稲田鶴巻町523
電　話　03（5272）0301
ＦＡＸ　03（5272）0450
振　替　00160‐4‐17013
info@fujiwara-shoten.co.jp
印刷・製本　中央精版印刷

落丁本・乱丁本はお取替えいたします
定価はカバーに表示してあります
Printed in Japan
ISBN978-4-89434-968-1

▶本随想集を推す◀

名編集者の想いの集大成 …………………………………………作家 **塩野七生**

編集者としての本来の仕事が、著者を見つけ出してその人に書かせることにあるのは当然です。とは言っても、著者が考える人間ならば編集者も考える人間であることでは同じ。ここに集められたのは、名編集者としての評価が高かった粕谷一希氏が、著者たちに書かせることでは満たしきれなかった彼自身の想いの集大成でしょう。優秀な編集者にはなりたいけれど自分でも書いてみたい、と思っている若き編集者たちにはとくに、読んでほしいと願う三巻です。

日本のあり方を問いつづけてきた同時代の編集者…作家 **半藤一利**

同時代の編集者として、社は違えどともに、国家としての日本のあり方を問いつづけてきたという自負が私にはある。それだけにファナティックなものへの嫌忌を旗幟鮮明にしている粕谷君の存在は、遠くからみても本当に頼もしい限りであった。そしてまた、知識人の思想にのみ重きがおかれるこの国の出版界にあって、編集者独自の思想が十分に顧みられていないことに、いささかの飽き足りなさも感じていた。そんなであるから、この『粕谷一希随想集』の刊行には深い敬意と心からの感謝を申しあげる。そして、このことが粕谷君ひとりの喜びであるとは、私は思っていない。

リベラリズムの土壌に根を張った古木 ………資生堂名誉会長 **福原義春**

折に触れて粕谷一希さんの謦咳に接し、数多くの評論を読ませていただいて来た。一言で云えば、リベラリズムの土壌にしっかりと根を張った古木のように、外界の風向きや風の強さには、いささかも揺らぐことなく、広い木陰を作ってくれるのだ。私たちはしばしばそこで休ませてもらい、その間に考えをまとめることができるのだと思う。

寛容を尊ぶリベラリスト ………………………………………建築史家 **陣内秀信**

『中央公論』が言論界に大きな影響力を持った時期の名編集者だけに、作家、学者、政治家との交流は広く、粕谷さんの頭の中には、戦後日本の論壇、文壇、学界の見取り図が見事に描かれている。寛容を尊ぶリベラリズムにこそ粕谷さんの真骨頂がある。時代の変化を鋭敏にとらえ、天下国家ばかりか、むしろ足下にある都市の風景や文化に関心を向け、様々な出会いから『東京人』を創刊し、新たな雑誌のジャンルを切り拓いた功績もまた大きい。

2 **1947年** **解説・富岡幸一郎**

「占領下の日本文学のアンソロジーは、狭義の『戦後派』の文学をこえて、文学のエネルギイの再発見をもたらすだろう。」（富岡幸一郎氏）

中野重治「五勺の酒」／**丹羽文雄**「厭がらせの年齢」／**壺井榮**「浜辺の四季」／**野間宏**「第三十六号」／**島尾敏雄**「石像歩き出す」／**浅見淵**「夏日抄」／**梅崎春生**「日の果て」／**田中英光**「少女」

296頁 **2500円** ◇978-4-89434-573-7（2007年6月刊）

3 **1948年** **解説・川崎賢子**

「本書にとりあげた1948年の作品群は、戦争とＧＨＱ占領の意味を問いつつも、いずれもどこかに時代に押し流されずに自立したところがある。」（川崎賢子氏）

尾崎一雄「美しい墓地からの眺め」／**網野菊**「ひとり」／**武田泰淳**「非革命者」／**佐多稲子**「虚偽」／**太宰治**「家庭の幸福」／**中山義秀**「テニヤンの末日」／**内田百閒**「サラサーテの盤」／**林芙美子**「晩菊」／**石坂洋次郎**「石中先生行状記――人民裁判の巻」

312頁 **2500円** ◇978-4-89434-587-4（2007年8月刊）

4 **1949年** **解説・黒井千次**

「1949年とは、人々の意識のうちに『戦争』と『平和』の共存した年であった。」（黒井千次氏）

原民喜「壊滅の序曲」／**藤枝静男**「イペリット眼」／**太田良博**「黒ダイヤ」／**中村真一郎**「雪」／**上林暁**「禁酒宣言」／**中里恒子**「蝶蝶」／**竹之内静雄**「ロッダム号の船長」／**三島由紀夫**「親切な機械」

296頁 **2500円** ◇978-4-89434-574-4（2007年6月刊）

5 **1950年** **解説・辻井喬**

「わが国の文学状況はすぐには活力を示せないほど長い間抑圧されていた。この集の短篇は復活の最初の徴候を揃えたという点で貴重な作品集になっている。」（辻井喬氏）

吉行淳之介「薔薇販売人」／**大岡昇平**「八月十日」／**金達寿**「矢の津峠」／**今日出海**「天皇の帽子」／**埴谷雄高**「虚空」／**椎名麟三**「小市民」／**庄野潤三**「メリイ・ゴオ・ラウンド」／**久坂葉子**「落ちてゆく世界」

296頁 **2500円** ◇978-4-89434-579-9（2007年7月刊）

6 **1951年** **解説・井口時男**

「1951年は、重く苦しい戦後、そして、重さ苦しさと取り組んできた戦後文学の歩みにおいて、軽さというものがにわかにきらめきはじめた最初の年ではなかったか。」（井口時男氏）

吉屋信子「鬼火」／**由起しげ子**「告別」／**長谷川四郎**「馬の微笑」／**高見順**「インテリゲンチア」／**安岡章太郎**「ガラスの靴」／**円地文子**「光明皇后の絵」／**安部公房**「闖入者」／**柴田錬三郎**「イエスの裔」

320頁 **2500円** ◇978-4-89434-596-6（2007年10月刊）

7 **1952年** **解説・髙村薫**

「戦争や飢餓や国家の崩壊といった劇的な経験に満ちた時代は、それだけで強力な磁場をもつ。そうした磁場は作家を駆り立て、意思を越えた力が作家に何事かを書かせるということが起こる。そのとき、奇跡のように表現や行間から滲みだして登場人物や物語の空間を浸すものがあり、それをわたくしたちは小説の空間と呼び、力と呼ぶ。」（髙村薫氏）

富士正晴「童貞」／**田宮虎彦**「銀心中」／**堀田善衞**「断層」／**井上光晴**「一九四五年三月」／**西野辰吉**「米系日人」／**小島信夫**「燕京大学部隊」

304頁 **2500円** ◇978-4-89434-602-4（2007年11月刊）

近代日本の根源的批判者

別冊『環』⑱

内村鑑三 1861-1930

新保祐司編

I 内村鑑三と近代日本

山折哲雄＋新保祐司／山折哲雄／新保祐司／関根清三／渡辺京二／新井明／鈴木範久／田尻祐一郎／鶴見太郎／猪木武徳／住谷一彦／松尾尊兊／春山明哲

II 内村鑑三を語る

「内村鑑三の勝利」（内村評）／新保祐司／海老名弾正／徳富蘇峰／山路愛山／山室軍平／石川三四郎／山川均／岩波茂雄／長與善郎／金教臣

III 内村鑑三を読む

新保祐司／内村鑑三**『ロマ書の研究』**（抜粋）**「何故に大文学は出ざる乎」**ほか

〈附〉**内村鑑三年譜(1861-1930)**

菊大判　三六八頁　**三八〇〇円**

（二〇一一年一二月刊）

◇978-4-89434-833-2

"真の国際人"初の全体像

新渡戸稲造 1862-1933

〈我、太平洋の橋とならん〉

草原克豪

『武士道』で国際的に名を馳せ、一高校長として教育の分野でも偉大な事績を残す。国際連盟事務次長としてはユネスコにつながる仕事、帰国後は世界平和の実現に心血を注いだ。戦前を代表する教養人であり、"真の国際人"新渡戸稲造の全体像を初めて描いた画期的評伝。

口絵八頁

四六上製　五三六頁　**四二〇〇円**

（二〇一二年七月刊）

◇978-4-89434-867-7

明治・大正・昭和の時代の証言

蘇峰への手紙

〈中江兆民から松岡洋右まで〉

高野静子

近代日本のジャーナリズムの巨頭、徳富蘇峰が約一万二千人と交わした膨大な書簡の中から、中江兆民、釈宗演、鈴木大拙、森次太郎、国木田独歩、柳田國男、正力松太郎、松岡洋右の書簡を精選。書簡に吐露された時代の証言を甦らせる。

四六上製　四一六頁　**四六〇〇円**

（二〇一〇年七月刊）

◇978-4-89434-753-3

二人の関係に肉薄する衝撃の書

蘆花の妻、愛子

〈阿修羅のごとき夫《つま》なれど〉

本田節子

偉大なる言論人・徳富蘇峰の弟、徳冨蘆花。公開されるや否や一大センセーションを巻き起こした蘆花の日記に遺された、妻愛子との凄絶な夫婦関係や、愛子の日記などの数少ない資料から、愛子の視点で蘆花を描く初の試み。

四六上製　三八四頁　**二八〇〇円**

（二〇〇七年一〇月刊）

◇978-4-89434-598-0

「文学」とは何か？

〈座談〉書物への愛

粕谷一希

高橋英夫／宮一穂／新保祐司／平川祐弘／清水徹／森まゆみ／塩野七生／W・ショーン

「人間には、最大多数の幸福を追求すべき九十九匹の世界がある。それは政治の世界の問題。その九十九匹からはずれた一匹を問題にするのが文学である」（福田恆存）。元『中央公論』『東京人』の名編集長が〝知〟の第一線の人々を招き、文学・歴史・思想など、書物を媒介とした知の世界を縦横に語り尽す。

四六上製　三二〇頁　**二八〇〇円**
（二〇一一年一一月刊）
◇978-4-89434-831-8

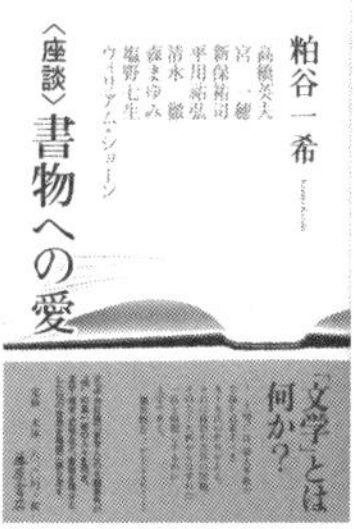

歴史（ヒストリー）は物語（ストーリー）である

歴史をどう見るか

（名編集者が語る日本近現代史）

粕谷一希

明治維新とはいかなる革命だったのか？「東京裁判」を、「戦争責任」を、どう考えるのか？　昭和〜平成のジャーナリズムにおいて、一貫してリベラルな論陣を仕掛けてきた著者が、戦後六十余年の「今」を考えるために、独自の視点から日本近現代史を平明に語り下ろす。

四六上製　二五六頁　**二〇〇〇円**
（二〇一二年一〇月刊）
◇978-4-89434-879-0

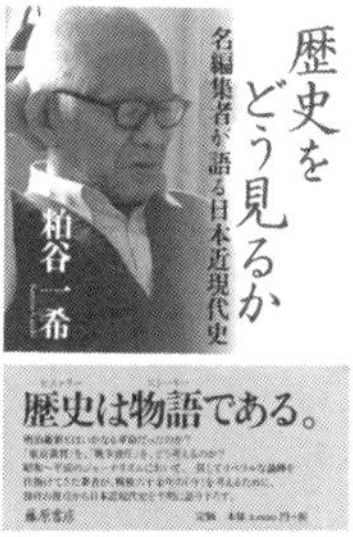

真の国際人、初の評伝

松本重治伝

（最後のリベラリスト）

開米潤

「友人関係が私の情報網です」――一九三六年西安事件の世界的スクープ、日中和平運動の推進など、戦前・戦中の激動の時代、国内外にわたる信頼関係に基づいて活躍、戦後は、国際文化会館の創立・運営者として「日本人」の国際的な信頼回復のために身を捧げた真の国際人の初の評伝。

四六上製　四四八頁　**三八〇〇円**
口絵四頁
（二〇〇九年九月刊）
◇978-4-89434-704-5

真の自由主義者、初の評伝

竹山道雄と昭和の時代

平川祐弘

『ビルマの竪琴』の著者として知られる竹山道雄は、旧制一高、および東大教養学科におけるドイツ語教授として数多くの知識人を世に送り出した、根源からの自由主義者であった。西洋社会の根幹を見通していた竹山が模索し続けた、非西洋の国・日本の近代のとるべき道とは何だったのか。

A5上製　五三六頁　**五六〇〇円**
口絵一頁
（二〇一三年三月刊）
◇978-4-89434-906-3